SECRETOS DEL MUNDO DE LAS PROFUNDIDADES

 PLAGA CONOCIDA DE GREMLINS

 LAS BRUJAS DEL VACÍO

 LA TRUCHA DE LA VERDAD

 LA FORJA DE LAS PROFUNDIDADES

 LABERINTO DE LAS GORGONAS (SE RUMOREA)

 BC CEMENTERIO

  CÍRCULO INTERIOR

NIGHTMARE ACADEMY

Dean Lorey

NIGHTMARE ACADEMY

Charlie y el mundo de los monstruos

Ilustraciones de Brandon Dorman

Traducción de Núria Martí

PUCK

Argentina - Chile - Colombia - España
Estados Unidos - México - Uruguay - Venezuela

Título original: *Nightmare Academy*
Editor original: HarperCollins Children's Books
Traducción: Núria Martí
Diseño de cubierta: Opalworks
Ilustración de cubierta: Israel Sánchez

Copyright 2007 © *by* Dean Lorey
Copyright 2007 © de las ilustraciones: Brandon Dorman
© de la traducción 2008 *by* Núria Martí Pérez
© 2008 *by* Ediciones Urano, S.A.
  Aribau, 142, pral. – 08036 Barcelona
  www.mundopuck.com

ISBN: 978-84-96886-05-6
Depósito legal: NA. 168 - 2008

Fotocomposición: Ediciones Urano, S.A.
Impreso por Rodesa S.A. – Polígono Industrial San Miguel
Parcelas E7-E8 – 31132 Villatuerta (Navarra)

Impreso en España - *Printed in Spain*

Para mi esposa, Elizabeth,
y nuestros hijos, Chris y Alex.
Os quiero, chicos.

ÍNDICE

PARTE

· I ·

EL DEPARTAMENTO DE LAS PESADILLAS

1

EL MONSTRUO DEL MODELO 3

La mayoría de los días Charlie Benjamin estaba convencido de ser el niño más solitario de todo el planeta. No asistía al colegio, pues estudiaba por su cuenta en su casa, situada en la tranquila calle de una urbanización rodeada por una cerca, y cuyo acceso estaba vigilado por un guarda privado de seguridad en la entrada. Aunque desde fuera todas las viviendas parecieran iguales, había distintos modelos entre los que el comprador podía elegir.

Los Benjamin vivían en una casa del modelo 3.

—¡El modelo tres es el mejor! —solía decirle su padre. Era un hombre preciso en sus afirmaciones, cuyo nombre no podía ser otro que Barrington—. El modelo uno no es más que un prototipo, cuantas menos cosas se digan de él, mejor, y el dos es el típico ejemplo de lo que ocurre al reformar una casa a toda prisa. Por cada paso hacia delante, das dos hacia atrás. Por eso el tres es el más sencillo, sólido y fiable.

El modelo 3 era la prisión de Charlie Benjamin.

A los trece años era demasiado bajo para su edad, tenía un rebelde pelo rubio tirando a rojizo, unos ojos marrón oscuro y la nariz y las mejillas cubiertas de pecas. Por extraño que parezca, no tenía ningún rasguño en los codos ni en las rodillas, ni ningún moretón en el cuerpo, y todo gracias a su bienintencionada madre, que le insistía en que no saliera de casa.

—Es un mundo muy inseguro —solía decirle ella—. En casa puedo protegerte, pero si sales fuera… —Después de pronunciar estas palabras, su madre siempre sacudía gravemente la cabeza, como si los horrores de la vida con los que pudiera encontrarse Charlie al salir de casa fueran demasiado dolorosos de contemplar.

—Ya sé que siempre me estás diciendo que el mundo es muy inseguro —le dijo Charlie a su madre un sábado por la mañana después de que ella sacudiera gravemente la cabeza con más vehemencia aún—, pero el que tú me lo digas no significa que haya de ser verdad. Estoy harto de estar metido en casa todo el tiempo. ¡Quiero ir al colegio cada día como los otros chicos!

—¿Ir al colegio cada día? —exclamó sorprendida su madre—. Cariño, tenemos en casa todo cuanto el cole te ofrece. Libros y ordenadores, papel y lápices, exámenes y hasta notas…

—¡Pero no hay estudiantes! —le interrumpió Charlie—. Yo soy el único.

—Es cierto —reconoció su madre cariñosamente. De hecho, era una mujer tan afable que nunca había culpado a su propia madre por haberla llamado Olga—, pero da gracias a Dios de no ir a él, porque así los niños no pueden gastarte bromas pesadas, ni acosarte, ni reírse de ti sólo porque seas un poco distinto de ellos.

Aunque Charlie fuera el primero en reconocer que era algo más que un poco distinto de los otros niños, protegerle de lo que pudieran hacerle encerrándole en casa le parecía demasiado, era como si le sacaran una astilla cortándole la mano, el problema se resolvía, pero ¿a qué precio?

El precio que había de pagar era demasiado alto, pensó por la mañana mientras oía que el cartero echaba las cartas en el buzón de la puerta de su casa. Lanzando un suspiro, se acercó a recoger el montón habitual de facturas y catálogos dirigidos a sus padres, nunca a él. Y fue entonces cuando descubrió asombrado que había un sobrecito azul para «Charlie Benjamin».

—¡Es para mí! —exclamó dando un grito ahogado.

Charlie, loco de alegría, abrió el sobre y vio que era una invitación para una fiesta, pero no para una fiesta cualquiera, sino para una en la que iba a quedarse a dormir en casa de unos niños que vivían al final de la calle. No los conocía personalmente, porque no se relacionaba con ningún niño de su misma edad, pero era evidente que alguien se había compadecido del pequeño y extraño niño que vivía en el modelo 3.

Leyó la invitación dos veces para asegurarse de que decía lo que había creído que decía y luego volvió a leerla para comprobarlo de nuevo. Y cuando se convenció de que no lo estaba soñando, se la mostró a sus padres.

—¡No vas a ir! —le dijo su padre después de echar un vistazo a la invitación.

—Pero ¿por qué? —exclamó Charlie—. Me he portado bien. He hecho todos los deberes, incluso acabo de estudiar el capítulo de geografía.

—Cariño —terció su madre—, lo que tu padre quiere decir es que le gustaría que pudieras ir, pero ¿y si vuelves a tener una de tus «pesadillas»?

¡Una de sus pesadillas!

Aunque ya hacía años que Charlie no tenía una catastrófica pesadilla en público, la idea de que pudiera pasarle de nuevo hizo que se le aflojaran las rodillas de miedo. Pero, por otro lado, aquella fiesta era su única oportunidad para hacer amigos.

No podía desaprovecharla.

Así que les pidió a sus padres que le dejaran ir. Incluso se lo suplicó. Se ofreció a lavar los platos durante un año, cortar el césped y aprender francés. Les dijo que hacía tanto tiempo que no tenía una horrible pesadilla que estaba seguro de no volver a tenerlas. Y, por último, les dijo a sus padres que ir a una fiesta pijama era el único regalo que quería por Navidad y por su cumpleaños.

Durante dos años.

Incluso durante tres, si fuera necesario.

Después de hablar del asunto largo y tendido a puerta cerrada, al final sus padres le dejaron ir a la fiesta. Por eso Charlie se encontraba más tarde esa noche subiendo los peldaños de la entrada de la casa de unos desconocidos con una bolsa colgada del hombro.

—¿Sabes cómo ponerte en contacto con nosotros si ocurriera un gran desastre? —le preguntó su madre nerviosamente detrás de él.

—Sí, mamá, sé usar el teléfono.

—¿Quieres que repasemos rápidamente los movimientos de kung-fu que te he enseñado o los de las otras artes marciales? —le preguntó su padre.

—No necesitaré luchar contra nadie, papá. No va a pasarme nada, confía en mí.

—No deberíamos haberte permitido venir —gimió su madre—. ¡Sobre todo tratándose de una fiesta pijama! ¿En qué estaríamos pensando cuando lo hicimos?

—Todo saldrá bien —dijo Charlie mirando a los otros chicos que había dentro de la casa y muriéndose de ganas de unirse a ellos. Por el alboroto que hacían era evidente que se lo estaban pasando la mar de bien—. Esta noche no voy a tener ninguna pesadilla, os lo aseguro.

—¡Ya lo sé, hijo! —repuso el señor Benjamin dándole un móvil a Charlie—. Sabemos que todo va a ir bien, pero de todos modos he programado el número de casa para que nos llames enseguida si ocurre algo catastrófico.

—¡Gracias, papá! —exclamó Charlie con resignación cogiendo el móvil.

—En la bolsa te he metido los tapones para los oídos dentro de una bolsita. Puedes utilizarlos si los otros chicos se burlan de ti y te ponen nombres horribles.

—Vale, mamá —dijo Charlie deseando que se fueran de una vez, pero seguían allí plantados.

—Bueno —dijo por fin el señor Benjamin—, supongo que tenemos que irnos. Te queremos, hijo, y confiamos en ti, estamos totalmente seguros de que esta noche no va a ocurrir nada grave, ni va a haber ningún desastre.

—¡Así es, papá! —respondió Charlie—. Todo irá bien, os lo prometo.

Y todo fue bien… durante un rato. Charlie jugó con los videojuegos, comió pizza y miró películas de terror de las clasificadas a partir de trece años. Incluso descubrió que estaba a punto de entablar amistad con un niño alto y rubio al que todos llamaban «E. M.», Charlie se enteró luego de que eran las iniciales de «El Mejor», por sus increíbles hazañas con los videojuegos.

Fue el día más divertido de toda su vida.

Pero entonces llegó la hora de ir a dormir.

Los presentes no se pusieron de acuerdo al explicar qué fue exactamente lo que ocurrió durante aquella noche descrita por los titulares de los periódicos como «Una aterradora y apocalíptica fiesta pijama», pero todo el mundo coincidió en algunos puntos. En un momento dado, hacia eso de las tres de la madrugada, se oyeron en la habitación donde dormían los niños unos terribles alaridos y un gran barullo. Cuando los adultos de la casa se apresuraron a abrir la puerta de la habitación, descubrieron a todos los niños suspendidos del techo, encerrados en unos estrechos capullos hechos con un hilo increíblemente resistente. El único que no estaba encerrado en esa especie de capullo ni suspendido del techo era Charlie, que contemplaba impactado el cristal roto de la ventana del dormitorio.

—¡Dios mío!, ¿qué ha ocurrido? —exclamó el padre dando un grito ahogado al ver a sus hijos oscilando en el techo como si fueran los adornos de un árbol navideño.

—¡Ha sido una araña gigantesca! —dijo Charlie señalando con el dedo el cristal roto—. Se ha ido por aquí. Yo no he tenido la culpa.

Nadie culpó a Charlie. Después de todo, ¿cómo un niño de trece años pudo haber hecho algo tan extraordinario a tantos niños? Y, sin embargo, el periódico regional se preguntaba asombrado por qué Charlie era el único con el que la «araña gigantesca» no se había metido, lo cual también sorprendía al propio Charlie. Aunque nadie le acusara directamente de nada, después de liberar a los niños de aquella telaraña y de reanimarlos, ninguno de ellos quiso volver a hablar más con él, ni tan sólo mirarle, ni siquiera E. M. Aquella noche Charlie se había ido a dormir creyendo que por fin había hecho un amigo, pero al despertar descubrió que infundía miedo y pánico.

Pero no era la primera vez que le ocurría.

En realidad, desde el momento que nació, el sueño y Charlie Benjamin habían sido una combinación explosiva. El primer desastre público ocurrió en el parvulario Brazos Acogedores durante la hora de la siesta.

Charlie tenía tres años.

Aunque ya no se acordaba de los detalles de la pesadilla que tuvo mientras los otros niños dormían sobre las esterillas con la clase a oscuras, recordaba vívidamente los inhumanos alaridos y chillidos que le habían sacado de ella de golpe. Cuando las maestras del parvulario llegaron corriendo para averiguar cuál podía ser la causa de aquel ruido tan increíble, el pequeño Charlie se despertó y vio que toda la clase estaba totalmente destruida.

El papel de vivos colores con el que estaba empapelada la clase colgaba de la pared hecho jirones, como si unas garras lo hubieran rasgado. En el interior de la pecera, hecha añicos contra una estantería volcada, los peces coleteaban febrilmente intentando aspirar una bocanada de aire. Frente a un caballete, astillado en el suelo, había un montón de relucientes cristales procedentes de una ventana de la parte de atrás.

—¿Qué ha ocurrido? —preguntó la maestra, lívida.

—¡Lo siento! —respondió Charlie temblando—. No quería hacerlo.

—¿Eres tú el que ha causado todo este estropicio? —le preguntó sin creérselo la maestra.

Charlie asintió con la cabeza.

—Cuando tengo pesadillas a veces pasan cosas malas.

Siempre ocurría de la misma forma.

Se iba a dormir a su blandita y caliente cama y todo parecía estar en orden, al menos durante un rato. Pero por la noche de repente se oían unos terribles bufidos y gruñidos en medio de la casa. Cuando sus padres llegaban corriendo a su habitación para ver qué estaba pasando, el dormitorio de Charlie ya estaba destrozado: el relleno del colchón estaba esparcido por todos lados, la alfombra aparecía hecha jirones, y el cristal de la ventana, roto en mil pedazos. Y aunque nunca lo hubieran atrapado destruyendo la habitación mientras tenía la pesadilla, habían llegado a la conclusión de que probablemente fuera él, porque cualquier otra explicación carecía de sentido. En realidad, Charlie temía irse a dormir, porque le aterraba aquello con lo que podía encontrarse al despertar.

El incidente de la siesta (descrito más tarde como «La catástrofe de la hora de la siesta») se convirtió rápidamente en una leyenda y al cabo de poco tiempo, en cuanto los otros niños veían pasar a Charlie, lo apodaban canturreando «Charlie el Pesadillas». El director del parvulario no tardó en llamar a sus padres para explicarles con todo lujo de detalles que su hijo ya no era bienvenido en Brazos Acogedores.

—Los otros niños le tienen miedo —les dijo el director con una terrible seriedad—. De hecho, cuando él está en la habitación se niegan a hacer la siesta. Y eso es del todo inaceptable. La siesta es primordial en el parvulario. Es la parte que hace que todo lo demás vaya sobre ruedas. ¡Sin la siesta, el caos es inevitable y el fracaso un hecho seguro!

—Entiendo su enfado —concedió el padre de Charlie intentando que su voz fuera tranquila—, pero no me diga que cree que mi hijo tiene la culpa de que los otros niños no quieran hacer la siesta…

—Él no tiene la culpa —le soltó la madre de Charlie mientras le acariciaba la espalda a su hijo con sus cálidas y fuertes manos—. Son los otros niños los que la tienen al haberse estado burlando de él y atormentándolo. ¡Por Dios! ¿Sabe cómo le llaman? ¡Charlie el Pesadillas!

—Quizá mientras los otros niños duermen pueden poner a mi hijo en otra clase —sugirió Barrington.

El director se quedó horrorizado.

—¡No podemos seguir por este camino! Si hago una excepción con su hijo, al cabo de poco tendré que hacer dos más con otros dos niños, y antes de que me dé cuenta, todo serán excepciones y no «cepciones», ¿entiende lo que le quiero decir? —añadió sacudiendo tristemente la cabeza—. ¡No puede ser! Brazos Acogedores y Charlie el Pesadillas..., perdóneme, quería decir Charlie, deben ir desde ahora por caminos separados.

Aunque Brazos Acogedores fuera el primer parvulario que expulsó a Charlie, sin duda no fue el último: Punto de Equilibrio, Niños Felices, Los Párvulos de Li'l y Los Perfectos Compañeros de Juego no tardaron en hacer lo mismo. Pero entonces fue cuando la terrible racha de expulsiones llegó a su fin, porque a aquellas alturas ya había crecido lo suficiente como para que no lo siguieran expulsando de los parvularios.

Charlie tenía seis años.

—Ya sé que ustedes afirman que su hijo es un niño totalmente normal —susurró el director del colegio de primaria Paul Revere a los padres de Charlie arrastrando las palabras debido a los hierros de su tratamiento de ortodoncia, un nido de ratas lleno de comida putrefacta, un yacimiento arqueológico que contenía todo cuanto había comido la semana anterior—, pero el psicólogo del colegio cree que sufre problemas serios. Muy serios. Le diagnosticó..., veamos... —el señor Krup se puso a leer un expediente—. Sí, aquí está. Sufre TEMOCDA.

—¡Demasiadas letras para un niño tan pequeño! —exclamó el señor Benjamin rodeando protectoramente con sus brazos los estrechos hombros de Charlie.

—¡Pues se ha ganado cada una de ellas, créame! Las iniciales quieren decir «trastorno de enajenación mental obsesivo compulsivo por déficit de atención» —dijo el señor Krup dejando el expediente sobre el escritorio y lanzando una mirada a Charlie, al tiempo que desenterraba un antiguo trozo de maíz atrapado entre sus muelas—. Pero al ser un colegio público nos vemos obligados por la ley a darle una educación. Sin embargo, creo que para Charlie el Pesadillas…, quiero decir Charlie, lo mejor es apartarlo del resto de los niños y meterlo en una de esas caravanas que están fuera del recinto escolar donde sólo podrá relacionarse con los niños a los que se les ha diagnosticado un trastorno con tantas letras como las que tiene el de su hijo. Firmen aquí, por favor.

El director entregó un formulario a los padres de Charlie.

La madre se lo devolvió.

—¡No! —exclamó.

—Perdone, ¿cómo dice?

—Quizá, señor Krup, a usted y a los otros niños no les caiga bien Charlie. Tal vez no entienda a mi hijo. Pero él es un muchacho maravilloso. Y si no se da cuenta, no se merece que asista a su colegio. Hoy mismo vendrá con nosotros y no volverá a poner los pies aquí nunca más —le soltó Olga poniéndose en pie y sonriendo triunfalmente—. Hasta que no encuentre un colegio que valga la pena, yo me ocuparé de su educación.

Y eso fue exactamente lo que hizo.

Durante los siete años siguientes Charlie estuvo estudiando en la protectora burbuja del modelo 3, hasta que un día la burbuja estalló por la noche en la «apocalíptica fiesta pijama».

«¿Por qué soy tan raro?», pensaba Charlie mientras estaba sentado en el sofá cama mirando por una de las grandes ventanas de su casa, intentando ver a los hijos del vecino cuando salían para ir al colegio. Aunque no pudiera jugar con ellos, al menos podía mirarlos. Ya habían pasado cinco días desde la apocalíptica fiesta pijama y aún no se había recuperado.

Al final de la manzana el autobús del colegio General MacArthur de enseñanza media emitió un chirrido al parar zarandeándose de un lado a otro. Las puertas plegables se abrieron y empezaron a descender alumnos. Mascaban chicle, llevaban unas abultadas mochilas, reían y se empujaban juguetonamente unos a otros. Charlie divisó enseguida a E. M., que sacó un Frisbee de la mochila y lo lanzó a otro de los niños.

Charlie le saludó con la mano, pero E. M., al verle en la ventana, le echó una mirada glacial y, pasando de él olímpicamente, se volvió hacia los otros niños ignorándole por completo.

—¿Crees que algún día dejarán de culparme por haber estado colgando del techo envueltos en una pegajosa telaraña? —le preguntó Charlie a su madre.

Sabía que la respuesta era no, pero para su sorpresa su madre se limitó a encogerse de hombros sin apenas apartar la vista del culebrón que daban en la tele a esa hora de la tarde. En los últimos días había cambiado tanto que apenas la reconocía. Parecía que no se interesara en absoluto por él, algo muy inusual en ella. Charlie esperaba que sólo fuera porque estaba a punto de coger la gripe, pues no podía soportar la idea de que aquel reciente desastre había hecho que su madre, que durante todos esos años había estado creyendo en él, dejara de pronto de hacerlo.

—El próximo año quiero ir al colegio. A un colegio normal —les dijo Charlie a sus padres durante la cena.

—Hijo, ya hemos hablado de ello muchas, muchísimas veces —repuso Barrington—. ¿Tengo que recordarte lo de la apocalíptica fiesta pijama?

—¡Pero yo no tuve nada que ver! —gritó Charlie—. Todo el mundo se empeña en culparme de ello, pero ya te dije que yo no les hice nada a aquellos chicos, ¡fue la araña gigante! ¡Esa vez incluso la vi!

—Charlie, por favor —exclamó el señor Benjamin frotándose las sienes—. No hablemos más del asunto.

—¡Pues yo quiero seguir hablando de él! No puedo tener ninguna de mis pesadillas en el colegio porque las clases son durante el día. ¿Por qué no puedo ir entonces a clase como los otros chicos?

—¡Porque te harán daño! —le soltó el señor Benjamin gritando. Pero entonces pareció arrepentirse de haberlo hecho—. Quizá no tengas una de tus pesadillas, pero no importa. Ya te han puesto un mote, Charlie. Tú eres distinto... y te torturarán por ello. Los niños siempre lo hacen. Y ahora prepárate para ir a la cama, hijo.

—¡No quiero! Yo...

—¡Charlie! —la voz de Barrington sonó como la puerta de una lápida cerrándose de golpe.

El chico se levantó de la mesa y salió del comedor hecho un basilisco.

—Cuanto más crece, más difícil es convencerle de que se quede en casa —dijo lanzando un suspiro el señor Benjamin a su silenciosa esposa—. Sé que lo hacemos para protegerlo, pero, por más que me duela decirlo, pronto tendremos que dejar que se enfrente al mundo solo.

Olga se volvió sin decir una palabra.

—¿Te encuentras bien, querida? ¿No estarás a punto de pillar un resfriado, verdad?

Ella sacudió la cabeza. El señor Benjamin le sostuvo la mano con suavidad entre las suyas.

—Ya lo sé, querida, yo tampoco quiero dejar que salga de casa. El mundo de fuera es muy cruel, no es como en el modelo 3, y un chico como Charlie, un niño tan maravilloso y especial... —dijo sacudiendo la cabeza tristemente—, va a recibir muchos palos.

Las estrellas pegadas en el techo del cuarto de Charlie relucían tenuemente en la oscuridad. Las paredes estaban cubiertas de espuma. En la habitación no había ningún cristal, ni ningún objeto afilado ni pesado con el que pudiera hacerse daño o que pudiera arrojar o romper durante una de sus pesadillas especialmente destructivas, sólo esquinas protegidas con un grueso acolchado y ventanas equipadas con un cristal de plástico para que no pudiera cortarse. A Charlie a veces le parecía que su habitación era un horrible manicomio pensado para protegerlo de sí mismo, de las terribles cosas que solían ocurrirle cuando se dormía.

Y normalmente tardaba en dormirse.

Intentó echar de su mente los descabellados pensamientos que le pasaban por la cabeza escribiendo dos nuevas entradas en el «Diario de los artilugios más fabulosos y formidables» que guardaba junto a la cama. El primero (el artilugio número 47) era una idea para un «fabuloso y formidable reloj láser» que emitía un rayo de luz lo bastante potente como para cegar temporalmente a los tipos malos, dándote el tiempo suficiente para echar a correr. El segundo (el artilugio número 48) era un ordenador de mano equipado con un complicado chip que servía para que las personas que habían perdido la nariz en algún horrible accidente pudieran reconocer los olores. Lo llamaba «El fabuloso y formidable olorómetro».

No tenía ni idea de cómo podía construir los objetos con los que soñaba, pero no importaba, lo más importante era haberlos inventado.

Una ardilla estaba royendo una avellana en el alféizar de la ventana del dormitorio. Podía oír a otras correteando silenciosas por el desván que había encima de su habitación. Aquel ruido curiosamente le relajaba.

Sin darse cuenta Charlie al fin se durmió.

Al principio el sueño que tuvo era agradable. Estaba jugando en el patio del colegio con un Frisbee con un grupo de niños, en realidad eran los mismos que habían asistido a la apocalíptica fiesta pijama, pero ahora no parecían tenerle miedo. E. M. le lanzó el Frisbee, pero una inesperada ráfaga de viento lo arrastró al césped que había un poco más lejos. Charlie cruzó la hierba recién cortada corriendo velozmente, saltó por encima de una portería de fútbol y, dando una voltereta en el aire, atrapó el Frisbee de una forma espectacular.

—¡Ha sido la mejor atrapada que he visto en toda mi vida! —exclamó E. M.

—Me sale sin ningún esfuerzo —repuso Charlie como si aquella hazaña fuera de lo más normal.

—¿Quieres tomar un refresco con nosotros? —le preguntó otro chico señalando una máquina de bebidas que brillaba en una de las esquinas de la explanada cubierta de césped—. En un día caluroso no hay nada mejor que tomarte un granizado con tus amigos.

—¡Qué bien! —exclamó Charlie siguiendo a aquellos chicos.

La máquina de refrescos brillaba con luz propia. Al girar E. M. la manecilla, salió del pitorro un chorro de un granizado de color rojo que cayó sobre un vaso de poliestereno.

—Éste es para mí —dijo—. Tú de qué color lo quieres, ¿rojo o azul?

—Rojo —respondió Charlie—, como el tuyo.

E. M. puso un vaso debajo del pitorro y giró la manecilla. Pero no salió ningún granizado.

—¡Qué raro! Quizás esté obturado —dijo metiendo el dedo en el pitorro hasta el fondo para desbloquearlo.

—¿Has encontrado algo? —le preguntó Charlie.

—Todavía no —dijo E. M.—. ¡Oh, ahora no puedo sacar el dedo!

Intentó sacarlo, pero el dedo estaba atascado dentro del pitorro. Mientras forcejeaba para liberarlo, sintieron una ráfaga de aire frío procedente del cielo, que se estaba oscureciendo por momentos. De pronto empezó a tronar.

—Quizás es mejor que alguien vaya a buscar ayuda —dijo Charlie a los otros chicos. Pero al girarse descubrió sorprendido que se habían ido. Todos se habían esfumado, en aquel lugar sólo estaban él y el niño que no podía sacar el dedo de la máquina.

«¡Qué extraño!», pensó Charlie.

De repente, el pitorro se activó y la máquina de refrescos volvió a funcionar. El granizado de color rojo salió por el pitorro y cayó con tanta presión sobre el dedo de E. M. que éste empezó a hincharse como un globo.

—¡Haz algo! —gritó E. M—. ¡Me duele!

Charlie intentó girar la manecilla, pero no podía moverla. La cara de E. M. empezó a hincharse y a cambiar de color poniéndose rosada y después roja…

—¡Qué frío está! —gimoteó E. M. temblando—. ¡Ayúdame!

—¡Lo estoy intentando! —gritó Charlie, pero al parecer todo era inútil. El rostro de E. M. se hinchó grotescamente como si fuera un globo de piel, mientras el color rojo tomate de su cara se transformaba en violeta, en el color de una ciruela podrida. El viento que soplaba del cielo era ahora helado y Charlie podía ver el vaho que despedía su respiración.

De algún modo el sueño se había convertido en una pesadilla.

Miró hacia arriba y vio las estrellas... pero eran demasiado perfectas. Tenían cinco puntas y brillaban débilmente. De pronto comprendió que eran las estrellas del techo de su habitación. Al bajar la vista se quedó sorprendido al descubrir que volvía a estar en su dormitorio, junto con la criatura en la que E. M. se había convertido.

Tenía el aspecto de un escorpión, la brillante y tirante piel de su cuerpo hinchado de líquido y a punto de estallar era ahora de color negro violáceo. Al final de sus largos brazos de una extraña delgadez repiqueteaban unas afiladas garras. Agitaba peligrosamente por encima de la cabeza de Charlie su huesuda cola equipada con un aguijón de un palmo. De su cornudo hocico no cesaba de sacar y meter una reluciente lengua bífida plateada.

Charlie intentó chillar, gritar para pedir ayuda, hacer algo, pero tenía la boca seca como una tiza y los latidos de su asustado corazón le retumbaban en los oídos como fuego de mortero. Al ver que aquel bicho se estaba acercando a él, alargó el brazo, cogió el lápiz que había dejado en la mesilla de noche, junto al diario de artilugios, y haciendo acopio de valor se lo clavó en la mano mientras gritaba: «¡Despierta!»

Charlie se despertó de su pesadilla pegando un grito. Tenía el cabello y la frente empapados en sudor y el corazón le latía con tanta fuerza que tuvo la sensación de que las costillas se le iban a romper.

—¡Nunca más volveré a dormirme! —se dijo mientras se levantaba de la cama y caminaba con cuidado a tientas en medio de la habitación a oscuras, dirigiéndose hacia la reconfortante luz del pasillo que asomaba por debajo de la puerta. Y entonces fue cuando tocó algo con una de sus manos.

¡La criatura de su pesadilla seguía ahí!

—¡No! —exclamó Charlie con un grito ahogado.

El impresionante bicho levantó su largo y curvado aguijón para clavárselo. Un espeso líquido venenoso rezumó de la punta. A Charlie se le aflojaron las rodillas y cayó al suelo.

—¡No! —gritó.

La cola del monstruo bajó silbando furiosamente hacia él con la fuerza de un mazo.

Y en ese mismo instante la ventana que había al lado de Charlie estalló en mil pedazos mientras un hombre muy alto se lanzaba contra ella. Hizo un movimiento con sus brazos tan rápido que pareció como si el tiempo hubiera dado un salto hacia delante. Charlie vio ante él un cegador destello de luz azulada que rodeó como un relámpago el aguijón de aquel bicho, desviando su trayectoria justo a tiempo para que se clavara en el suelo de madera. Charlie quedó cubierto de astillas.

El desconocido aterrizó con un golpe seco y, cogiendo a Charlie por la parte delantera de la camiseta, lo lanzó al suelo, lejos del monstruo. Al chico le pareció un vaquero: llevaba unos polvorientos tejanos, unas recién engrasadas botas de piel, un desgastado sombrero de *cowboy* sobre su ancha frente y en la mano derecha sostenía un lazo que despedía unas llamaradas de color azul eléctrico. Charlie comprendió que en realidad era el lazo con el que había rodeado el aguijón de aquella horrible criatura.

—¡Hola, chico! —exclamó el vaquero, que sonreía torciendo la boca—. Encantado de conocerte por fin. Al parecer he llegado justo a tiempo.

2

Un lenguaplateada de la clase 5 cantando a plena voz

—¿Quién eres? —le preguntó Charlie mirando asombrado al desconocido que estaba en su dormitorio.

—Me llamo Rex —respondió el vaquero—. Estoy seguro de que tienes un montón de preguntas que hacerme y estaré encantado de respondértelas de aquí a un ratito, suponiendo que salgamos vivos de ésta. Las cosas están a punto de ponerse muy feas.

—¿Más feas aún? —preguntó Charlie señalando al monstruo que intentaba frenéticamente liberar su aguijón del suelo de madera.

Rex se echó a reír.

—Espera y verás. Añorarás este momento en cuanto el viejo lenguaplateada se ponga a cantar.

—¿A cantar? —repitió Charlie confundido.

De pronto, eso fue lo que hizo. Aquel ser abrió la boca y sacó su increíblemente larga lengua plateada, que se retorció y vibró como un diapasón. No salió ninguna palabra de ella, sólo unas notas tan dulces como la plata labrada de una sorprendente complejidad.

—¡Ah, no! —gimió Rex—. ¿Dónde está mi portal, Tabitha, querida? —gritó girándose hacia la ventana.

—¡Estoy en ello! —respondió una voz femenina y, al darse la vuelta, Charlie vio a una atractiva joven pelirroja con el pelo corto trepando por la ventana rota. Llevaba unos pantalones largos, tan verdes como sus ojos color esmeralda, y los dedos y el cuello le brillaban rodeados de una extraordinaria cantidad de joyas.

—¡Aquí está mi reluciente reina! —exclamó Rex—. Da gusto verte, cariño.

—¡No me llames «cariño»! —le soltó ella mientras se acercaba a él dando zancadas.

—¡Está bien, labios de azúcar! —respondió Rex con una sonrisa burlona.

Tabitha, ofendida, hizo rechinar los dientes y alargó la mano derecha. Unas brillantes llamas de color violeta empezaron a bailar alrededor de su cuerpo, llenando el aire de electricidad. Charlie sintió que se le erizaba el vello de los brazos y las piernas. La criatura seguía cantando —aunque ahora con más rapidez e intensidad— y a Charlie le sorprendió la extraña belleza de su voz.

—¡Es increíble! —murmuró.

—Sí, hasta que llega al *crescendo* —observó Rex—. Pronto se va a volver insoportable.

—¿Y qué pasará entonces?

—¡Oh!, que nuestras cabezas estallarán.

—¿Que estallarán? —preguntó Charlie con voz ahogada.

—Es un fenómeno muy interesante —terció otra voz. Al girarse hacia la ventana, Charlie vio a un hombre bajito y sudado con una barba muy cuidada intentando trepar por la ventana que tenía el cristal de plástico roto. Llevaba un oscuro traje de lana con chaleco (demasiado grueso para aquella cálida noche)—. La precisa frecuencia de la nota final de un lenguaplateada... —prosiguió el hombre jadeando por el esfuerzo, con el sudor goteándole por la punta de su larga nariz—, ¡estúpida ventana! —soltó de repente irritado—, hace que el aire de la cavidad nasal de los seres humanos vibre con tanta velocidad, que el cráneo estalla en mil pedazos. Es una táctica muy eficaz.

—¡Caray! ¿Eso crees? —observó Rex.

—Sí, eso creo, a diferencia de ti —le soltó el hombre con barba, que seguía intentando trepar por la ventana—. Y te recuerdo que no puedes actuar sin que yo te lo autorice. Ya conoces las reglas, Rex.

—¿Aún sigues hablando conmigo, Pinch? Durante unos segundos no te he estado escuchando.

—¡Odio cuando me llamas de ese modo! —gimió el hombre llamado Pinch.

—¡Y yo odio perder el tiempo discutiendo con una rata como tú, sobre todo cuando tengo un lenguaplateada de la clase cinco cantando a plena voz por el que preocuparme!

—Es de la clase cuatro —le corrigió Pinch aterrizando en la habitación con un golpe seco.

—¡No, es de la clase cinco! —insistió Rex—. Cuenta los malditos pinchos que tiene en la cola, ¿o es que no sabes contar?

Charlie miró los pinchos que la criatura tenía en la cola.

—Sí, tiene cinco —dijo confirmándolo.

—¿Lo ves, Pinch?, incluso el chaval lo sabe —dijo Rex.

De pronto, el lenguaplateada, que seguía cantando, logró liberar su aguijón del parqué emitiendo un chirrido como el de un clavo herrumbroso al arrancarse de una plancha de madera y sacó su reluciente cola del lazo que la oprimía. Intentó atacar a Rex con ella, pero él pegando un veloz salto hacia atrás, la esquivó y la cola le pasó silbando a ras de cara.

—¿Cómo va el portal, princesa? —le gritó Rex.

—¡Estoy en ello! —le respondió Tabitha gritando a su vez.

—¡Qué buena noticia! —exclamó Rex lanzando de nuevo el lazo a la venenosa cola de aquella horrible criatura con la elegancia de un matador. Después se sacó una daga (que también relucía al emitir llamas azuladas) del cinturón y la utilizó para esquivar los bandazos del peligroso aguijón que el bicho usaba como una espada.

El trepidante canto de aquella criatura se volvió tan terriblemente fuerte que Charlie sintió que la cabeza le vibraba como una máquina de mezclar pinturas y que los ojos estaban a punto de salírsele de las órbitas.

—¡Haz algo! —le suplicó Pinch—. El tono se está volviendo más agudo.

—¿Qué está pasando aquí? —gritó de repente alguien desde el pasillo—. Charlie, ¿estás bien?

—Es mi papá —dijo el chico con una sonrisita—. Se supone que no debo estar levantado.

Justo en ese instante el cuerpo de Tabitha se cubrió de unas llamas purpúreas. Charlie sintió una ráfaga de aire caliente y de pronto se abrió en medio de la habitación un enorme portal, como una entrada. Era redondo y lo bastante grande como para pasar por él en coche. Los bordes ardían con unas llamas violáceas como las que bailaban alrededor del cuerpo de la joven.

—¡Ésa es mi chica! —exclamó Rex sonriendo.

La puerta del dormitorio se abrió de par en par y el señor Benjamin se apresuró a entrar.

—Hijo, ¿estás teniendo otra de tus pesadi…? —el padre

de Charlie se detuvo en seco sorprendido—. ¡Eh!, ¿qué está pasando aquí?

El lenguaplateada le lanzó una mirada asesina.

Ésa era la distracción que Rex necesitaba. Se abalanzó velozmente sobre el monstruo y, conteniéndolo con el peso de su propio cuerpo, lo obligó a retroceder hacia el portal, interrumpiendo su mortal nota final. La criatura se cayó por él y desapareció de repente. Charlie se acercó corriendo para ver adónde había ido a parar.

Lo que vio le impresionó.

El portal parecía estar suspendido en medio del aire sobre un extraño y desconocido país. Abajo, a una gran distancia, vio una enmarañada masa de cristales de color mostaza entrelazados como si fueran alambres de púas. El lenguaplateada se precipitó en el vacío y, al chocar contra los cristales, rompió algunos y su cuerpo quedó cortado a rodajas con los afiladísimos cantos de otros. Al cabo de poco Charlie ya no pudo ver nada más: la criatura había desaparecido en el mortal matorral.

—¡Uau! —exclamó Charlie mirando sobrecogido el vacío.

Rex se puso en pie de un brinco y volvió a guardarse la daga en el cinturón.

—¡Y así es cómo trabajamos! —dijo con una sonrisa de chulería—. A veces me sorprendo incluso a mí mis…

De repente, un gigantesco murciélago carmesí se lanzó en picado por el rojo cielo extraterrestre emitiendo un horrible chillido y cruzó el portal que aún seguía abierto. Atrapó a Rex con sus nudosas garras y, batiendo las alas furiosamente, se lo llevó a aquel extraño mundo del más allá.

—¡Rex! —gritó la joven.

Casi al instante, Charlie vio que el lazo de Rex cruzaba el portal, rozándole las mejillas, y rodeaba con fuerza el pomo

de la puerta emitiendo un chasquido. La cuerda se tensó.
Rex, sujetando el lazo por la otra punta, forcejeaba en medio
del aire como una cometa zarandeada por un huracán mientras aquella gigantesca criatura que parecía un murciélago luchaba por llevárselo volando.

—¡Tira! —gritó Rex—. ¡Tira del lazo y no lo sueltes!

Tabitha y Charlie agarraron el lazo y se pusieron a tirar frenéticamente de él como si estuvieran jugando al tira y afloja con el murciélago, mientras Pinch caminaba nerviosamente de un lado a otro de la habitación.

—Le dije que antes de actuar debía decírmelo para ver si me parecía bien —gimió Pinch—. Y ahora nos hemos metido en un buen lío.

—¡Resistid y tirad con fuerza! —gritó Rex mientras el murciélago aleteaba y caía en picado como un pez debatiéndose en el sedal de una caña de pescar—. ¡Y tú, Pinch, cierra el pico!

—¡A palabras necias, oídos sordos! —exclamó Pinch girándose hacia el padre de Charlie—. Señor Benjamin, ¿tiene por casualidad un poco de harina en casa?

—¿Una gallina?

—No, señor. No una gallina, sino *harina,* como la de la frase «necesito harina para hacer un pastel de calabaza».

—¡Oh, creo que sí! —dijo Barrington.

—Vaya a buscarla, por favor, con una cierta urgencia, si no le importa.

—¡Ahora mismo se la traigo! —dijo Barrington y salió corriendo de la habitación.

Aquella horrible criatura con aspecto de murciélago aleteaba furiosamente emitiendo un estruendo parecido al de un tren de mercancías mientras arrastraba poco a poco a Charlie y a Tabitha hacia la abertura del portal.

—¡Ayúdanos! —le gritó Tabitha a Pinch—. ¡Nos está arrastrando al Mundo de las Profundidades!

Charlie miró por el portal y vio debajo, a gran distancia, unos cristales afilados como hojas de afeitar en el suelo, esperando que cayeran encima de ellos para cortarlos en rodajitas.

—De hecho, sólo estoy aquí para dirigir y aconsejar —repuso Pinch.

—¡Ayúdanos! —gritaron a coro Charlie, Rex y Tabitha.

—¡Oh, de acuerdo, de acuerdo! —respondió Pinch tirando también del lazo. Al unirse a ellos, lograron traer de nuevo a Rex al dormitorio mientras Barrington se acercaba corriendo a Pinch llevándole un paquete de harina.

—¡La he conseguido! —exclamó jadeando.

—¡Excelente! —respondió Pinch—. Ahora arrójela al murciélago del Mundo de las Profundidades.

—¿Al qué?

—¡Al único murciélago gigante que ronda por aquí y que está intentando matarme! —rugió Rex.

—¡Oh! —exclamó Barrington. Justo cuando Charlie, Pinch y Tabitha tiraban del murciélago y conseguían que cruzara el portal para llevarlo a la habitación, el señor Benjamin rompió el paquete provocando una tormenta de harina. El murciélago la esparció con sus frenéticos aleteos por todas partes y al cabo de poco la habitación estaba cubierta de una gruesa nube de finas partículas blancas. Casi al instante, el murciélago del Mundo de las Profundidades cayó al suelo y avazó a trompicones como si estuviera borracho.

—¿Qué le ha pasado? —preguntó Charlie.

—Los murciélagos del Mundo de las Profundidades, al igual que los murciélagos normales, utilizan para orientarse una especie de radar llamado ecolocación —respondió

Pinch—. Los granitos de harina interfieren en su sistema de radar y lo desorientan.

—¡Gracias, Míster Ciencia! —exclamó Rex dando al pajarraco un fuerte codazo en la cabeza.

El murciélago, que aún estaba tosiendo y respirando con dificultad, lo soltó. Con un rápido y fluido movimiento Rex sacó el lazo del pomo de la puerta y dio un fuerte latigazo con él como un domador de leones, obligando al murciélago a cruzar la boca del portal. El murciélago del Mundo de las Profundidades atravesó tambaleándose a ciegas el portal y cayó en el vacío, girando vertiginosamente en medio del aire hasta que al final se clavó en una de las afiladas agujas de cristal que se elevaban del suelo.

—¡Cierra el portal! —gritó Rex.

Tabitha agitó la mano y el portal rodeado de ardientes llamas violáceas se cerró de golpe. Se hizo un gran silencio en la habitación, mientras la harina se posaba cubriéndolo todo y a todos como una pacífica capa blanca de una curiosa forma que a Charlie le recordó la Navidad.

—¿Qué demonios está pasando aquí? —logró decir al fin el señor Benjamin—. ¿Quiénes son ustedes?

—Me llamo Rex —dijo el vaquero mientras le estrechaba la mano con fuerza—. Encantado de conocerle. Soy un *cowboy*.

—La palabra adecuada es «desterrador» —le corrigió Pinch desdeñosamente.

—Pues aunque sea adecuada, a mí me parece una palabra demasiado fuerte. Yo prefiero la de *cowboy*. Ella es Tabitha —añadió Rex señalando a la joven—. Es una abreportales.

—Nosotros preferimos que nos llamen abreprofundidades.

—Como puede ver, está chaladita por mí.

—¡No es cierto! —exclamó Tabitha irritada.

—¿Ah, no? —repuso Rex con una sonrisa burlona—. ¿Qué tiempo hace en la Ciudad del Desmentimiento? ¿Caluroso y pesado?

—¡Eres increíble! —le soltó Tabitha sacudiendo la cabeza.

—Sí que lo soy, ¿verdad? —repuso Rex.

—¡No les haga caso! —le dijo Pinch al señor Benjamin—. Me llamo Edward Pinch. Yo soy lo que llamamos el «organizador» del grupo, y también el responsable.

—¿El responsable de qué? —preguntó Rex.

—De salvarte la vida —le soltó Pinch.

—¡Eh, que no me has salvado la vida! Yo estaba a punto de decirle al señor Benjamin que trajera un paquete de harina cuando tú lo hiciste.

—¡Qué arrogante eres! —exclamó Pinch—. No espero que me hagas una reverencia para agradecérmelo, con que me des las gracias me basta.

—Pues vale —respondió Rex—. Gracias, Pinch, por arreglar la metedura de pata de la princesa.

—¿Qué metedura de pata? —le soltó Tabitha.

—¿Acaso no abriste el portal en el quinto círculo?

—¡Claro que sí! Porque estábamos desterrando a un lenguaplateada de la clase cinco. Y se supone que los de esa clase han de volver al quinto círculo del Mundo de las Profundidades, allí es donde viven.

—Sí, ¿y sabes por casualidad quiénes más viven en el quinto círculo? Pues otros bichos de la clase cinco, como el murciélago que quería zamparse mi cabeza.

—Tabitha ha hecho lo que debía hacer —terció Pinch defendiéndola—. La *Guía del Mundo de las Profundidades* del Departamento de las Pesadillas es muy clara al respecto, ¡las reglas son, después de todo, reglas!

—Pinch, ya sabes cuánto me gustan las reglas —respondió Rex—. Si no existieran, no podría saltármelas.

—¡Ya basta! —exclamó el señor Benjamin—. ¿Puede alguno de ustedes darme una buena razón por la que no deba llamar a la policía?

—¡Yo tengo una! —respondió Tabitha volviéndose hacia él—. Su hijo Charlie es la persona con el Don más fuerte que he conocido en toda mi vida. Pero si no aprende a controlarlo…, los matará a todos ustedes.

3

EL OLOR A CANELA

Afirman saber qué es lo que le pasa a Charlie —le dijo Barrington a su mujer varios minutos más tarde en la sala de estar, después de que entre todos hubieron limpiado la habitación—. Creo que debemos hacerles caso.

—Yo también —dijo Charlie sentándose en el sofá junto a su madre.

Olga sólo se encogió de hombros.

—Sé que no es la primera vez que en su casa ocurre algo parecido a lo de hoy —observó Tabitha sentada en el brazo del sillón floreado que había junto al sofá—. Ustedes se están haciendo un montón de preguntas sobre su hijo y nosotros podemos respondérselas.

—Así es —dijo Rex haciendo crujir los nudillos. Tabitha le guiñó el ojo—. Todos los niños sueñan mientras duermen, ¿verdad? Algunas veces sueñan cosas agradables y otras tienen pesadillas. Pero a ti, Charlie, las pesadillas no te ocurren sólo en la cabeza: tienen una finalidad. Son como una puerta que da al terrorífico país del coco.

—La palabra correcta es al Mundo de las Profundidades —le corrigió Pinch.

—Y en ese país del coco —prosiguió Rex echándole una mirada—, hay montones de desagradables bichitos que quieren cruzar la puerta para entrar en nuestro mundo.

—¿Por qué? —preguntó Charlie sorprendido.

—Porque les gusta causar problemas —respondió Rex—. La mayoría de ellos se limitan a fastidiar un poco. Arman jaleo en las casas viejas, asustan a las ancianitas y otras cosas por el estilo.

—¡Son fantasmas! —exclamó Charlie.

—Sí, algunos de ellos lo son. Pero no tienes por qué preocuparte, son inofensivos. Pero hay otros, Charlie..., que son muy peligrosos. Como los de la clase cinco a los que acabamos de dar una paliza.

—¿Está diciendo que esas «cosas» están entrando en nuestro mundo todo el tiempo? —preguntó el señor Benjamin sin poder creérselo.

—¡Así es! —respondió Tabitha—. Pero necesitan niños para hacerlo. Niños con lo que nosotros llamamos «el Don».

—O naces con él o no lo tienes —observó Rex encogiéndose de hombros.

—El Don se aviva con la imaginación —prosiguió Tabitha—, por eso en la edad adulta normalmente se debilita y se pierde. Cuanto más fuerte sea el Don, más grande y poderoso es el portal que se puede crear y más peligrosa es la criatura que puede salir de él. Su hijo... tiene una fuerza inusual —añadió sonriéndole a Charlie de manera tranquilizadora.

—¡Sin lugar a dudas! —reconoció Pinch—. Hacía décadas que un niño no era tan poderoso como para abrir un portal de la clase cinco. Yo lo he estado observando desde hace un tiempo, en realidad desde la catástrofe de la hora de la siesta.

—¿Ha... ha oído hablar de ella? —dijo entrecortadamente Charlie.

—¡Claro que sí! No sería bueno en mi trabajo si no me enterara de esa clase de cosas, ¿no te parece? Pero al leer el artículo que hace poco se publicó en el periódico supe que teníamos que actuar con rapidez.

—¿El artículo del periódico? ¿Se refiera al de «La terrorífica y apocalíptica fiesta pijama»? —preguntó Barrington.

Pinch asintió con la cabeza.

—Al leer la historia supe que su hijo había abierto un portal por el que había entrado un acechador del Mundo de las Profundidades de un considerable tamaño, como mínimo de la clase tres.

—¿Qué es un acechador? —preguntó Charlie.

—Tiene el aspecto de una araña gigante —respondió Tabitha.

—¿Lo veis? —gritó Charlie triunfante girándose hacia sus padres—. ¡Os lo dije!

—Supe enseguida que teníamos que ocuparnos de su chico para evitar que fuera un peligro para sí mismo y para los demás —prosiguió Pinch—. Como pueden ver por lo que ha ocurrido esta noche, tienen suerte de que lo hiciéramos.

Barrington sacudió la cabeza asombrado.

—¿Así que todo ese tiempo en el que creíamos que Charlie se comportaba como un loco mientras tenía una pesadilla lo que estaba pasando en realidad era que dejaba entrar a unos monstruos en nuestro mundo y eran ellos los que hacían esos destrozos?

—Así es —repuso Pinch.

—¡Qué increíble! —exclamó Barrington—. ¿No te parece, querida? —añadió volviéndose hacia Olga. Ella se limitó a encogerse de hombros con un aparente desinterés.

Rex se la quedó mirando con curiosidad.

—He advertido que no ha dicho ni una sola palabra, señora Benjamin. ¿Le importa decirme si hoy ha estado haciendo bollos de canela?

—No —respondió ella.

—¿Galletas de canela, panecillos de canela, tostadas de canela? ¿Cualquier cosa con canela?

—No, que yo recuerde —repuso la señora Benjamin.

—¿Ha comido algo con canela? ¿O quizá una de sus amigas lo ha hecho?

—No creo.

—¡Lo que me imaginaba! —prosiguió Rex y, saltando de pronto por encima de la mesita, se lanzó sobre Olga y la agarró por el pescuezo—. ¿Qué le has hecho a la mamá de Charlie, bicho asqueroso? —le gritó.

El señor Benjamin contempló horrorizado a Rex estrangulando a su mujer.

—¿Qué demonios...? —exclamó entrecortadamente—. ¡Esto está por completo fuera de lugar! ¡Fuera de lugar!

—¡Suelta a mi madre! —gritó Charlie saltando por encima de la mesita. Agarró a Rex e intentó apartarle las manos del cuello de su madre.

—¡Ésta no es tu madre, chico! —le soltó Rex—. ¿No notas a qué huele? A canela. Todos los imitadores apestan a canela.

—¡Suéltala ahora mismo! —le ordenó Pinch—. ¡Hay mucha gente que huele a canela, y eso no significa que tenga que ser una criatura del Mundo de las Profundidades!

—Quizá, pero ésta lo es y te lo demostraré —le soltó Rex sacando a rastras del sofá a la señora Benjamin mientras su marido gritaba reprobándoselo.

—¡Señor, la mujer que está arrastrando por el cuello es mi esposa! ¡No se lo permitiré! ¡Suéltela ahora mismo!

Pero Rex no le hizo caso y siguió arrastrando a la señora Benjamin hacia el cuarto de baño del piso de abajo. Ella le mordió y le arañó con saña en la cara, sobre todo cuando él abrió la puerta de la cabina de la ducha de par en par y la metió dentro de ella sin ninguna contemplación.

—¿Qué está haciendo? —gritó Charlie.

—Ya lo verás, chico.

—¡No dejes que le haga daño a tu mamá! —le suplicó Olga—. ¡Ayúdame! Yo siempre te he protegido.

—¡Corta el rollo, imitador! —le soltó Rex abriendo el grifo de la ducha.

En cuanto el agua tocó el cuerpo de Olga, empezó a encogerse lanzando un aullido inhumano y arañando frenéticamente la puerta de cristal de la ducha. La piel le empezó a burbujear y a ennegrecerse y luego se le fue despellejando a grandes tiras y se licuó. Al terminar de deslizarse por el caño, la criatura que había estado suplantando a la señora Benjamin quedó retorciéndose como una babosa en el fondo de la ducha. Era rosada y blanducha, con dos ojos enormes, sin piernas y dos brazos inusualmente largos y poderosos.

El señor Benjamin y Charlie se la quedaron mirando horrorizados.

—Disfrutad viendo cómo es en realidad un imitador de la clase cuatro —observó Rex con un dejo de «ya os lo decía yo»—. Sé que es de la clase cuatro por la cantidad de dedos que tiene en cada mano. Cuantos más dedos tiene, más poderoso es.

—Así es —terció Pinch—. Uno de la clase uno, por ejemplo, sólo tiene la fuerza para dominar e imitar a un ser del tamaño de un bebé, pero sólo uno totalmente desarrollado de la clase cinco puede convertir a un hombre hecho y derecho como usted en su presa.

—En su presa... —repitió el señor Benjamin con una creciente ansiedad.

—Sí, pero no se preocupe —dijo Tabitha poniéndole la mano sobre el hombro para tranquilizarlo—. Para que un imitador pueda mantener su disfraz, la víctima ha de encontrarse cerca y con vida. Su mujer está bien. Probablemente la secuestró cuando ella estaba en la cama durante la última pesadilla de Charlie y debió de esconderla en alguna parte de la casa antes de tomar su forma.

—¡El desván! —exclamó Charlie—. Ayer por la noche oí unos arañazos en él. Creí que eran las ardillas.

—¡Ve a buscarla! —le dijo Tabitha a Rex—. Yo me encargaré de esto —añadió señalando al imitador que intentaba en vano agarrar por arriba con sus largos y fuertes dedos la puerta doble de la ducha.

—De acuerdo, cariño —repuso Rex—, pero tú sólo eres una abreportales. ¿No prefieres que me quede contigo y te eche una mano?

—El día que necesite que me ayuden a deshacerme de un vulgar imitador será el día que te diga que estoy enamorada de ti.

—O sea que esto significa...

—¡Que no ocurrirá nunca! —le soltó agitando la mano para que se fuera de una vez.

El desván estaba a oscuras y olía a periódicos viejos y a colchones húmedos. El señor Benjamin fue el primero en subir por la escalera, seguido de su hijo.

—¿Mamá? —gritó Charlie.

—Querida, ¿estás aquí?

—¡No vuelvas a hacer algo tan peligroso y estúpido nunca

más! —le dijo Pinch a Rex en privado mientras Charlie y su padre buscaban a Olga por el desván.

—Estaba seguro de que era un imitador —respondió Rex.

—Pero si no lo hubiera sido habrías lastimado a esa mujer y el Departamento de las Pesadillas se habría metido en problemas.

—Estaba seguro de que lo era —repitió Rex.

Pinch puso los ojos en blanco.

—Las decisiones que afectan a la integridad operativa del Departamento de las Pesadillas sólo son de mi incumbencia. Yo soy el que interpreta las reglas y el que decide. Tú no eres más que un mandado. ¡Y punto!

—No, no es tan sencillo —observó Rex inclinándose hacia él—. Mi instinto me decía que algo no iba bien con esa mujer y tuve que hacerle caso. Tú no puedes entenderlo. No tienes el Don. Al menos no lo tienes tan desarrollado.

Pinch retrocedió como si lo hubieran pinchado.

—¡Lo siento, Pinch! —prosiguió Rex—. No pretendía herirte. Sólo quería que entendieras que, cuando creo que he de actuar, he de hacerlo.

—Y yo también. Y si vuelves a decidir algo sin mi permiso, le sugeriré al Consejo que te pongan en un periodo de prueba —le dijo Pinch.

—Estoy seguro de que lo harás.

—¡Eh, vosotros, venid aquí! —les gritó Charlie—. La hemos encontrado... ¡Está en la nave espacial!

Olga Benjamin había pasado los últimos días metida en el viejo y olvidado embalaje de cartón de una nevera que Charlie y su padre habían pintado como si fuera una nave espacial. Tenía las manos y los pies atados con cinta adhesiva y la habían amordazado metiéndole un sucio trapo del polvo en la boca.

—Cariño, pobrecita mía... —dijo el señor Benjamin mientras rompía la cinta adhesiva y le quitaba la mordaza—. ¿Estás bien?

—Creí que estaba muerta —dijo Olga con voz ronca por haber estado sin hablar durante tanto tiempo—. Una criatura..., una cosa espantosa con unos dedos larguísimos y terribles..., me secuestró... y me metió en la nave espacial.

—Ya lo sabemos, mamá —dijo Charlie—. ¡Qué horrible! Pero ahora... Rex y Tabitha van a deshacerse de esa criatura.

—¿Rex y quién más? —preguntó Olga con voz ronca.

—Hay un montón de cosas que debes saber —respondió el señor Benjamin ayudándola a ponerse en pie—. Pero antes es mejor que te tomes una taza de té para tranquilizarte.

El té (y el chorrito de whisky que echaron en él) ayudó a Olga a tranquilizarse. A la tercera taza, ya estaba escuchando atentamente la historia de Rex sobre los abreportales (los «abreprofundidades», le corrigió con delicadeza Tabitha), los desterradores, los lenguaplateadas de la clase 5 que cantan a plena voz, el olor a canela y cómo el agua desenmascaraba a un imitador.

—Pero ¿por qué diantres quería imitarme? —preguntó Olga.

—Por el sudor, señora —respondió Rex—. A la clase de imitadores como el que la secuestró les encanta el sudor común y corriente. En realidad, lo necesitan para sobrevivir. Si no pueden obtenerlo de los humanos, lo toman de los animales, pero para poder lamerlo han de tomar la forma de un ser con una boca, porque esas criaturas no tienen una propia.

—Mmmm... ¿Y ese imitador a quién le estuvo sorbiendo el sudor? —preguntó el señor Benjamin alarmado.

—Pues es muy probable que a usted —dijo Rex con una

sonrisa burlona—. Seguramente mientras dormía. No hay nada que le guste más a un imitador que lamerle el sudor a alguien mientras está echando una siestecita.

—Ya veo —dijo el señor Benjamin poniéndose lívido.

—¿Y ahora qué tenemos que hacer? —preguntó Olga.

—Llevarnos al chico ante el Consejo Supremo del Departamento de las Pesadillas —respondió Pinch con los ojos brillantes de entusiasmo.

—¿El qué? —preguntó el señor Benjamin.

—¡Me alegro de que no haya oído hablar de él! —le soltó Pinch—. Verá, el Departamento de las Pesadillas es una organización supersecreta que se encarga de controlar a los habitantes del Mundo de las Profundidades. Como puede imaginarse, con todas las pesadillas que hay en el mundo, existe una gran cantidad de criaturas del Mundo de las Profundidades de las que los humanos hemos de defendernos y deshacernos.

—Sí, sí, pero ¿qué tiene que ver Charlie con esto? —insistió el señor Benjamin.

Pinch pareció sorprenderse de que no lo supiera.

—Cualquiera que tenga una fuerza tan inusual como para abrir un portal de la clase cuatro o hacer que una criatura más poderosa aún del Mundo de las Profundidades se cuele en nuestro mundo ha de ser llevado ante el Consejo para que sus miembros lo identifiquen, juzguen y evalúen. Es la ley. Las reglas son muy claras a este respecto.

—¿Es cierto? —le preguntó Olga a Tabitha.

—Me temo que sí —respondió ella—. Pero no se preocupe, haré todo cuanto esté en mis manos para proteger a Charlie.

—¿Y de qué tendrá que protegerle exactamente? —preguntó Olga con desconfianza—. ¿Qué van a decidir hacer con él?

—¡Oh, depende! —dijo Pinch con poco entusiasmo—. Pueden decidir que el chico tiene buena madera e inscribirlo en la Academia de las Pesadillas. Al cabo de varios años se licenciará y, al igual que nosotros, se pasará la vida librando a los seres humanos de las criaturas del Mundo de las Profundidades. Un trabajo de lo más respetable.

—¡Sí, el trabajo con el que todos soñamos! —soltó Rex irónicamente.

—¿Y si deciden que no sirve para ello? —preguntó el señor Benjamin.

—Bueno, no se puede dejar que un chico capaz de abrir un portal de la clase cinco ande por ahí haciendo que los monstruos se cuelen en nuestro mundo y vayan de acá para allá —repuso Pinch—. ¿Se imaginan lo que podría haber ocurrido si no hubiéramos estado aquí para deshacernos del lenguaplateada? ¿O incluso lo que ocurriría si su hijo fuera lo bastante fuerte como para abrir un portal por el que se colara un nominado? —al pronunciar «nominado» Pinch se estremeció sin querer y Charlie se preguntó qué clase de criatura sería tan horrible como para asustar a Pinch incluso más que los aterradores monstruos a los que acababan de enfrentarse—. No —prosiguió el hombre soltando una risita nerviosa—, si el Consejo decide que no sirve para estudiar en la Academia, entonces a Charlie lo tendrán que... reducir.

—¿Reducir? —preguntó Olga asustada.

—Sí. Una reducción es un proceso mediante el cual los mejores cirujanos del mundo disminuyen, sin que sienta ningún dolor y empleando las técnicas más avanzadas, la habilidad de su hijo para abrir un portal superior, digamos, a los de la clase dos.

—Comprendo —dijo el señor Benjamin—. Harán por medio de una operación quirúrgica que mi hijo sea un estúpido.

—No, estúpido no, señor —replicó Pinch—. Su chico tiene un cociente intelectual increíblemente elevado. Sólo se lo reducirán un poco.

—¿Sólo se lo reducirán un poco? —repitió el señor Benjamin.

—Así es. Es tan elevado que apenas lo notará.

—Comprendo —dijo el señor Benjamin—. ¿Y a ti qué te parece? —le preguntó a su esposa.

—Pues que si intentan llevarse a Charlie —respondió con suavidad— yo me encargaré personalmente de arrancarles la cabeza y de plantar flores en su gaznate.

—¡Muy bien dicho! —exclamó el señor Benjamin.

Charlie se puso en pie de un salto.

—¿Es que yo no tengo ni voz ni voto en el asunto? Después de todo se trata de mí.

—Hijo, ¿no querrás irte con esta gente? —protestó el señor Benjamin—. En el mejor de los casos te alejarán de nosotros y harán que seas una especie de cazamonstruos, y en el peor, te convertirán en un estúpido.

—Sólo en un niño del montón —replicó Pinch.

—¡Eso es incluso peor! —le soltó el señor Benjamin—. No pienso permitir que se lo lleven.

—¡Pero yo quiero ir! —exclamó Charlie—. Es la primera vez en toda mi vida que entiendo por qué me pasaban todas esas cosas. Quiero aprender más. Quiero trabajar en lo mismo que ellos.

—¡De ninguna manera! —exclamó el señor Benjamin.

—Lo siento, Charlie, pero está decidido —dijo Olga apoyando a su marido.

—¡Ustedes no pueden decidirlo! —exclamó Pinch poniéndose en pie—. Las reglas son muy claras en esta cuestión. Hemos de llevarle ante el Consejo con o sin su consentimiento, por la fuerza, si es necesario.

El señor Benjamin se puso en pie de un brinco.

—En ese caso será por la fuerza. Y si cree que es más fuerte que el amor que siento por mi hijo, le invito a comprobarlo, señor —añadió remangándose las mangas y doblando sus esqueléticos brazos.

—Ustedes que son unas buenas personas —dijo la señora Benjamin volviéndose hacia Tabitha y Rex— hagan algo —les suplicó.

—Por más que me pese reconocerlo, señora, Pinch tiene razón. Por culpa de Charlie usted se ha pasado los últimos días atada y encerrada en una caja de cartón, y esto sólo por un estúpido imitador. Si entrara otra criatura de la clase cinco, o lo que es aún peor, un nominado…, sería el fin para usted, para su marido y también para Charlie. Si quieren protegerlo, deben dejarle venir con nosotros. En toda mi vida sólo he conocido a otra persona con un Don tan fuerte.

—¿Y qué le pasó? —preguntó Olga.

—Que no le fueron bien las cosas —respondió Rex en voz baja—. Pero a su hijo no le ocurrirá lo mismo. Le doy mi palabra. Quizá para los demás no signifique demasiado, pero para mí, sí.

Olga parecía no estar convencida del todo.

—Barrington…, ¿qué te parece que debemos hacer?

El señor Benjamin reflexionó un momento.

—Si le hace daño a mi hijo —dijo al fin a Rex—, si algo le ocurre, aunque sólo sea un rasguño en los nudillos, no se librará de mi ira aunque vaya a esconderse a la otra punta del mundo. ¿Lo entiende?

—Sí, lo he entendido —respondió Rex.

Charlie se quedó sorprendido, nunca había visto a su padre mostrarse tan contundente. De pronto, se puso colorado de orgullo.

Barrington sostuvo una mano de Olga entre las suyas.

—Querida, sé que cuesta imaginar el dejarle ir..., pero creo que será lo mejor para él. Quizá ha llegado el momento de dejar que su destino se revele por sí solo.

—Pero no es más que un niño... —protestó ella.

—Todo irá bien, mamá —dijo Charlie—. Confía en mí.

—Confío en ti, hijo —respondió ella—. Es de ellos de los que no me fío —añadió señalando a Rex, Tabitha y Pinch.

—Entiendo cómo se siente, señora —dijo Rex—. Sé que nos peleamos, discutimos y que quizá no somos las personas más dignas de confianza del mundo. Si yo estuviera en su lugar, me sentiría igual que usted. Pero le prometo que no dejaré que le ocurra nada a su chico —añadió sonriendo con dulzura—. Yo crecí en un rancho y mi papá siempre decía: «Si la leche se agría, hay que hacer que el rebaño se mueva». En su casa hace tiempo que la situación se ha agriado y está yendo a peor. Si quiere a su hijo, si desea salvarle, debe dejarle ir.

Olga escrutó sus ojos para ver si le estaba diciendo la verdad.

—Entonces llévenselo —dijo por fin y luego se echó a llorar.

4

EN EL MUNDO
DE LAS PROFUNDIDADES

A Charlie le gustó sentir el agradable aire nocturno acariciándole el rostro. Él y los tres adultos salieron rápidamente de su casa.

—Mi madre cree que soy un bebé —dijo ajustándose la bolsa que llevaba colgada del hombro. Había metido en ella a toda prisa un par de tejanos, algunas de sus camisetas favoritas y su diario de los artilugios.

—Está preocupada por ti —repuso Tabitha revolviéndole el pelo—, porque no eres más que un niño.

—Cree que no puedo hacer nada, pero soy un tipo valiente y duro. Puedo hacer muchas cosas.

—Las bocas pequeñas tienen mucho apetito —le soltó Rex con una sonrisa burlona.

—¿Qué quieres decir?

—Que debes tener cuidado con lo que desees. No te preocupes, vivirás suficientes aventuras, probablemente más de las que deseas. Este lugar parece adecuado —dijo Rex señalando una zona en la penumbra que se encontraba detrás de una gran mata, oculta a la vista de los transeúntes que circulaban por la calle.

—Vale. Retroceded —dijo Tabitha colocándose detrás de la mata. Cerrando los ojos, extendió la mano derecha. Unas llamas violáceas empezaron a crepitar alrededor de su cuerpo mientras el aire se cargaba de electricidad.

—¿Qué es lo que está haciendo? —preguntó Charlie.

—Abriendo un portal para que podamos llevarte ante el Consejo Supremo lo antes posible —explicó Rex—. Podíamos haberlo hecho en tu casa, pero pensamos que sería mejor pirarnos de allí antes de que tus padres cambiaran de idea. Parecían estar dudando cuando Pinch les dio aquellos sobres dirigidos al Departamento de las Pesadillas.

—Son la única forma en la que pueden ponerse en contacto con Charlie. Creí que les ayudaría a tranquilizarse un poco —repuso Pinch.

—Pues no estaré tranquilo hasta que no nos vayamos de aquí. No te preocupes, chico... Los abreportales suelen ser rápidos trabajando —dijo Rex.

—Y arriesgados —añadió Pinch.

—Si le quitas el riesgo a la vida, Pinch, pierde su encanto —observó Rex.

De pronto se abrió ante ellos un portal de casi dos metros de altura, con la abertura circular rodeada de llamas violetas. A través de él Charlie vio una llanura árida y rocosa. Era un lugar desértico con unas grandes y extrañas protuberancias de piedra equipadas con una especie de asquerosos cepillos de fregar que emitían una luz azulada. Tenía un aspecto muy distinto de la parte del Mundo de las Profundidades que Charlie había visto antes.

—¡Salta por el portal! —le dijo Rex acompañándolo hasta la abertura.

—Pero ¿no está lleno de...? —le preguntó Charlie nerviosamente.

—¿De monstruos? —dijo Rex con una sonrisa burlona—. Confía en mí, es totalmente seguro. ¡Venga, salta!

Charlie cogió aire, cerró los ojos y se lanzó al Mundo de las Profundidades.

Después de sentir una extraña sensación en el estómago, se descubrió plantado en aquel duro y rocoso suelo. Al mirar atrás, vio que Pinch, Rex y Tabitha también cruzaban el portal. Cuando Tabitha lo cerró haciendo un rápido movimiento con la mano, Charlie casi se echó a llorar alarmado. De repente sintió una especie de pánico: estaba abandonado a su suerte en un mundo extraño, y, al igual que un submarinista desorientado en el fondo del mar que no sabe dónde está la superficie, se dio cuenta de que no tenía ni idea de cómo salir de él.

—¡Relájate, chico! —le dijo Rex al ver que se estaba dejando llevar por el pánico—. Respira hondo. Mira a tu alrededor. Recupera la calma.

Charlie intentó calmarse y después hizo lo que Rex le había sugerido. Se sorprendió al descubrir que las rocas que les rodeaban se inclinaban sutilmente hacia la misma dirección, como si estuvieran señalándoles algo. Al volverse para ver qué era lo que estaban señalando, se descubrió contemplando una columna gigantesca de fuego rojo girando y retorciéndose a lo lejos.

—Es el Anillo Interior —explicó Rex caminando un poco más deprisa al lado de él—. Míralo si quieres, pero no lo toques, es un lugar horrible.

—¿A qué distancia queda? —preguntó Charlie

—¿En kilómetros? No tengo ni idea, pero está lejos. Muy lejos. Ahora nos encontramos en el primer anillo, el más exterior del Mundo de las Profundidades. Lo entenderás mejor si te lo imaginas como el ojo de un huracán, rodeado de unos anillos más pequeños dentro de otros más grandes. El primer anillo es un lugar bastante seguro, en él no hay más que gremlins, que ya conocías, y los bichos, unos seres bastante inofensivos que no superan los de la clase uno. Pero cuanto más te acercas al centro, más peligrosos son los seres que viven en esa parte.

—¿Por qué? —preguntó Charlie.

—Porque el Círculo Interior atrae a todos los monstruos del Mundo de las Profundidades —intervino Pinch—. Empiezan en el primer anillo como frágiles y débiles criaturas (son crías de lenguaplateadas, imitadores, murciélagos del Mundo de las Profundidades y otros seres parecidos), pero a medida que crecen van emigrando al centro. Simplemente han nacido para eso.

—Sí, aunque la mayoría de ellos no llegan nunca al Círculo Interior —añadió Rex—, porque mueren por el camino. Pero los que consiguen llegar… son los peores de todos, chico. Tardan muchos años en viajar desde el primer anillo al Círculo Interior, y el viaje es tan brutal que se vuelven increíblemente fuertes o mueren en el intento. ¿Qué es lo que ves más allá de esta llanura?

Al mirar, Charlie vio que la región llana y lunar en la que se encontraban llevaba a un oscuro bosque, denso e impenetrable.

—Un bosque —respondió—. Al menos es lo que parece desde aquí.

Rex asintió con la cabeza.

—Lo llamamos el segundo anillo. Cualquier criatura que pueda sobrevivir en él es por definición de la clase dos. Y al mirar más allá del bosque, ¿qué es lo que ves?

—Montañas —dijo Charlie—. Del color de huesos blanqueados, se alzan hacia el cielo como unas afiladas mandíbulas. ¿Es el tercer anillo?

—Sí —repuso Rex—. Y allí es donde encontrarás las versiones de la clase tres de esos mismos bichos a medida que van avanzando hacia el Círculo Interior, volviéndose más fuertes y feroces cada día que pasa. ¿Comprendes cómo funciona?

Charlie asintió con la cabeza.

—¿Y qué hay más allá de las montañas? ¿Qué aspecto tiene el cuarto anillo?

—Es un océano. Inmenso, frío y profundo. En realidad, yo lo llamo las Escalofriantes Profundidades —dijo Rex.

—¿Las Escalofriantes Profundidades? —repitió Pinch frunciendo el ceño—. ¡Qué nombre más ridículo!

—¿Cómo lo llamas entonces?

—¡El cuarto anillo, por supuesto!

—Pero si tuvieras que ponerle un apodo, ¿cómo lo llamarías? —insistió Rex.

Pinch reflexionó durante unos momentos.

—El Océano Aterrador —dijo por fin.

—¿El Océano Aterrador? —rugió Rex—. ¡Eso es terrible! ¿Y dónde está la belleza? ¿La poesía?

—Tengo una pregunta —dijo Charlie—. Si no es más que un océano, ¿dónde viven las versiones de la clase cuatro de las criaturas como los lenguaplateadas? ¿Aprenden a respirar bajo el agua?

—¡Una pregunta excelente! —exclamó Pinch—. Pues no, porque el Océano Aterrador —dijo lanzando una mirada desafiante a Rex— no es por completo un océano. Allí también hay islas…, pero no la clase de islas a la que estás acostumbrado. La mayor parte de ellas están aún sin explorar. En realidad, sólo se conoce una pequeña parte del Mundo de las Profundidades.

—Es cierto. Y más allá de las Escalofriantes Profundidades —dijo Rex mirando de reojo a Pinch— se encuentra el quinto anillo. Ya lo viste brevemente por el portal que abriste en tu dormitorio.

—¿Aquellos cristales amarillos pertenecían al quinto anillo?

Rex asintió con la cabeza.

—Es un lugar horrible. Te aseguro que es difícil de explicar. Desde donde estábamos no lo parece, porque sólo lo contemplábamos desde arriba, pero a nivel del suelo ves que en él hay una atmósfera tensa y claustrofóbica y que está lleno de los bichos más antiguos y feroces del Mundo de las Profundidades.

—Aunque los del Círculo Interior aún son peores —le corrigió Pinch.

—Sí, es cierto —reconoció Rex.

—¡No puedo creer que haya abierto un portal tan cerca de eso! —dijo Charlie en voz baja señalando el tornado de llamas rojas a lo lejos.

—Sí, estaba muy cerca, aunque por suerte no lo abriste en él, —respondió Pinch—. Es mejor que no abras nunca un portal en el Círculo Interior, porque en ese lugar es donde viven los nominados.

De nuevo Pinch no pudo evitar estremecerse al oír mencionar esa palabra.

—Por si no te has dado cuenta, a Pinch se le ponen los pelos de punta al hablar de los nominados —observó Rex—. ¿Y qué hay del portal? —le dijo a Tabitha antes de que Charlie pudiera hacerle alguna otra pregunta.

—Estaba esperando que acabaras de sermonear al chico —repuso ella, y luego extendió la mano derecha. Su cuerpo empezó a cubrirse con unas llamas violáceas.

—¿Qué está haciendo ahora? —preguntó Charlie.

—Abriendo otro portal que da al Departamento de las Pesadillas —le explicó Rex—. Sólo se pueden abrir portales para entrar en el Mundo de las Profundidades o para salir de él, así que si en la Tierra quieres ir rápidamente de un lugar a otro, tienes que abrir un portal que dé al Mundo de las Profundidades, entrar en él y luego abrir otro que te lleve al sitio de la Tierra al que quieres ir.

—Entonces cuando abres un portal que da al Mundo de las Profundidades es mejor hacerlo sólo en el primer anillo, porque es el lugar más seguro, ¿verdad?

—El chico ya lo ha captado —observó Rex sonriendo burlonamente.

En ese momento Charlie advirtió que la daga y el lazo que el *cowboy* llevaba colgados del cinturón se pusieron a despedir unas tenues llamas azuladas. Rex también lo vio y, con la rapidez de un rayo, echó el lazo a un grupo de pequeñas y larguiruchas criaturas provistas de unos ojos grandes y grises y de largas colas que se habían acercado sigilosamente. Al instante echaron a correr asustadas lanzando unos fuertes chillidos, dispersándose por el interior de las rocas como cucarachas.

—Son gremlins —dijo Rex como si nada, recogiendo el lazo y volviéndoselo a colgar del cinturón—. Son la purria del Mundo de las Profundidades. Ni siquiera están clasificados con un número, porque nunca crecen más del tamaño que has visto. Aquí son inofensivos, pero en la Tierra les gusta mordisquear los cables eléctricos. Pueden provocar un montón de problemas, estropeando los coches, inutilizando las centrales eléctricas y haciendo otros destrozos parecidos.

El nuevo portal que Tabitha había creado se abrió de pronto frente a ellos emitiendo un ¡puf! y Charlie, al mirar por él, se quedó horrorizado al ver a un león con una abundante y espléndida melena, y unos colmillos tan gruesos y casi tan largos como los dedos de un hombre, que le devolvía la mirada. El león abrió la boca y se puso a rugir. El rugido era tan ensordecedor que a Charlie le vibró todo el cuerpo. Dio un grito y retrocedió tropezando.

—¡No te preocupes! —dijo Rex riendo—. No te hará ningún daño. Cruza el portal y lo verás.

Charlie, sin moverse, se quedó mirando al *cowboy* sin estar seguro de si debía hacerlo.

—Confía en mí —le dijo Rex con una sonrisa.

El chico entró por el portal cautelosamente.

Después de sentir aquella extraña sensación en el estómago mientras caía en el vacío, se descubrió de pie junto a una pared rocosa. El león se acercó silencioso a él y Charlie se quedó asombrado al ver lo grande que era de cerca. Pensó que ni siquiera sería una comida completa para aquel enorme animal, sino como mucho un simple aperitivo.

Cuando el león se encontraba sólo a un palmo de distancia de Charlie, lo olfateó detenidamente. Charlie se quedó paralizado. El corazón le latía con fuerza y apenas podía respirar. Entonces el león abrió la boca de par en par, se inclinó hacia él... ¡y le lamió la cara!

Charlie retrocedió tambaleándose, sorprendido.

—¿Por qué... me está lamiendo? —consiguió decir a trompicones. Oyó que Rex se reía a sus espaldas.

—¿A qué huele?

Charlie cerró los ojos e inspiró lentamente.

—A canela —respondió.

—¿Y qué significa?

—Que el león es un imitador, ¿verdad? —respondió Charlie sacando sus propias conclusiones.

—¡Exacto! —exclamó Rex asintiendo con la cabeza—. No quiere comerte, sólo lamerte el sudor. Los leones de verdad están encerrados en una jaula justo debajo de donde ahora nos encontramos.

—¿Y dónde estamos?

—Averígualo por ti mismo.

Con un gesto Rex le señaló la pared rocosa que se alzaba junto a él para que la rodeara. Al hacerlo con precaución, Charlie se descubrió en medio de tres leones más. Estaban rodeados de un foso lleno de agua. Y al otro lado del foso había una valla, y al otro lado de la valla…, personas… muchas personas.

Rex le dio una palmadita en el hombro.

—Estamos en el recinto de los leones del zoo de San Diego. Es una de las entradas del Departamento de las Pesadillas.

—Pero ¿por qué razón?

—Para que nadie nos moleste —dijo Pinch con una cierta impaciencia—. Así no se atreven a acercarse a la puerta, porque nadie sabe que los leones no son más que imitadores de la clase cinco.

—¿A la puerta? —preguntó sorprendido Charlie.

—¡Sígueme! —exclamó Pinch dirigiéndose a grandes zancadas y con seguridad hacia una cueva en la otra punta del amplio recinto.

—Venga, chico —dijo Rex haciéndole un guiño—, no te separes de nosotros.

Charlie siguió a los tres adultos en medio de la manada de falsos leones para dirigirse hacia la cueva. En el otro extremo, fuera de la vista de la gente, se alzaba una gran puerta de metal sin bisagras ni manecilla. En el centro había una pequeña placa negra.

—¿Quién va a abrirla? —preguntó Rex.

—Yo no. Detesto esta parte —exclamó Tabitha.

—Y yo ya lo hice la última vez —se apresuró a decir Pinch.

—¡Fenomenal, qué morro tenéis! —dijo Rex lanzando un suspiro. Y luego se inclinó hacia la plaquita negra y sacó la lengua. Al instante salieron de ella dos tenacillas de metal que le sujetaron la punta de la lengua.

—¿Por qué le han sujetado la lengua? —preguntó Charlie desconcertado.

—Eztán vedificando mi adecene —farfulló Rex.

—Está intentando decirte que un ordenador está comprobando su ADN —le explicó Pinch—. Las puertas del Departamento de las Pesadillas están protegidas con un salivómetro. Tu saliva contiene tu código genético y la máquina la utiliza para identificarnos.

—«Henderson, Rexford, identidad confirmada» —dijo tranquilizadoramente la vocecita metálica del ordenador. Las tenacillas soltaron la lengua de Rex y volvieron a ocultarse en el interior de la placa negra.

—¡Odio esas tenacillas! —dijo el *cowboy* moviendo las mandíbulas para relajarlas.

De repente, la puerta metálica se abrió sin hacer ruido y Charlie pudo ver por primera vez el Departamento de las Pesadillas.

El lugar era una maravilla tecnológica, había en él unas cantidades monstruosas de cromo y acero. Era gigantesco, mucho más grande de lo que Charlie se había imaginado. Hileras de terminales de ordenadores bordeaban los pasillos y los salivómetros controlaban el acceso a otras muchas puertas idénticas a las que habían cruzado situadas en la terminal principal.

En la cavernosa área había un montón de trabajadores ocupándose de sus menesteres. Dos hombres con unos monos violeta empujando un tanque equipado con ruedecitas que contenía un bicho que parecía un calamar gigante, se cruzaron con una mujer con un mono amarillo que empujaba una carreta con un plato enorme de espaguetis y albóndigas. Al menos eso pensó Charlie hasta que las albóndigas parpadearon. De pronto, descubrió horrorizado que en realidad eran ojos, así que los espaguetis del plato eran... Pero antes de que pudiera averiguarlo, la mujer con el mono amarillo ya había desaparecido a toda velocidad por uno de los numerosos pasillos que salían de la terminal principal.

—El Departamento de las Pesadillas puede agobiar un poco —dijo Rex como si le leyera el pensamiento a Charlie—, pero no es más que un lugar de trabajo como cualquier otro. No te separes de mí y no toques nada, pronto estaremos ante el Consejo Supremo.

Recorrieron rápidamente un laberinto de pasillos, pasando por delante de una serie de puertas con unas descripciones tan exóticas como: CENTRO EXPRIMIDOR DE GNOMOS (DE LA CLASE 3 E INFERIOR) y CLÍNICA PARA DESCOLMILLAR A LAS SERPIENTES VENENOSAS (¡KRAKENS NO!)

«No es más que un lugar de trabajo como cualquier otro», se repitió Charlie en silencio recordando las palabras de Rex.

De pronto se cruzaron con dos trabajadores con monos rojos que empujaban en una camilla a un hombre. Su cuerpo estaba tan blanco como el mármol. Al pasar por su lado, Charlie se sorprendió al ver que en realidad era de mármol. Estaba tan duro e inmóvil como una estatua.

—¡Pobre tipo! —exclamó Tabitha.

—Eso es lo que te pasa cuando miras a una Gorgona —dijo Rex entre dientes sacudiendo la cabeza—. Supongo que ya no volverá a hacerlo más.

—¿Y no pueden ayudarle? —preguntó Charlie.

—Sí, si logran encontrar a la Gorgona que lo convirtió en estatua y entonces le cortan la cabeza, aunque decirlo es muy fácil, pero hacerlo ya es harina de otro costal.

De repente, se detuvieron ante una gran puerta doble de cromo con un letrero que decía: CONSEJO SUPREMO. ¡TERMINAN-TEMENTE PROHIBIDO ENTRAR SIN AUTORIZACIÓN!

—Ya hemos llegado —dijo Rex abriendo las puertas para que los otros entraran.

5

EL CONSEJO SUPREMO

harlie nunca antes había visto nada parecido. La sala del Consejo Supremo era la sala de justicia más grande e imponente del mundo. Una de las paredes estaba cubierta con las siglas del Departamento de las Pesadillas elegantemente trazadas (una *D* y una *P* entrelazadas). El consejo estaba presidido por un hombre de pelo canoso con una prominente nariz y una mirada dura. En la placa identificadora que llevaba figuraba: REGINALD DRAKE. DIRECTOR.

—El tipo del centro es la persona a la que nos dirigiremos —le susurró Rex intentando no interrumpir la reunión que estaban manteniendo—. Es el director del Departamento de las Pesadillas.

—¿Es quien decidirá lo que van a hacer conmigo? —preguntó Charlie.

—En realidad, es el que decide lo que van a hacer con todo el mundo —repuso Rex.

Un joven, de pie ante el director, estaba haciéndole una apasionada petición apoyándose en una variedad de material visual. Parecía nervioso en presencia de las trece personas que lo miraban con severidad desde el estrado.

—La población de los gremlins ha aumentado un doce por ciento en sólo dos años —decía el joven señalando un gráfico que demostraba las estadísticas de las que les estaba hablando—. Hay que tomar medidas drásticas. Los gremlins se han infiltrado en las redes de suministro eléctrico de California y Nueva York hasta tal punto que este año se sucederán los apagones de manera inevitable.

—¿Y cómo ha llegado a ocurrir algo así? —le soltó Drake, el director—. ¿No es usted el que se encarga de que la población de los gremlins disminuya? ¿Acaso no es ése su trabajo?

—Así es, señor —admitió el joven—, pero me ha resultado imposible controlarlos, porque a medida que la población de los humanos aumenta —añadió señalando otro gráfico en el que ponía: «La población humana se está incrementando a un ritmo espectacular»—, hay cada vez más niños que sin querer los dejan entrar en nuestro mundo al abrir un portal mientras tienen pesadillas, lo cual es cada vez más frecuente debido a la inquietud que les produce el alarmante estado de los acontecimientos mundiales actuales. Las redes de suministro eléctrico no pueden aguantar los constantes ataques de los gremlins. He mencionado California y Nueva York, pero los gremlins también están provocando serios problemas en otros lugares del mundo. Nuestro Departamento de Londres nos ha informado de que también han causado problemas en Piccadilly Circus y yo ni siquiera he podido empezar a ocuparme de las dificultades que nuestros colegas de España, Italia y Corea están teniendo. Al parecer nos encontramos ante una epidemia.

—Espero que no haya venido sólo para quejarse de sus fracasos —le soltó el director—. Supongo que al menos tendrá un plan.

—¡Claro que sí, señor director! —se apresuró a decir el joven para tranquilizarlo—. ¿Se ha enterado del gran éxito que estamos teniendo con nuestros moteles para imitadores?

—¿Se refiere a esos horribles moteles falsos que están construyendo por todo el país?

—Sí, señor. En cada habitación hay una cuba llena de sudor que atrae a un montón de imitadores. Y una vez allí, un puñado de abreprofundidades y desterradores los mandan de nuevo al Mundo de las Profundidades.

—Sí, ya lo sabía —le soltó Drake—. ¡Vaya al grano!

El joven tragó saliva antes de continuar.

—Pues verá, señor director, estamos planeando hacer lo mismo con los gremlins. Como se alimentan de electricidad, podríamos construir una central eléctrica falsa controlada por el Departamento de las Profundidades para atraerlos y, cuando llegaran a ella, mandarlos de vuelta al Mundo de las Profundidades. Es mucho más eficaz que irlos persiguiendo por todas partes, intentando que los desterradores se infiltren en las centrales eléctricas privadas para resolver el problema de manera poco sistemática.

—El plan no acaba de convencerme —repuso Drake—, pero lo aprobaré si me asegura que comprende que es usted el que ha de ocuparse del problema. Le doy dos meses de plazo. Si en ese tiempo no lo ha solucionado, espero su dimisión.

—¡De acuerdo, señor director! —le respondió el joven—. No le decepcionaré —y tras pronunciar estas palabras se dirigió apresuradamente hacia la puerta—. ¡Que tengas buena suerte, chico! El director está de un humor de perros —le susurró a Charlie al cruzarse con él.

—Quizá sea mejor que volvamos en otro momento —le musitó Charlie a Rex. Pero antes de que éste pudiera contestarle, la voz del director rugió en medio de la sala.

—¿Quién es este muchacho? —preguntó señalando a Charlie.

Pinch dio un paso hacia delante.

—Me llamo Edward Pinch, estoy a su servicio, señor director. Ya hemos encontrado al chico. Es aquel al que estuvimos observando durante un tiempo.

—¿Ah, sí? ¡Estupendo! —exclamó Drake—. Acércate, chico. ¿Cómo te llamas?

—¡Ve! —le susurró Rex—. Nosotros permaneceremos cerca de ti.

Con el corazón latiéndole nerviosamente, Charlie recorrió el largo pasillo central que llevaba ante el tribunal del Consejo Supremo.

—Me llamo Charlie, señor. Charlie Benjamin.

—¡Ah, sí, ahora me acuerdo de tu caso! Y cuando te dirijas a mí, llámame «director». «Señor» es lo que la gente utiliza cuando se dirige a un camarero, y a mí me gusta creer que he llegado a ser algo más que un simple camarero, ¿no te parece?

—Sí, señor —respondió Charlie asintiendo con la cabeza—. Quiero decir: sí, señor director —añadió rápidamente.

Drake le lanzó un ligero gruñido.

—¿Ha comprobado si su Don es muy fuerte? —le preguntó a Pinch.

—Sí, señor director. Hemos visto con nuestros propios ojos cómo abría un portal por el que entró un lenguaplateada de la clase cinco.

—¡Uno de la clase cinco! ¡Caray! —repuso Drake lanzando un silbido—. ¡Qué extraordinario! ¿Sabe si ha abierto algún otro portal?

—Pues hace más o menos un día dejó entrar a un imitador de la clase cuatro que se mimetizó como su madre y estamos seguros de que hace menos de una semana también abrió un portal por el que entró un acechador de la clase tres que capturó a varios niños en una fiesta pijama envolviéndolos en sus telarañas.

—¿Me está diciendo que en una semana ha pasado de dejar entrar a una criatura de la clase tres a otra de la clase cinco? —preguntó Drake.

—Exactamente —repuso Pinch—. ¡Es increíble!, ¿no le parece? Su poder está aumentando a una velocidad inaudita. Y además los artículos que salieron en los periódicos decían que el acechador capturó con sus telarañas a los otros niños, pero que a él no le hizo nada.

—¡Increíble! —exclamó Drake sorprendido.

—En realidad, a mí también me llamó la atención —dijo Charlie—. ¿Por qué a mí no me hizo nada?

—Porque los acechadores, al contrario de las criaturas más estúpidas del Mundo de las Profundidades, como los gremlins y los ectobogs, por ejemplo —observó Pinch—, son muy listos, y a no ser que se vean obligados a hacerlo, nunca atacarán a un enemigo mucho más fuerte que ellos, y tú lo eras sin duda.

—¡Ah! —exclamó Charlie.

—¡Sí, ah! —repuso Pinch—. Y ahora ten la amabilidad de hablar sólo cuando el director se dirija a ti.

—¡Oh, lo siento, señor director! —dijo Charlie.

Drake le lanzó otro gruñido.

—¿Y vosotros dos que tenéis que decirme? —preguntó a Rex y a Tabitha.

—Pues que el chico tiene sin duda un gran Don —respondió Tabitha—. Quizás el más fuerte que he visto en toda mi vida.

—La fuerza no es nada si no sabes controlarla —observó Drake.

—¡Oh, pero aprenderá a hacerlo, estoy seguro de ello! —respondió Rex.

—¿Y en qué se basa para estar tan seguro de...?

—En mi instinto. Lo sé —dijo Rex.

—¡Ah, comprendo! Aunque usted se sienta cómodo tomando unas decisiones tan importantes basándose en su instinto, espero que no le importe que yo no tenga la misma fe en él.

—Con todos mis respetos, señor director, después de que el chico haya pasado un año en la Academia de las Pesadillas, verá que tengo razón.

—¡Oh, pero él no va a ir a la Academia! —dijo Drake sin darle ninguna importancia.

—¿Qué? —exclamó Rex sorprendido.

—El chico no necesita ir a la Academia porque ya puede hacer entrar a una criatura de la clase cinco en nuestro mundo. ¿Se imagina de lo que sería capaz si le dejásemos desarrollar todo su poder? Quizá llegase a abrir un portal en el Círculo Interior. La última vez que ocurrió esto entró por él un nominado y hasta el día de hoy aún estamos intentando recuperarnos de la fuga de Verminion.

—Pero el chico puede que sea la solución al problema —insistió Rex—. Si se entrena a un niño tan poderoso, puede lograr que Verminion vuelva al Mundo de las Profundidades o destruirlo en el acto. Charlie podría ser nuestra arma más mortífera contra los seres de ese mundo.

—Y también el arma más mortífera contra nosotros —le soltó Drake—. ¿O se ha olvidado de cómo Verminion logró entrar en la Tierra?

—Habla así por miedo. Si el miedo va a influir en nuestra toma de decisiones, es mejor que lo dejemos correr —respondió Rex.

—¿Y por qué no debemos tomar decisiones basándonos en el miedo si nuestra existencia se basa en él? —replicó Drake—. Si no tuviéramos miedo, no habría pesadillas, y si no hubiera pesadillas, no habría portales que dieran al Mundo de las Profundidades. El miedo es fundamental en nuestro cometido. Es esencial para la buena marcha del departamento. Entrenar a este niño es demasiado arriesgado. Debemos reducirlo —añadió sacudiendo la cabeza.

—¡No! —exclamó Charlie con voz entrecortada.

—No te preocupes, chico —le dijo Rex—. ¿Sabe?, Arthur Goodnight nunca habría dejado que redujeran a un chico como Charlie —le espetó al director.

—Estoy seguro de ello —respondió Drake—. Por eso, después de que muriera, el Consejo me eligió como nuevo director. Goodnight fue siempre demasiado blando con los que tenían el Don porque él mismo lo poseía..., y eso fue lo que le mató.

—Fue un accidente y usted lo sabe.

—Claro que fue un accidente —reconoció Drake tranquilamente—. Pero todo su entrenamiento y su poder no pudieron evitar que tuviera una pesadilla y abriera sin darse cuenta un portal por el que entró un arrojador de ácido de la clase cinco. Murió en el acto, sin llegar a despertarse siquiera, y no hablemos de los desterradores y de los abreprofundidades que se llevó consigo a la tumba mientras intentaban salvarlo. Por más fuerte que fuera Goodnight —añadió Drake inclinándose hacia delante—, el Don lo convirtió en una auténtica amenaza. Pero como yo no lo poseo, no tengo ese problema.

—¡El Don no es un problema, sino una solución! —exclamó Rex—. Usted puede que no lo tenga, pero todos los demás lo utilizamos para hacer el trabajo para el que este departamento se creó.

—No me malinterprete —dijo Drake—. Yo siento el más profundo respeto por los empleados que poseen el Don, pero los que lo tienen son como «perros buenos», son útiles y a menudo amables, pero cualquier «buen perro» puede tener un mal día. Cuanto más fuertes sean, más destrozos harán al morder. Y la mordedura de un chico como éste —dijo señalando a Charlie— puede ser mortal. Goodnight nunca lo entendió... hasta que su propio Don le mató. Pero como yo lo entiendo, actuaré en consecuencia.

—Sólo le estoy pidiendo que le dé una oportunidad, señor director —dijo Rex—. Sé que Charlie aprenderá muchas cosas. Que puede llegar a controlar su Don. Deje que se quede un año en la Academia de las Pesadillas para que pueda demostrárselo.

—¿Por qué esperar un año? —repuso Drake—. Que me lo demuestre ahora mismo. Que abra un portal en este instante para demostrarme que controla su Don. Quizá si me demuestra que tiene un inusual control sobre él, reconsideraré mi decisión.

En la sala se hizo un gran silencio. Al final, Tabitha habló.

—Señor director —dijo—, incluso un niño con un Don tan poderoso tardaría semanas en aprender a abrir un portal despierto.

—¡Ah, comprendo! —respondió Drake—. ¿Acaso ahora no me está hablando basándose en el miedo? ¿En el miedo a que fracase? Por lo visto su compañero no cree en ello. Y si no, pregúnteselo.

—El chico lo hará —le soltó Rex al director.

—¿Qué? —exclamó Tabitha sorprendida girándose hacia él—. No, no va a hacerlo.

Rex se la llevó aparte y le susurró con dureza:

—¡Es la única oportunidad que tiene! Ya sabes lo que le ocurrirá si no la aprovecha.

—Pero es la primera vez que lo intenta —repuso ella—. Y está bajo una gran presión. Incluso a un abreprofundidades con una gran experiencia le costaría hacerlo en unas condiciones tan absurdas como éstas. Fíjate en él. Está aterrado.

—¿Y qué más da? —insistió Rex—. Aprovecha su miedo. Si puedes asustarlo lo suficiente, harás que viva una pesadilla mientras está despierto. Y eso le obligará a abrir un portal.

—Pero no tendrá ningún control sobre él —protestó Tabitha—. Aunque consiga hacerlo, ¿quién sabe qué clase de portal abrirá? ¿Y si pasan por él una o varias criaturas de la clase cinco?

—En ese caso ya nos ocuparemos de ellas —repuso Rex—. Sólo tienes que ayudarle a abrirlo.

—¡Estoy esperando! Os doy tres minutos más, y cuando hayan pasado, decidiré el destino del chico —dijo el director Drake desde su encumbrado asiento.

—¡Venga, Tabitha, ayúdale a abrir un portal! —exclamó Rex en voz baja.

—Cierra los ojos y escúchame con atención —le susurró Tabitha a Charlie al cabo de unos momentos.

—Vale —respondió él cerrándolos.

—¡Muy bien! Ahora estás de pie en el tejado de un rascacielos, Charlie, el rascacielos más alto que has visto en toda tu vida —le dijo con una voz tranquila y mensurada. Relajante e hipnótica.

En la cabeza de Charlie se formó enseguida la imagen. Se vio plantado en el techo de un rascacielos tan alto que casi se elevaba por encima de las nubes. La escena le parecía tan real y vívida que incluso sintió el aire en su cara mientras el edificio se balanceaba bajo sus pies, zarandeado por el viento, produciéndole una desagradable sensación en el estómago.

—¿Lo ves? —le preguntó ella. Charlie asintió con la cabeza—. Ahora... acércate al borde del tejado y mira hacia abajo.

Charlie imaginó que se acercaba al borde del tejado y miraba hacia el suelo. El edificio era tan alto que sintió que se mareaba, tenía cientos de pisos. De pronto le entraron náuseas y sintió que tenía la boca pastosa. Quería apartarse desesperadamente del borde.

—Ahora sientes de repente una mano en tu espalda —prosiguió Tabitha, y Charlie se enderezó de golpe, tensándose a causa del miedo. Podía sentir aquella mano—. La mano te empuja hacia el vacío —le dijo ella.

—¿Qué? —gritó el chico aterrado.

—No puedes hacer nada por evitarlo. Caes al vacío.

Y entonces Charlie sintió como si estuviera cayendo al vacío de verdad.

Vio cómo las ventanas del rascacielos pasaban a toda velocidad ante él mientras se precipitaba al vacío y el aterrador suelo a lo lejos se acercaba con rapidez. Intentó gritar, pero la presión del aire le paralizó los pulmones, el corazón le latía en el pecho con tanta fuerza que parecía una taladradora.

—Mientras el suelo se acerca velozmente a ti, miras hacia las ventanas del rascacielos y ves a personas que conoces —siguió diciéndole Tabitha ahora con más intensidad—. Tus padres están en una de ellas y podrían sujetarte para evitar que te estrelles contra el suelo..., pero no lo hacen.

—¿Por qué? —exclamó Charlie con la voz quebrada.

—Porque la vida les resulta más fácil sin ti.

—¡No...!

—En otras ventanas ves a algunos niños que conociste en el pasado. Ellos también podrían salvarte..., pero no lo hacen.

—¿Por qué no?

—Porque tú no eres como ellos, Charlie, y les das miedo y te desprecian por ello. Por eso no hacen nada para impedir que sigas cayendo.

—¿Nadie va a ayudarme? —preguntó el chico.

—Nadie —respondió Tabitha—. Estás solo. El suelo se está aproximando a ti rápidamente y sabes que cuando te estrelles contra él morirás.

—¡Sálvame, Tabitha! —gritó él.

—Yo no puedo ayudarte, Charlie. Sólo tú puedes hacerlo.

—¿Cómo?

—Buscando una puerta. Una vía de escape. ¿Ves alguna?

—¡No! —chilló el chico mirando desesperado a su alrededor. No veía ninguna puerta, sólo las ventanas pasando a toda velocidad ante él y el suelo de hormigón acercándose peligrosamente, pero de pronto vio una puerta—. ¡Ya he encontrado una! Está en el suelo, debajo de mí. Es de color violeta. Voy a caer justo sobre ella.

—¡Ábrela, Charlie! ¡Ábrela y te salvarás!

—No sé si podré hacerlo —gritó.

—¡Abre la puerta! ¡Si no la abres ahora, morirás! —dijo Tabitha enérgicamente.

Justo un instante antes de estrellarse contra el suelo, Charlie logró abrir la puerta.

La sala del Consejo Supremo se agitó como si hubiera habido un terremoto y de súbito, con un ¡bum! ensordecedor, se abrió un giganteso portal, el más grande que Charlie había visto. Era tan alto como un edificio de dos plantas y sobresalía tanto por encima como por debajo de la sala. La abertura estaba rodeada de llamas violetas.

—¡Oh, no! —exclamó Pinch retrocediendo.

—¡Oh, oh! —gritó Rex retrocediendo también.

Al mirar por la abertura del portal, Charlie vio una inmensa sala del trono esculpida de una brillante obsidiana negra. Era tan grande como varios campos de fútbol y cientos de seres del Mundo de las Profundidades se deslizaban rápidamente por ella ocupados en sus oscuras actividades. Había lenguaplateadas y también unos seres que Charlie no reconoció: los banshees y los tenebrosos y ciegos innominados. Uno tras otro se detuvieron de pronto al advertir el gigantesco portal que se había abierto ante ellos.

—¡Ciérralo! —exclamó Drake, el director, aterrado—. ¡Cierra el portal, chico! ¡Ahora mismo!

Pero Charlie no podía oírle. Estaba sumido en sus propios pensamientos, contemplando sobrecogido la maravilla que había creado. Rex se acercó corriendo a él y lo zarandeó con violencia.

—¡Sal de tu ensimismamiento, chico! Este portal es más de lo que podemos manejar, créeme.

Pero Charlie apenas lo oyó. Se sentía desconectado de su cuerpo, como si estuviera separado de él. Rex, Tabitha y la cámara del Consejo Supremo parecían existir en otro mundo, muy lejano, un mundo que apenas podía ver. De pronto, las criaturas del Mundo de las Profundidades, lanzando un espantoso chillido, se precipitaron hacia la abertura del portal, dando zarpazos en el aire y con las fauces abiertas de par en par.

—¡Tú, cierra el portal! —le gritó Drake a Tabitha—. ¡Ciérralo ahora mismo!

Ella extendió enseguida la mano derecha y cerró los ojos. Rex, sacándose el lazo del cinturón, se colocó a su lado.

—¡Haz todo cuanto puedas, cariño! Yo intentaré mantenerlos a raya el máximo tiempo posible —le dijo.

Tabitha, cubierta de unas crepitantes llamas violáceas, frunció el ceño y se concentró intensamente en cerrar el portal. La frente se le cubrió de sudor y empezó a jadear, como si le faltara el aire a causa del esfuerzo. De pronto se puso a temblar.

—¡No puedo! ¡El portal es demasiado poderoso! —dijo al fin abriendo los ojos.

—Entonces apártate —le respondió Rex haciendo que se pusiera detrás de él. Su lazo brilló con una potente luz de color azul eléctrico que iba aumentando de intensidad a medida que cientos de criaturas del Mundo de las Profundidades se acercaban a él.

De pronto, justo cuando la primera de las criaturas del Mundo de las Profundidades, un acechador con aspecto de araña, trepaba por la abertura del portal, se escuchó desde algún profundo lugar de la inmensa sala del trono un espeluznante rugido. Era tan potente que, después de resonar por toda la sala, ésta estuvo vibrando durante un buen rato. Las criaturas del Mundo de las Profundidades se pararon en seco y se alejaron del portal rápidamente, desapareciendo en los oscuros recovecos del palacio.

Se oyeron unos pesados pasos que se acercaban, retumbando como cañonazos, hasta que al final de la gigantesca sala del trono apareció una bestia cornuda tan alta como un edificio de tres plantas. Era increíblemente musculosa, con unos ojos anaranjados que relucían como brasas y unos gigantescos brazos equipados con curvadas garras. Su piel era de un rojo rubí, del color de la sangre, y sus dos enormes patas, en lugar de terminar en pies, acababan en unas pezuñas que emitían llamaradas al golpear contra el suelo de obsidiana.

—¡Barakkas! —exclamó Pinch aterrorizado.

—¡Llamad a los abreprofundidades! —gritó Drake con el rostro blanco como la cera—. Decidles que uno de los nominados está intentando escapar del Mundo de las Profundidades...

6

BARAKKAS EL FURIBUNDO

Barakkas se fue acercando lentamente hacia Charlie con las pezuñas despidiendo llamaradas al chocar contra el suelo de obsidiana.

—¿Quién eres tú? ¿Cómo te atreves a presentarte en mi palacio sin mi permiso? —gruñó—. ¡Venga, chico, habla!

—Me llamo Charlie —logró por fin decir él—. Charlie Benjamin.

—Charlie Benjamin —repitió Barakkas. Su voz retumbó por el épico palacio. Aunque aún se encontraba lejos, al retumbar su voz por las negras paredes a Charlie le pareció como si aquella gigantesca criatura estuviera junto a él—. Sólo en otra ocasión un ser humano había logrado abrir un portal en el Círculo Interior.

—Yo no pretendía hacerlo —dijo Charlie.

—Pero lo has hecho —repuso Barakkas—. Debes de ser muy fuerte.

—Supongo que sí —respondió el chico.

—Y muy valiente —dijo Barakkas mientras se acercaba a él. Ahora sólo se encontraba a una distancia equivalente a dos campos de fútbol.

—Nunca creí que lo fuera.

—¿No te parece que sólo el chico más valiente del mundo se atrevería a afrontarme? Tú y yo tenemos muchas cosas de qué hablar.

Mientras Barakkas hablaba con Charlie, en la cámara del Consejo Supremo del Departamento de las Pesadillas había un gran revuelo. Llegaron un montón de abreprofundidades, pero todos se quedaron sin habla al entrar en la sala y descubrir el enorme portal que Charlie había abierto en ella y al horrible nominado del Círculo Interior.

—¡Dejad de mirar el portal y cerradlo de una vez, papanatas! —gritó el director Drake.

Recuperándose del impacto inicial, los abreprofundidades se pusieron manos a la obra e intentaron cerrar el portal. Había quince en total, el grupo estaba formado tanto por hombres como por mujeres, pero sus esfuerzos combinados fueron tan infructuosos como los de Tabitha.

—¡Seguid intentándolo! —gritó Drake—. ¡Barakkas se está acercando al portal!

Unas llamas purpúreas pasaron de un abreprofundidades a otro mientras intentaban en vano cerrar el portal de golpe. Tabitha se unió a ellos con los ojos brillantes de determinación, pero pronto comprendió que ni siquiera la fuerza conjunta de dieciséis adultos de lo más experimentados equivalía a la fuerza de aquel delgado chico que acababa de cumplir trece años y que se encontraba ante ellos sumido en una especie de trance.

—¿De qué quieres hablar conmigo? —le preguntó Charlie mientras Barakkas seguía avanzando lenta y certeramente hacia él.

—De tu futuro —repuso Barakkas mostrando al sonreír dos largas hileras de afilados dientes—. Después de cruzar el portal, tengo unos maravillosos planes para nosotros. Necesito un aprendiz fuerte e ingenioso, alguien poderoso y valiente. Alguien como tú. Juntos lograremos destruir a los que nos han estado atormentando.

Mientras Barakkas hablaba, Rex se acercó silenciosamente a Charlie.

—Chico, sé que en el fondo puedes oír lo que te estoy diciendo —le susurró Rex al oído—. Estás hablando con Barakkas el furibundo. Ahora parece un ser tranquilo y razonable, pero, créeme, su mal genio es legendario y puede darle un ataque de rabia en cualquier momento. Te matará en cuanto estés a su alcance, y cuando consiga cruzar el portal, creará un reguero de muertes a su paso. ¿Lo entiendes? Tienes que cerrar pronto el portal, hijo. Eres el único que puede hacerlo.

Y Charlie, en algún profundo recoveco de su mente, oyó a Rex. Le pareció entender que quería que hiciera algo, pero no sabía exactamente qué. Le había dicho algo sobre el mal genio de Barakkas... y un portal...

—¡No le hagas caso, Charlie! —exclamó Barakkas sólo a unos cien metros de distancia del portal—. Lo que pasa es que te tiene envidia. Sabe que tú eres mucho más poderoso que él y le gustaría ser como tú. No quiere que nos unamos porque sabe que entonces se convertirá en una antigualla. Es un falso amigo.

—Un falso amigo... —repitió Charlie.

—¡Sabes que eso no es verdad! —le gritó Rex—. Ya te dije antes que siempre te protegería, fuera lo que fuera lo que ocurriera, y ahora te lo vuelvo a repetir. Te doy mi palabra. ¡Cierra el portal, chico! ¡Ciérralo ahora mismo!

Varios abreprofundidades se desplomaron al intentar cerrar el portal que Charlie había abierto, el esfuerzo era demasiado para ellos.

—Ya casi he llegado. Sé valiente y fuerte. Manténlo abierto un poco más —dijo Barakkas con una voz tranquilizadora, ahora sólo se encontraba a varios metros del portal.

Barakkas se inclinó hacia delante para lograr pasar con su gigantesco corpachón por la entrada. Primero metió el brazo derecho, cerrando su garra provista de uñas largas y curvadas. El puño era del tamaño de un coche. Charlie vio que llevaba en la muñeca un enorme brazalete de metal con una serie de rostros elaboradamente tallados que emitía unos destellos de color rojo oscuro. Reconoció uno de los rostros como el de Barakkas.

—Sólo quiero que sepas que todo esto no ha pasado por tu culpa —le dijo Rex mientras el gigantesco puño atravesaba el portal haciendo que todos ellos parecieran unos enanos en comparación. El muchacho vio las rojas imágenes talladas en relieve en el brazalete pasándole a pocos centímetros del rostro—. Eres un buen chico, Charlie. Quiero que lo sepas, ocurra lo que ocurra.

Justo en ese momento, Charlie se giró hacia Rex.

—Rex, ¿qué es lo que me dijiste que querías que hiciera? —le dijo como si lo estuviera viendo por primera vez.

—¡Cierra el portal, chico! —exclamó el *cowboy* sonriéndole afectuosamente.

—Vale —respondió Charlie, y en ese preciso momento el portal se cerró de golpe con un ensordecedor crujido cortándole de un tajo el antebrazo derecho a Barakkas. Cayó al suelo con la fuerza de un demoledor pelotazo, emitiendo un ruido seco, los dedos de la garra se agitaron espasmódicamente y el enorme brazalete despidió una agitada luz de color rojo oscuro por la sala. Charlie escuchó el horrible grito de Barakkas resonando a lo lejos en otra dimensión.

Al final, incluso aquel grito se apagó.

Rex dio un abrazo a Charlie mientras los abreprofundidades se ponían en pie mirándole asustados como si fuera un perro rabioso que en cualquier momento pudiera abalanzarse sobre ellos.

—Yo no quería hacerlo —dijo al ver la expresión de enojo y miedo en sus rostros—. Lo abrí sin querer.

—De acuerdo, chico. Ahora ya todo se ha solucionado —dijo Rex tranquilizándole.

—¡No, no se ha solucionado! —gritó furioso el director Drake recuperando la voz—. Al contrario. Este chico ha estado a punto de dejar entrar a un nominado en el corazón del Departamento de las Pesadillas. ¡Ha ocurrido exactamente lo que me temía! ¡Podía habernos destruido a todos!

—¡Fue usted quien le pidió que abriera un portal! —le soltó Tabitha mientras Rex la ayudaba a ponerse en pie—. Le dije que el chico no estaba preparado.

—¿Así que todo ha ocurrido por mi culpa? —replicó Drake con sorna—. Llevad enseguida al muchacho a la sala de reducción —les dijo a los abreprofundidades—. Quiero que lo reduzcan hasta que sólo sea capaz de abrir un portal por el que pueda pasar un duendecillo de la clase uno. ¡Quiero que se vuelva tan torpe como un adoquín!

—¿Rex? —dijo Charlie dejándose llevar por el pánico.

—¡No te preocupes, chico! —respondió el *cowboy* desenrollando el lazo. Y emitiendo un fuerte chasquido, lo lanzó al otro extremo de la sala cazando al director por el pescuezo.

—¿Qué demonios estás haciendo? —gritó Pinch horrorizado.

—¡No dejaré que reduzcan al chico, le di mi palabra!

—¡Suélteme o haré que le reduzcan a usted también! —musitó Drake intentando respirar con la cara roja como un tomate por la falta de aire.

—¡Si es que puede!

—Suéltalo. Esto va a ser nuestra ruina —le rogó Pinch.

—¡Es mejor que recapacite, Drake! Su cara está empezando a parecer una ciruela madura —le soltó Rex.

De pronto, se escuchó una voz femenina en el fondo de la sala.

—Ya vuelves a usar tus viejas artimañas, ¿eh, Rex?

Al girarse, Charlie vio de pie en el fondo a una mujer alta y majestuosa. No lo sabía, pero era la directora de la Academia de las Pesadillas. Sus brillantes ojos azules resaltaban en su oscura piel color chocolate. Llevaba un vestido holgado de vivos colores que iban desde los amarillos mantequilla y los anaranjados como el sol del crepúsculo a los rojos cálidos e intensos. Tenía un aire jamaicano y tropical que no encajaba con el frío ambiente del Departamento de las Pesadillas.

—¿Cómo le va, directora? —dijo Rex alegremente.

—Pues, por lo que veo, mejor que a ti. ¿Es que no puedes dejar de meterte en líos? —respondió ella.

—Parece que no puedo conseguirlo. Por más que lo intente.

—No sé por qué me cuesta creerte... —dijo ella con una sonrisa—. Por cierto, será mejor que sueltes al director antes de que se ahogue.

—Pero...

—No te preocupes por el chico. Yo me ocuparé de él —le interrumpió ella agitando la mano.

Rex reflexionó unos instantes y luego liberó el cuello del director del lazo con un experto giro de cintura. Drake inhaló aire ávidamente mientras su rostro iba perdiendo el color púrpura que había tomado.

La alta mujer echó un vistazo al brazo cercenado de Barakkas.

—Por lo visto, alguien ha hecho algo que no debía —le dijo a Charlie con un travieso brillo en los ojos—. Soy Brazenhope, la directora.

—Y yo soy...

—Charlie Benjamin. Sí, ya lo sé. Te he estado observando durante un tiempo.

—¿Sabe lo que ese mocoso ha hecho? —logró decir por fin Drake, recuperando el aliento.

—¡Claro que lo sé! —respondió la directora—. ¿Por qué si no estaría yo aquí? ¿Para visitarle a usted? —añadió haciendo una mueca—. En cuanto percibí el problema que había en el Mundo de las Profundidades, abrí un portal para venir aquí enseguida.

—¡Directora, Drake quiere reducir al chico! —le dijo Tabitha.

—¡Oh, de eso estoy segura! Después de todo, es un burócrata, un campeón del statu quo, un defensor de lo corriente y lo mundano. Desprecia a los que poseen el Don porque él no lo tiene. Por desgracia es una actitud de lo más normal en los de su clase.

—Ahórrese su psicología académica, señora directora —le soltó Drake.

—Mi título, por si no lo sabía, equivale al de doctora —le especificó ella.

—¡Caramba! ¡Qué susceptibles estamos hoy!

—¿Y eso me lo dice usted, que no soporta que lo llamen «señor» porque le recuerda la época en la que trabajaba de camarero en el Langosta Roja?

—¡Ya basta! —gritó Drake enrojeciendo un poco—. Reducirán al chico porque constituye una gran amenaza.

—Usted siempre tan de fiar, Reginaldo —le dijo con calma la directora—. Nunca pierde una oportunidad para destruir aquello que no comprende. Antes le permitiría que quemara la *Mona Lisa* y que destruyera las pirámides de Egipto a que tocara una sola molécula del milagroso cerebro de este chico.

—¡Pues yo ya lo he decidido!

—Y yo también —replicó la directora—. El chico vendrá conmigo a la Academia de las Pesadillas y estudiará allí.

—¡Se lo prohíbo terminantemente! —exclamó Drake poniéndose en pie y acercándose a ella—. No me lo ponga más difícil aún, Brazenhope. Yo soy su superior y usted lo sabe. Llevad al chico a la sala de reducción de inmediato —dijo a los abreprofundidades.

Éstos miraron a su alrededor con cautela, dudando acerca de lo que debían hacer.

—¡Coogan! —gritó el director girándose hacia uno de ellos, un hombre alto de cabello pelirrojo color coche de bomberos—, ¿a quién va a obedecer, al nuevo director… o a su antigua directora? Me temo que ha llegado la hora de elegir.

El abreprofundidades miró primero al irritado y suplicante director y luego a la tranquila y majestuosa directora.

—Lo siento, señor director —dijo por fin—. Sé que mi deber es obedecerle, pero se lo debo todo a la directora.

Coogan abandonó la sala.

—¿Susan? ¿Grant? ¿Ryder? —gritó el director dirigiéndose a un abreprofundidades tras otro. Pero uno a uno se fueron de la sala sin decir una palabra. Al cabo de poco sólo quedaba Tabitha.

—Usted ya sabe de parte de quién estoy, señor director —dijo ella.

—Por lo visto, Reginaldo, usted es un general que se ha quedado sin su ejército —le soltó la directora—. Éste es el precio que ha de pagar cuando inspira miedo en sus seguidores en lugar de respeto. Goodnight era muy consciente de ello.

—Goodnight está muerto.

—Es verdad —repuso la directora—. Y usted también lo estará un día. En este mundo nada es permanente, Reginaldo, ni siquiera su reinado como director. Al final, morirá como cualquier otro mortal y el departamento volverá a recuperar sus tiempos de gloria. Y yo pienso verlo con mis propios ojos. El chico vendrá conmigo —añadió lanzando al director una fulminante mirada.

Drake estaba tan furioso que se le marcaban las venas en las sienes.

—De acuerdo —dijo al final—, pero usted será la responsable de las consecuencias.

—Nunca se me ocurriría echarle la culpa a otro.

—¡Se arrepentirá! —le soltó Drake—. Aunque sea usted la que se ocupe de los escolares de la edad de Charlie, cuando se convierta en un abreprofundidades o en un desterrador estará bajo mis órdenes. Y por el momento esos dos —dijo señalando a Rex y a Tabitha— no podrán seguir ejerciendo sus actividades diarias.

—¿Qué? —exclamó Tabitha sorprendida.

—¡No es justo! —dijo Rex resistiéndose a aceptarlo—. Nosotros no hemos tenido la culpa. ¿Directora?

—No esperes que te ayude —le respondió ella—. Estoy de acuerdo con el director.

—¡No puede estar diciéndolo en serio! —respondió Rex consternado.

—¡Oh, lo digo muy en serio! Si no dejaras de trabajar como desterrador, ¿cómo podrías ir a la Academia y enseñar en ella?

—¿Enseñar? —exclamó Rex—. ¡Pero si yo soy un luchador! ¡Yo no sé enseñar!

—Pues ahora serás profesor. Los dos lo seréis. Y tú también, Pinch.

—¿Yo? —se quejó Pinch—. ¿Y yo qué he hecho?

—Nada —respondió la directora—. Y ése es tu problema —y agitando como si nada la mano, abrió un portal. Charlie se quedó estupefacto al ver la facilidad y la rapidez con la que lo abría, comparado con el tiempo y el esfuerzo que a Tabitha le llevaba hacerlo—. Venid conmigo, la Academia de las Pesadillas nos está esperando —les dijo.

Al cabo de varios segundos, después de hacer una breve parada en el Mundo de las Profundidades, el curioso grupo compuesto por los cinco salió de otro portal y se dirigió a una pequeña habitación de la Academia de las Pesadillas. Las paredes y el suelo estaban revestidos con unas antiguas planchas de madera de teca pulida que brillaban tenuemente bajo la luz de la lámpara de aceite colocada sobre un desgastado baúl. Junto a la lámpara, al alcance de la hamaca que colgaba de una pared a otra, había un vaso de leche caliente. La brisa tropical que entraba por una pequeña ventana redonda mecía suavemente la hamaca, confeccionada con un tejido de vivos colores, entre los que predominaban los rojos y los ambarinos. La habitación estaba tenuemente iluminada por la luz de la luna.

—Ésta es tu habitación, Benjamin —le dijo la directora a Charlie—. Esta noche dormirás aquí. Y mañana empezarás a estudiar en la Academia. El resto venid conmigo. Tenemos muchas cosas de qué hablar.

La directora abrió la puerta e hizo un gesto a los tres adultos para que se apresuraran a salir por ella.

—¿Directora? —dijo Charlie—. Voy a tener...

—¿Una pesadilla esta noche?

—Sí...

—No —le respondió ella sonriendo cariñosamente—. Hoy sólo vas a tener unos sueños agradables y reparadores. Toma un poco de leche y acuéstate, Benjamin.

Y luego se fue.

Charlie miró por la ventanita redonda para averiguar cómo era la Academia de las Pesadillas, pero los oscuros alrededores sólo estaban iluminados por un hermoso cielo nocturno tachonado de estrellas que parpadeaban intensamente como cristales tallados. Al cabo de unos instantes, el efecto del día agotador envolvió a Charlie como una pesada manta. Tomó un trago de leche, se metió en la blanda y acogedora hamaca y sintió algo que nunca había experimentado antes.

Se sintió a gusto en aquel lugar.

Enseguida se quedó dormido en la hamaca, mecido por la brisa tropical. Podía oír el sonido de las olas a lo lejos.

En otra parte de la Academia de las Pesadillas, los tres adultos estaban sentados en el despacho de la directora. Estaba lleno de humo y tenuamente iluminado, había en él tramos de escaleras y pasarelas que llevaban a numerosas plataformas y rellanos superiores. Parecía el interior de un buque y estaba desordenado y lleno de objetos, al contrario del despejado y ordenado aspecto del Departamento de las Pesadillas.

—El chico se ha granjeado un poderoso enemigo. Barakkas tardará en olvidar quién le ha hecho perder una mano —observó la directora bebiendo de una copa de cristal llena de un líquido de un color rojo tan oscuro que parecía casi negro.

—¡Se lo merecía! —refunfuñó Rex.

—Es cierto —reconoció la directora—, pero perseguirá al chico para vengarse de él.

—No puede entrar en nuestro mundo —insistió Tabitha—, sólo usted y Charlie son lo bastante fuertes como para abrir un portal en el Círculo Interior, y usted sin duda no va a hacerlo.

—No, yo no lo haré, pero el chico... es imprevisible.

—¡No sabe cuánta razón tiene! —rezongó Pinch.

—¿Quieres decir algo más, Pinch? —le preguntó la directora—. ¡Suéltalo de una vez!

—Fue un error. Tenían que haber reducido a Charlie por el bien de todos —dijo él reuniendo el valor para sincerarse.

—Me sorprende que de todas las personas seas tú el que me lo sugiera.

—Sólo intento ser realista. ¡Ya vio de lo que el chico fue capaz! Al no reducirlo nos ponemos a todos en peligro. ¡Quién sabe lo que puede llegar a hacer! Incluso ahora, mientras estamos hablando, podría estar abriendo otro portal en el palacio de Barakkas.

—No lo creo. La leche que había en la habitación estaba mezclada con el elixir para dormir sin soñar. Esta noche no tendrá pesadillas —respondió la directora.

—¿Le ha dado ese precioso elixir al chico? —preguntó Pinch con incredulidad—. ¡Le habría salido más barato darle oro para beber!

—Después de todo por lo que ha pasado, se merece dormir una noche en paz —respondió ella. Pinch dio un resoplido y miró hacia otro lado, irritado—. Con un aprendizaje adecuado creo que llegará a controlar su poder para abrir portales —prosiguió la directora—. Si tomamos las precauciones necesarias y tenemos un poco de suerte, lograremos mantener a Barakkas en el Mundo de las Profundidades, lejos de Benjamin, pero Barakkas no es la única amenaza, hay otra mucho más cerca.

—¿Se refiere a Verminion? —preguntó Rex.

La directora asintió con la cabeza.

—Cuando el execrable nominado entró en la Tierra, lo perdimos rápidamente de vista. Sabemos que durante los últimos veinte años ha estado reuniendo a los seres del Mundo de las Profundidades a medida que entraban por los portales para formar un ejército con ellos, pero no sabemos dónde. Es posible que envíe a algunos a matar al chico... o que intente hacerlo él mismo.

—Eso sólo si sabe que Charlie existe —observó Rex.

—¡Oh, claro que lo sabe! Seguro que él y todos los otros nominados han sentido el profundo portal que Charlie ha abierto en el Círculo Interior. Incluso yo lo he sentido.

—Sí, pero eso no significa que Verminion vaya a ir tras el chico que ha lisiado a Barakkas —insistió Rex—. A esos dos grandullones lo único que les importa son ellos mismos.

—Es verdad que Barakkas y Verminion son nominados y no sienten un especial afecto el uno por el otro —reconoció la directora—, pero Verminion sabe que cualquiera que tenga la suficiente fuerza como para herir seriamente a Barakkas puede dirigir también esa fuerza contra él. La simple verdad es que Barakkas aún no puede alcanzar a Charlie, pero Verminion sí, y utilizará todo cuanto tenga a su alcance para destruir al chico.

La directora tomó otro sorbo de la copa de cristal, que se había empañado con el vaho.

—Hay sin embargo una pequeña posibilidad —dijo al final—. Para poder acceder al chico, Verminion tendrá que salir a la luz. Puede que sea la oportunidad que hemos estado esperando.

—¿Me está diciendo que va a utilizar a Charlie de cebo? —preguntó Rex poniéndose en pie enojado.

—No, no me estoy refiriendo a usarlo como cebo, sino que es un cebo, le guste o no. Y tenemos que aprovecharnos de esta situación.

La directora hizo una seña a Rex para que volviera a sentarse. Él la obedeció a regañadientes.

—Eso suponiendo que Verminion sepa lo que Charlie le hizo a Barakkas. Lo fuerte que el chico es y la amenaza que representa —dijo Tabitha—. Y sólo podría saberlo si los nominados tuvieran un sistema para comunicarse. ¿Cree que lo tienen?

—Yo creo que ya se han comunicado —afirmó la directora con gravedad.

La cámara del Consejo Supremo brillaba con la luz rojiza del brazalete, que seguía en la muñeca del brazo amputado de Barakkas. Varios trabajadores vestidos con monos azules se prepararon para colocar el brazo en una camilla y llevarlo rápidamente al laboratorio para que lo examinaran y catalogaran adecuadamente.

—Vamos a contar hasta tres para levantarlo —dijo el jefe del grupo, un hombre corpulento que se zampaba cualquier cosa que le pusieran en el plato—. Uno, dos... —al decir «tres» levantaron el brazo entre todos, gruñendo por lo pesado que era. Consiguieron transportarlo trabajosamente hasta poco más de un metro de distancia y lo colocaron en la camilla—. ¡Caray, qué pesado es! —dijo el jefe del grupo enjugándose la frente cubierta de gotas de sudor.

—Es por el brazalete que lleva en la muñeca. Pesa una tonelada. Me pregunto de qué metal estará hecho —dijo uno de los trabajadores.

Se acercó para tocarlo.

Al instante, salió con la rapidez de un relámpago un rayo de luz del brazalete y envolvió al curioso empleado. La luz era tan intensa que cegó momentáneamente a todos los que estaban en la habitación. Cuando sus ojos lograron adaptarse a la intensa luz, descubrieron que el trabajador había quedado convertido en una pila de cenizas sobre el suelo.

—¡Apartaos! —gritó el jefe del grupo echando a correr.

Los otros trabajadores lo siguieron aterrados, sus espasmódicas sombras se reflejaron en las paredes de la cámara, iluminada por el siniestro resplandor rojizo del brazalete, que no cesaba de emitir una luz estroboscópica, brillando con más intensidad que nunca. La expresión de la imagen en relieve del brazalete de Barakkas cambió un poco, aunque nadie se percató de ello.

Parecía sonreír.

PARTE

· II ·

La Academia de las Pesadillas

7

LOS BARCOS EN LAS RAMAS

Al despertar Charlie se descubrió contemplando la cara de una corpulenta mujer con una cabeza ancha y redonda y unas carnosas mejillas. En realidad, todo en ella era redondo. Llevaba el pelo canoso recogido en un moño redondo. Su protuberante estómago sobresalía en el vestido de encaje. Incluso los codos y las rodillas eran redondos.

—¡Bienvenido al mundo, dormilón! —le dijo ella con un marcado acento sureño.

—¿Qué? —respondió Charlie mirando desconcertado a su alrededor, medio dormido aún.

—Soy Rose, la supervisora —dijo con una sonrisa—, aunque no creas que voy a venir cada mañana a despertarte, sólo lo he hecho hoy porque es tu primer día y he pensado que así te sentirías más cómodo en nuestro pequeño rincón apartado del mundo. ¿Te has traído ropa de casa?

—Sí —respondió Charlie señalando la bolsa. Mientras se despejaba, se dio cuenta de que había algo que no encajaba. No estaba seguro de qué era, pero una alarma sonó en el fondo de su mente advirtiéndole de un posible peligro. Aunque no sabía cuál podía ser exactamente.

—Si necesitas algo más, calcetines, calzoncillos o lo que sea, dímelo, estoy segura de que te los conseguiré —dijo ella.

—Gracias —respondió Charlie, pero de pronto supo qué era lo que pasaba.

La canela.

¡La mujer olía a canela!

La alarma que sonaba en su cabeza se convirtió en un potente gong que le retumbó por todo el cráneo.

«¡Oh, no! —pensó—, y estoy solo con ella... ¿Qué puedo hacer?»

Mientras la criatura que afirmaba ser la supervisora Rose le explicaba que la orientación profesional sería de aquí a una hora y dónde estaba exactamente el comedor, Charlie miró a su alrededor para buscar algún objeto que pudiera usar como arma. Al final descubrió un cerdito de hierro fundido que servía como tope de la puerta. Parecía un objeto pesado.

La criatura que fingía llamarse Rose se giró de espaldas, seguramente para ocuparse de algo que había tras ella. Charlie aprovechó ese momento para saltar de la hamaca y cruzar sigilosamente la habitación. Cuando cogió el cerdito, se sorprendió al advertir que era incluso más pesado de lo que parecía. Los pensamientos se le agolparon en la cabeza mientras intentaba concebir un plan.

Podía arrojarle el cerdito a la cabeza y huir. Pero ¿y si fallaba el blanco? ¿Y si esa mujer era más fuerte que él? También podía echar a correr e intentar buscar ayuda antes de que la supervisora Rose le atrapara. Pero ¿y si el pasillo del exterior llevaba a una puerta cerrada con llave?

—Aquí tienes —dijo aquella criatura volviéndose hacia él.

Ya no le quedaba más tiempo para pensar, tenía que actuar... y deprisa. Charlie levantó el cerdito de hierro fundido por encima de su cabeza, preparado para lanzárselo.

—¡Oh, Dios mío! —chilló la supervisora asustada tropezando al retroceder. La bandeja de plata se le cayó de las manos provocando un gran estruendo, y al chocar contra el suelo la pila de tostadas y la tarrina con mermelada que había encima salieron disparadas por el aire.

Cuando Charlie estaba a punto de lanzar con todas sus fuerzas el cerdito a la cocorota de aquella horrible criatura para aturdirla, se dio cuenta de un pequeño detalle.

Las tostadas esparcidas en el suelo no eran unas simples tostadas.

¡Eran tostadas de canela!

En el último segundo Charlie se giró hacia la izquierda justo a tiempo de desviar un poco la trayectoria del cerdito, lo suficiente para que el mortífero tope, pasando a un palmo de distancia de la cabeza de la supervisora Rose, se estrellara contra la pared.

—¿Qué demonios estás haciendo, chico? —chilló la mujer cubriéndose la cara con las manos—. ¡Has estado a punto de arrancarme la cabeza!

—¡Lo siento! —exclamó Charlie corriendo hacia ella para ayudarla a ponerse en pie—. Es que... he olido a canela.

—¡Sí, claro! Es por las tostadas, que ahora se han echado a perder —gruñó la supervisora metiéndose de nuevo los mechones de pelo encanecido que se le habían soltado al caer al suelo en el redondo moño—. Si no te gustan las tostadas, sólo tenías que decírmelo.

—No, si no es eso, es... la canela... al olerla creí que usted era...

—¡Un imitador! —dijo ella relajándose al comprenderlo todo.

Charlie asintió con la cabeza.

—¡Eres un chico muy listo! —de pronto la habitación empezó a moverse, balanceándose de un lado a otro.

—¿Qué está pasando? —preguntó Charlie mirando nerviosamente a su alrededor. El edificio se movía tanto que se preguntó si sería un terremoto, pero no lo parecía. El movimiento era demasiado suave.

—¡Relájate, hijo! No es más que el viento —le tranquilizó la supervisora Rose.

—¿El viento hace que la habitación se mueva?

—¡Oh! —exclamó ella en voz baja—. No sabes dónde estás, ¿verdad?

—No, señora. Cuando llegué ya era de noche y me fui directo a la cama.

La supervisora Rose se echó a reír. Su risa era opulenta y rechoncha, como toda ella.

—¡Sígueme! Lo que vas a ver te parecerá interesante —le dijo saliendo de la habitación.

Y fue mucho más que interesante.

Fue espectacular.

La Academia de las Pesadillas, construida dentro de una gigantesca higuera de la India y alrededor de ella, era el árbol fortaleza más elaborado del mundo. Charlie se quedó mirando impactado aquella maravilla humana desde lo alto, desde el borde de un acantilado que bordeaba la playa. Había en él rampas y pasarelas entretejidas sobre unas ramas tan enormes que podían confundirse con árboles. Cobijaban unos enormes veleros, conectados unos con otros por redes elaboradamente tejidas y por puentes. Pero Charlie advirtió que en realidad los veleros no estaban completos, la mayoría de ellos sólo eran piezas sueltas: el casco de una vieja goleta, la popa de un barco pirata, la cubierta de un antiguo buque de guerra, todas ellas estaban repartidas por las fuertes ramas como las piezas de un rompecabezas que encajaban de la forma más perfecta e inesperada.

Banderas de distintos colores ondeaban con la brisa mientras el agua manaba desde lo alto, cayendo en unos canales y serpenteando por dentro y por fuera de los diversos camarotes y habitaciones, alimentando toda la estructura. Y Charlie pensó que la palabra «alimentando» le iba como anillo al dedo, porque la Academia de las Pesadillas era casi un ser vivo. Parecía demasiado arbitraria y caótica como para haber sido construida por seres humanos cuerdos y, sin embargo, así era, combinando una lunática pieza tras otra: una proa aquí, una tabla allí, una vela hinchándose más arriba. Era una creación gloriosa y absurda de Tinkertoy que no debía funcionar, en realidad no podía funcionar. Pero de algún modo lo hacía: desde el mástil pirata de la punta, hasta la colección de botes suspendidos en la base por medio de gruesas cuerdas.

—¡Es increíble! —dijo Charlie mirando a su alrededor con una gran sonrisa.

—¡Te deja sin habla! —comentó la supervisora Rose—. Aunque yo lleve mucho tiempo aquí, cada vez que lo veo se me corta la respiración.

La cálida brisa tropical agitaba suavemente las hojas de las palmeras dispersas por la blanca arena de la playa que había frente a la Academia. El agua del mar era tan transparente que casi parecía un acuario. Los peces, nadando con rapidez, se deslizaban juguetonamente por el intrincado arrecife de coral que se extendía en el fondo, con el sol reflejándose en sus escamas iridiscentes.

—Es el sitio más bonito que he visto en toda mi vida —dijo Charlie—. ¿Dónde estamos?

—En un lugar seguro —respondió la supervisora—. Eso es

todo lo que necesitas saber por el momento. Aunque la isla sea inmensa y algunas partes de ella estén cubiertas de naturaleza, la Academia está protegida. Es un santuario en el que los monstruos del Mundo de las Profundidades no pueden entrar —dijo mirando la selva que aparecía a lo lejos—. Pero el resto de la isla no es seguro, o sea que no se te ocurra ir a explorarla. ¿Me entiendes?

—No, señora. ¡Oh, lo siento! Quería decir que sí, supervisora Rose.

Ella le sonrió cariñosamente y tras abandonar el acantilado, le llevó por un sendero que conducía a uno de los botes suspendidos en la base del baniano.

—Sujétate con fuerza. Necesitas orientarte un poco —le dijo.

La supervisora accionó una palanca fijada en el tronco y de pronto el bote salió disparado hacia arriba a una increíble velocidad, impulsado por un contrapeso que bajaba frente a ellos y se dirigía al suelo. Las hojas y las ramas pasaron rozándole el rostro, hasta que el ascensor más extraño del mundo se paró en seco.

—Hemos llegado a la última planta, ya puedes salir —dijo la supervisora Rose.

Charlie sintió una extraña sensación en el estómago al ver lo arriba que estaban. El resto de la selva se extendía en la lejanía a sus pies. Se le ocurrió que si caía desde aquella altura, tardaría varios segundos antes de chocar incluso con las copas de los árboles.

Cerró los ojos, respiró hondo para tranquilizarse y se subió a la cubierta del barco pirata que había frente a él. Entonces vio varias hileras de unos desgastados pupitres de madera y, sentados en ellos, un montón de niños de su misma edad que se movían nerviosamente y que parecían encontrarse incómodos en aquel lugar.

—No te preocupes —le dijo la supervisora sonriendo—, todos estos niños también acaban de llegar a la Academia de las Pesadillas. Te dejo en buena compañía —y tras pronunciar estas palabras, se dio la vuelta para irse.

—¿Se va? —le preguntó Charlie nerviosamente.

—¡Claro! Tú no me necesitas. No te preocupes, todo irá bien —le respondió yendo hacia otro bote, y luego accionó una palanca y desapareció de su vista.

Charlie se sentó de mala gana en uno de los pupitres.

Permaneció con la mirada fija al frente, sin atreverse a mirar a la cara a ningún chico, intentando desesperadamente no llamar la atención. Pero por más que trató de pasar desapercibido entre aquella hilera de pupitres, sintió que alguien tenía la mirada clavada en él. Se movió nervioso, deseando con toda su alma que quienquiera que le estuviera mirando dejase de hacerlo, pero por más incómodo que le hiciera sentir, notaba que seguían observándole. Al final, al darse la vuelta para averiguar quién era, vio en el pupitre de al lado a un niño desgarbado y extraño mirándolo con una salvaje sonrisa.

El chico era demasiado alto para su edad, tenía los brazos y las piernas escuálidos y larguiruchos, dientes de conejo y una rebelde mata de pelo negro. Parecía una marioneta que se hubiera escapado de las cuerdas del titiritero. El niño siguió mirándolo fijamente.

—¿Qué pasa? —dijo al final Charlie.

—¡Tú eres ese chico! ¡El raro! ¿Verdad? —le respondió él.

—No lo creo —respondió Charlie deseando no haber abierto la boca.

—¡Sí, eres tú! Por lo que he oído, la última noche casi te cargas a todo el Departamento de las Pesadillas.

—¿Ya te has enterado de lo que pasó? —preguntó Charlie asombrado.

—¡Oh, sí! —respondió aquel niño ensanchando aún más su sonrisa torcida—. ¡Fue increíble! ¡De lo más increíble! ¡Fue una total destrucción! ¡Maravilloso, maravilloso! Me llamo Teodoro. ¡Ah, por cierto! No Teo, sino Teodoro. Y mi apellido es Dagget. No Dagger con una erre, sino Dagget. ¿Lo has captado?

—Sí, lo he captado —respondió Charlie. Como Teodoro no le ofreció la mano para que se la estrechara, él tampoco le tendió la suya—. Yo me llamo Charlie, Charlie Benjamin —le dijo.

—¡Excelente! Eres el primer chico que conozco aquí. Creo que vamos a ser muy buenos amigos, ¿no te parece?

—Mmmm… —respondió Charlie—. Supongo que sí —añadió sin saber qué decir. Hasta ese momento nadie había sido nunca tan agresivamente amable con él.

—¡Qué bien! ¡Qué bien! Ya me he sacado este asunto de encima —declaró Teodoro—. Y tú en qué crees que vas a convertirte, ¿en un desterrador o en un abreprofundidades? Yo seguro que voy a ser un desterrador.

—¿Cómo lo sabes? —le preguntó Charlie.

—¡Venga! ¡Fíjate en mí! —exclamó Teodoro poniéndose en pie—. ¡Soy un tío! ¡Estoy hecho para luchar!

A Charlie no le pareció que el canijo cuerpo de Teodoro estuviera hecho para luchar. En realidad, parecía un espantapájaros que necesitara un poco más de relleno, porque era todo piel y huesos.

—Lo cierto es que los tíos somos los mejores desterradores —prosiguió Teodoro—. Aunque a los profesores no les gusta decirlo. Intentan ser PC, o sea políticamente correctos, pero los desterradores son unos luchadores y el instinto de luchar está en el ADN de los tíos, ADN son las siglas de ácido desoxirribonucleico. Las chicas, las chavalas, son más blandas, más emocionales. Están hechas para abrir portales. En cambio, los chicos estamos hechos para enviar a los bicharracos de vuelta al Mundo de las Profundidades, ése es mi departamento. El DT: el departamento de los tíos.

—¡Venga ya! —exclamó una voz femenina detrás de ellos.

Al volverse, Charlie y Teodoro vieron a una bonita niña de su misma edad con una cola de caballo que estaba dibujando algo en un cuaderno. Llevaba unos tejanos y una blusa blanca con un pequeño motivo rosa bordado en la parte superior. Dejó el bolígrafo en la mesa.

—Pues en *La guía del Mundo de las Profundidades del Departamento de las Pesadillas* —le dijo ella a Teodoro dejando el bolígrafo sobre el pupitre— pone que las mujeres podemos ser unas desterradoras tan buenas como los hombres. Y que los hombres pueden ser unos abreprofundidades tan buenos como las mujeres.

—¡No son más que mentiras! —replicó Teodoro—. ¡Un montón de patrañas, exageraciones y vanas ilusiones! Lo siento, pero no tienes razón.

—¡Sí que la tengo! —respondió ella enojada—. ¡Es una verdad como un templo!

—De hecho, las verdades pueden interpretarse de muchas maneras —replicó él—, y por eso no siempre son fiables ni lo que parecen ser.

—Pero ¿qué clase de rollo me estás soltando? —le dijo ella.

—Lo que pasa, señorita, es que no te atreves a mantener un debate conmigo —le retó Teodoro—, porque sabes que voy a comerte viva, que voy a derrotarte por completo.

—¡Oh, qué miedo me das! —exclamó ella riendo.

—¡Qué respuesta más poco original! —le soltó Teodoro—. ¿Ése es todo tu arsenal lingüístico? Me apuesto lo que quieras a que no conoces ni un tercio de las palabras que yo sé.

—¿Hay alguien a quien le caigas bien?

—¡Claro que sí! —contestó Teodoro—. A Charlie. Es mi mejor amigo. ¿No es así, Charlie? —dijo volviéndose hacia él.

—Mmmm... —respondió Charlie—. En realidad acabamos de conocernos. Creo que todos podemos llegar a ser amigos. Me llamo Charlie —añadió ofreciéndole la mano a aquella chica. Ella se la estrechó.

—Encantada de conocerte, Charlie. Me llamo Violeta.

—Veo que te gusta dibujar —observó él señalando el bloc.

Al asentir con la cabeza, la cola de caballo de Violeta dio unos saltitos juguetones.

—Ahora me ha dado por los dragones.

Al mirar de más de cerca lo que había dibujado, Charlie vio la fantástica imagen de un dragón con una larga cola enroscada alrededor de un gran tesoro.

—¡Qué dragón más increíble! Ojalá pudiera dibujar como tú.

—Si quieres, puedes aprender a hacerlo. Sólo es cuestión de práctica. Me he pasado un montón de tiempo estudiando a los mejores: Maitz, Whelan, Hickman, Targete.

—¿A quién? —preguntó Teodoro.

—¡Al menos hay algo que no sabes! —exclamó Violeta en un tono burlón—. Don Maitz, Michael Whelan, Stephen Hickman y J. P. Targete son algunos de los mejores ilustradores de *Fantasy*, un arte que por cierto me encanta.

—¡Qué interesante! todos ellos son hombres —observó Teodoro.

—No me obligues a hablar de Rowena Morrell y Janny Wurts, porque acabarás volviendo a casa llorando —replicó Violeta.

—¡Oh, qué miedo me das!

Y entonces fue cuando oyeron de pronto un suave ¡pum! Al volverse vieron que en la popa del barco se había abierto un portal. La directora salió de él. El vestido tropical que llevaba brilló bajo el fuerte sol del mediodía resaltando contra su hermosa piel oscura. Agitando la mano, hizo desaparecer el portal detrás de ella como si nada.

—Buenos días. Me llamo Brazenhope y soy la directora.

—¡No puedo creérmelo! —dijo Teodoro atónito—. ¡Es una chavala!

Sin decir una palabra, la directora agitó la mano y abrió otro portal en el suelo debajo de Teodoro. Él cayó silenciosamente en el Mundo de las Profundidades. Agitando de nuevo la mano, cerró el portal tras él.

—¿Algún otro comentario? —preguntó.

Todo el mundo sacudió enérgicamente la cabeza.

—Muy bien. Bienvenidos a su primer día en la Academia de las Pesadillas. Como pueden ver, es un lugar de lo más inusual y, sin embargo, es perfecto. Siempre he creído que es mejor aprender las cuestiones misteriosas y peligrosas en un ambiente agradable y relajante, y esta isla lo es. ¿No les parece?

Los estudiantes asintieron al instante con la cabeza.

—Ahora se estarán preguntando por qué he elegido enseñar en un lugar tan extraordinario, con piezas de barcos colgando de los árboles y ascensores en forma de botes, además de los mil y un extraordinarios rincones que aún les quedan por descubrir. Lo he hecho por dos razones. La primera se la contaré ahora. Y la segunda la conocerán cuando estén preparados para entenderla —dijo poniéndose a caminar por entre los pasillos que formaban los pupitres—. La Academia de las Pesadillas es un lugar extraño e inusual porque es lo extraño e inusual lo que estimula el cerebro. No hay nada peor para la imaginación que la rutina y la repetición, y aquí lo que intentamos alimentar es sobre todo la imaginación. ¿Por qué es así?

Como no parecía que en realidad lo estuviera preguntando, nadie se atrevió a darle una respuesta, y después de todo fue una buena idea, ya que ella siguió hablando sin esperar que alguien le contestara.

—Es la imaginación, damas y caballeros, lo que nos permite hacer nuestro trabajo, porque gracias a ella podemos acceder al Don. Por desgracia, muchos de ustedes, al menos una tercera parte, perderá este poderoso músculo durante su estancia aquí. El Don se atrofiará y perderá poder, se marchitará y secará. Le ocurre a la mayoría de la gente a medida que envejece, y lo más probable, por lamentable que sea, es que a algunos de ustedes les pase lo mismo. Cuando les ocurra, ya no podrán acceder al Don y no serán capaces de proteger a la humanidad de las criaturas del Mundo de las Profundidades.

La directora dio una palmada para enfatizar sus palabras. Los estudiantes pegaron un brinco.

—Sin embargo —prosiguió—, el haber perdido el Don no significa que dejen de ser útiles a nuestra causa. Su aprendizaje se aprovechará. Se convertirán en organizadores y acompañarán a sus compañeros que aún posean el Don en sus misiones. Su tarea no será fácil, porque organizarán las misiones y actuarán como intermediarios entre el Departamento de las Pesadillas y los agentes que estén en servicio. Y, sobre todo, serán para ellos una tercera y serena voz cuando los monstruos se estén acercando y los desterradores y los abreprofundidades de su equipo estén agobiados por sus responsabilidades. ¡Aquí todo el mundo es importante! ¡Todo el mundo es imprescindible!

De pronto Charlie se acordó de que Pinch había dicho que era un organizador. Aunque la directora pareciera considerarlos unos miembros tan importantes del equipo como los otros, se preguntó si tener el Don y perderlo más tarde no sería una experiencia dolorosa. Si era así, ahora comprendía mejor la actitud de Pinch y por qué estaba a favor de reducir a los estudiantes prometedores, porque si él no podía manifestar más el Don, ¿por qué otro habría de hacerlo?

—Ustedes son lo que llamamos noobs —prosiguió la directora—, que significa «recién llegados». Pero a medida que vayan progresando en su aprendizaje, se convertirán en adis, que significa «adecuados». Y cuando al final hayan demostrado tener una gran habilidad, se llamarán lits, es decir «élite». Pero por ahora son, y lo seguirán siendo durante un tiempo, noobs.

La directora agitó la mano. De pronto se abrió un portal en medio del aire y Teodoro cayó de él gritando y aterrizó sobre el pupitre dándose un castañazo. Brazenhope cerró el portal y siguió hablando como si nada.

—Como ya saben, estudiarán para convertirse en abreprofundidades o en desterradores, depende de lo hábiles que sean con su Don.

—¡Eh, señora! —le soltó Teodoro a todas vistas impresionado—, ¿sabe que me ha enviado al Mundo de las Profundidades?

—Sí —respondió ella agitando de nuevo la mano.

De repente, se abrió otro portal debajo de Teodoro y volvió a caer chillando al Mundo de las Profundidades. La directora cerró el portal y siguió hablando.

—Hoy decidiremos en qué disciplina se concentrará su entrenamiento. Algunos de ustedes seguirán el pedregoso camino de un desterrador y otros tomarán el espinoso sendero de un abreprofundidades. Pero los dos caminos son igual de nobles y difíciles de dominar. Empezaremos con usted, señorita Sweet. ¿Está preparada?

La gigantesca higuera se agitó suavemente con el viento. Desde algún lugar de la selva se oyó el graznido de un pájaro. Violeta pegó un bote.

—¿Se refiere a mí?

—Su nombre es Violeta Sweet, ¿no es verdad?

—Sí, directora, es que no estoy acostumbrada a que me llamen señorita Sweet.

—Pues es mejor que se acostumbre, porque a partir de ahora me dirigiré a todos ustedes de esa forma, en primer lugar porque creo que en el fondo les gusta, y en segundo, porque aunque este lugar parezca ser un simple colegio, en realidad aprenderán en él cosas muy serias. Les vamos a entrenar para combatir en una guerra, damas y caballeros. Una guerra que puede comportar algunas bajas. Si son lo bastante maduros como para dedicar su vida al servicio de una causa más importante que ustedes mismos, también lo serán para que se les trate como a adultos y para que espere que se comporten como tales. De modo que vuelvo a preguntarle, señorita Sweet: ¿está preparada?

—Sí, señora directora —respondió ella.

—¡Excelente! Acérquese.

Mientras Violeta se dirigía hacia ella, la directora agitó la mano, abriendo un portal en medio del aire. De nuevo Teodoro cayó de él y chocó contra los pupitres, lanzando un grito de dolor.

—¡Me alegro de que esté de vuelta, señor Dagget! Ha llegado justo a tiempo para ver cómo la señorita Sweet decide el camino que elegirá.

—¡Qué daño! —exclamó Teodoro.

—¡Cuánto lo siento! —respondió socarronamente la directora. Volvió a agitar la mano y se abrió un gran portal a su lado. Teodoro parpadeó desconcertado sin querer.

—Damas y caballeros, por favor, sigan a la señorita Sweet al Mundo de las Profundidades. Su destino y también el de todos ustedes les está esperando.

Momentos más tarde, después de cruzar el portal, Charlie se encontró en medio de un campo lleno de fragantes flores amarillas que llevaba a un lago de color azul cobalto con aguas tan tranquilas que lo reflejaba todo como un espejo. El lago, enclavado en un boscoso y estrecho valle cubierto de pinos de vigorizante aroma, estaba rodeado por unas paredes rocosas tan altas que no podía verse nada más allá de ellas. El paraje era encantador, estaba protegido y, sobre todo, se encontraba oculto.

—¡Qué pasada! —exclamó Charlie en voz baja.

—Aunque la mayor parte del Mundo de las Profundidades sea peligroso y horrible —observó la directora mientras el último estudiante cruzaba el portal y ella lo cerraba haciendo un rápido movimiento con la mano—, hay bolsas como ésta en la que ahora nos encontramos que son totalmente seguras. Estamos en el tercer anillo. Es una región montañosa, llena de criaturas que no son como para jugar con ellas, pero este valle secreto, situado en la frontera oriental, está deshabitado y siempre lo ha estado. Aquí no hay criaturas del Mundo de las Profundidades… salvo una. ¡Una muy importante!

La directora se giró hacia Violeta.

—Señorita Sweet, si observa el lugar con atención, verá que hay unas pasaderas que la llevarán hasta el mismo centro del lago.

Al contemplar el lugar, Violeta vio una hilera de piedras blancas que conducían a una pequeña roca situada en medio del lago.

—Las veo —dijo ella.

—¡Excelente! Ahora ha de ir hasta el centro del lago y declarar lo que desea ser. Dirá gritando: «¡Soy una desterradora!» o «¡Soy una abreprofundidades!»

—Pero ¿cómo puedo elegir? No tengo ni idea de lo que quiero ser —preguntó Violeta.

—Simplemente diga lo que sienta. Diga aquello que crea ser —le contestó la directora.

—De acuerdo. ¿Y qué ocurrirá entonces? —preguntó ella.

—Que descubriremos si ha elegido bien —observó con un brillo travieso en los ojos—. Vaya al centro, por favor —añadió señalando el lago.

Echando una nerviosa mirada al resto de los estudiantes, Violeta se dirigió a la orilla. Las pasaderas de la superficie del lago eran piedras pequeñas e irregulares y tuvo que mantener el equilibrio en más de una ocasión al saltar por ellas. Al llegar a la erosionada piedra blanca que sobresalía en medio del lago, miró las oscuras aguas bajo sus pies intentado captar algún movimiento para descubrir si vivía algún ser en ellas, pero el agua estaba tan serena como un cristal y reflejaba las impresionantes paredes rocosas que lo rodeaban, impidiendo ver el fondo.

—Venga, señorita Sweet, ¡declare lo que quiere ser! —gritó la directora.

Aunque Violeta le hubiera soltado a Teodoro que las chicas podían ser unas desterradoras tan buenas como los chicos, sabía en el fondo de su corazón que su destino iba a ser otro.

—¡Soy una abreprofundidades! —gritó ella.

Sus palabras resonaron por las tranquilas aguas y retumbaron por las paredes del cañón con una increíble intensidad, asustándola. Pronto el eco se apagó y de nuevo reinó el silencio. Violeta, inquieta, echó un vistazo a las oscuras aguas. Seguían tan calmas como un cristal.

—¿Y ahora qué? —preguntó.

Y entonces fue cuando una trucha gigantesca salió del lago provocando una gran espumareda. La trucha era del tamaño de un autobús escolar y su brillante piel estaba salpicada de lunares rojos, grises y verdes. Trazó un arco en el aire, dirigiéndose hacia la roca en la que Violeta se encontraba, y se la tragó con su ancha y húmeda boca. Luego volvió a meterse en las frías aguas, desapareciendo en la otra punta del lago. El agua se agitó y movió violentamente mientras los estudiantes contemplaban la escena horrorizados.

¡Violeta y la trucha gigante que se la había tragado habían desaparecido!

—¿Qué... qué ha sido eso? —logró balbucear por fin Teodoro con la boca tan abierta que parecía una puerta desencajada.

—Eso ha sido la Trucha de la Verdad —repuso la directora Brazenhope.

8

La Trucha de la Verdad

Dónde está Violeta? —preguntó Charlie con un creciente pánico—. ¿Dónde está? No irá a comérsela, ¿verdad?

Justo en ese instante la Trucha de la Verdad salió de pronto del agua, cerca de la orilla cubierta de flores y, emitiendo un acuoso y gorgoteante sonido, escupió a Violeta. La chica salió disparada, girando y dando vueltas como una muñeca de trapo en el aire, antes de aterrizar con los brazos y las piernas enmarañados a los pies de la directora. La Trucha volvió a deslizarse bajo el agua y desapareció al instante de la vista de todos.

Charlie fue corriendo hacia Violeta para ayudarla a ponerse en pie.

—¿Estás bien? —le preguntó.

—Yo… no lo sé —respondió ella temblando, con el rostro chorreando de limo y algas. Estaba empapada del asqueroso lodo.

—¡Enhorabuena, señorita Sweet! ¡Usted es una desterradora! —le dijo la directora.

—¿Cómo lo sabe? —le preguntó Violeta exprimiéndose toda esa porquería de la larga melena.

—Porque de todas las criaturas del Mundo de las Profundidades, sólo la Trucha es capaz de determinar con exactitud si alguien está diciendo o no la verdad. Y, como acaba de presenciar, no tolera en absoluto que se diga una mentira en su lago. Elimina el origen de la falsedad en el acto.

—¡Pero yo no he mentido! —protestó Violeta.

—No, no a sabiendas —dijo la directora—. Usted afirmó ser una abreprofundidades, y estoy segura de que así lo creía en el fondo de su corazón, pero la Trucha ha descubierto que no era verdad. Y como sabemos que no es una abreprofundidades, debe ser una desterradora.

—Pero ¿está segura de que la Trucha de la Verdad siempre tiene razón? —preguntó Violeta—. Yo no soy una luchadora.

—¡Lo será! —le aseguró Brazenhope—. La Trucha nunca se ha equivocado. Señor Ramirez —añadió volviéndose hacia otro estudiante—, vaya al centro del lago. Veamos lo que le depara el futuro.

Alejandro Ramirez, un chico bajo y fornido de doce años, se dirigió a la roca.

—¡Yo soy un abreprofundidades! —exclamó en voz baja mirando nerviosamente las serenas aguas del lago.

La Trucha no apareció.

—¡Excelente, señor Ramirez! —exclamó la directora—. Como la Trucha no se lo ha tragado vivo, debe de haber dicho la verdad, aunque me hubiera gustado que lo hubiera dicho con un poco más de entusiasmo. ¡Enhorabuena, es el primer abreprofundidades del día! —Alejandro volvió a unirse al grupo agradeciendo que la Trucha no se lo hubiera tragado—. Señor Favrutti, vaya al centro del lago —dijo la directora a otro chico.

Durante casi una hora fue llamando a todos, uno a uno.

Unos veinte alumnos declararon su destino ante la Trucha y cerca de la mitad dijeron la verdad. A la otra mitad se los tragó el gigantesco pez y luego los escupió en la orilla como si fueran un paquete de chicle masticado. Charlie se sorprendió al descubrir que Violeta había tenido razón al decir que las mujeres podían ser tan buenas desterradoras como los hombres, porque hubo la misma cantidad de chicas que de chicos que lo fueron. Y lo mismo ocurrió con los abreprofundidades, ningún trabajo parecía ser más indicado para un género que para el otro.

Al final le tocó a Teodoro declarar ante la Trucha.

—¡Sí! —exclamó entusiasmado en cuanto vio que la directora abría la boca para pronunciar su nombre—. Mi papá es un desterrador. ¿Lo sabía?

La directora asintió con la cabeza.

—Me acuerdo perfectamente de su padre. Fue un alumno muy brillante y a menudo también muy irritante. Usted me lo recuerda. ¿Cómo está?

—Supongo que bien —dijo Teodoro—. Se encuentra en alguna parte luchando contra las criaturas del Mundo de las Profundidades. No le permiten decirnos dónde. Es una *op secret*. Op significa «operación» y *op secret* ...

—¡Sí, ya sé lo que significa! —le interrumpió Brazenhope—. Prosigamos, ¿le parece?

—Sí, sin duda —respondió Teodoro—, me muero de ganas de que mi padre vuelva de la *op secret* para poder decirle que yo también voy a ser un desterrador —y luego saltó rápidamente por la hilera de piedras hasta llegar a la roca que sobresalía en el centro del lago. Una vez allí, se aclaró la garganta y gritó tan alto como pudo, lleno de orgullo: ¡Soy un desterrador!

Las aguas permanecieron tranquilas.

—¿Lo ve? ¡Ya se lo dije! —exclamó Teodoro volviendo a la orilla.

Y fue entonces cuando la Trucha de la Verdad salió del agua y se lo tragó. Al cabo de unos momentos se descubrió volando en medio del aire y fue a aterrizar torpemente con el cuerpo hecho un revoltijo a los pies de la directora.

—Lo siento, señor Dagget —dijo Brazenhope mientras Teodoro intentaba ponerse en pie temblando como un cervatillo recién nacido—, no es un desterrador. La Trucha nos ha demostrado que es un abreprofundidades.

—¡Se ha equivocado! —le soltó Teodoro escupiendo el limo que se le había metido en la boca.

—¿Cómo dice? —repuso la directora levantando una ceja.

—No pretendo ofenderla, señora, pero la Trucha está equivocada. Muy equivocada. ¡Yo no soy en absoluto un abreprofundidades!

—La Trucha nunca se equivoca —replicó Brazenhope—. Es usted el que está en un error, señor Dagget.

—No estoy diciendo que lo haya hecho aposta, sólo que se ha equivocado. Todos nos equivocamos. No puede tener razón siempre, ¿no cree? No es más que un estúpido pez.

—Pues si tan seguro está, puede volver a intentarlo de nuevo —le respondió la directora.

—¡Estupendo! —exclamó Teodoro y se dirigió a grandes zancadas hacia las pasaderas del lago. Una vez en la roca, gritó arqueando la espalda y mirando al cielo—: ¡Soy un desterradoooor!

La Trucha tardó menos de veinte segundos en saltar a la superficie, tragárselo y escupirlo de nuevo a la orilla. Teodoro volvió a ponerse en pie con esfuerzo.

—¡Esa Trucha no está bien! ¡Quizás esté enferma!

—La Trucha de la Verdad no está enferma —repuso la directora.

—Entonces quizás esté vieja, cansada o tenga algún problema. Créame, no es posible que yo sea un abreprofundidades. Esto es una SI: ¡una situación imposible! En mi familia todos los tíos han sido desterradores.

—¡Lo siento! Sé que quería ser un desterrador, pero en realidad es un abreprofundidades —dijo Brazenhope empezando a perder la paciencia.

—¡No! —exclamó Teodoro—. Esa Trucha ha metido la pata. ¡La Trucha de la Verdad tiene algún problema!

—Ha dicho lo mismo dos veces.

—¡Pues se ha equivocado dos veces! Quizá necesite una oportunidad más para ver que tengo razón. —Y tras pronunciar estas palabras, se dio la vuelta y fue corriendo al centro del lago—. ¡Soy un desterrador! —gritó a voz en cuello. Sus palabras retumbaron por las paredes del cañón.

La Trucha de la Verdad salió del agua pegando un brinco y se lo tragó al instante.

—¿Cuántas veces crees que va a seguir yendo al lago hasta que por fin se resigne a aceptarlo? —le preguntó Charlie a Violeta.

—¡Cuatro! —respondió ella sin dudarlo.

—Yo creo que cinco —respondió Charlie.

Por increíble que parezca, lo hizo siete veces.

La Trucha de la Verdad se lo tragó siete veces antes de que Teodoro, apestando a pescado y cubierto de limo, reconociera a regañadientes que se había equivocado.

—¡Trucha estúpida! —exclamó pateando las flores de la orilla mientras se esforzaba en ponerse de pie.

—Señor Dagget —dijo la directora Brazenhope con un ligero tono de hastío—, acepte de una vez por todas que es un abreprofundidades. Es una profesión muy honorable, tan noble como la de desterrador, es mejor que se acostumbre a ello.

—¡Nunca me acostumbraré! —le soltó Teodoro enojado, refunfuñando «trucha injusta», «pez bobo» y «quiero probarlo una vez más».

—La sesión de la orientación profesional ha terminado —dijo la directora volviéndose al resto de los estudiantes—. Ahora regresaremos a la Academia de las Pesadillas y la supervisora Rose les dirá el programa y el plan de estudios que van a seguir.

—¿Señora directora? —dijo Charlie levantando la mano—. No quería interrumpirla, pero yo aún no he ido al centro del lago.

—¡Ah, Benjamin! Yo creo que las aventuras de la noche anterior ya nos han mostrado cuál es tu camino. Cualquiera que sea capaz de abrir un portal en el Círculo Interior es sin duda un abreprofundidades. Un desterrador no tendría esta clase de aptitud.

—¡Oh, de acuerdo! —respondió Charlie.

—¡Eh! —gritó Alejandro Ramirez—, todos hemos tenido que vérnoslas con la Trucha. ¿Cómo es que él se va a librar de ello?

—Porque, como ya he dicho, ya sabemos cuál es su camino —repuso la directora.

—Supongo que sí. Pero no parece justo —se quejó Alejandro.

—Tiene razón, debo declarar ante la Trucha de la Verdad como todos los demás —observó Charlie, que no quería recibir un trato especial.

Al cabo de unos instantes Charlie se encontraba en la roca de en medio del lago. Podía sentir la fresca brisa procedente de la frías aguas, que parecían ser muy profundas, ya que si no cómo podían contener un ser tan descomunal como la Trucha de la Verdad.

Charlie cerró los ojos, respiró hondo y gritó:

—¡Soy un abreprofundidades!

Como era de esperar, la Trucha no se dejó ver. Charlie había dicho la verdad. Lanzando un suspiro de alivio, dio media vuelta.

—¡Tenía razón, no soy un desterrador! —le dijo en voz alta a la directora mientras saltaba de piedra en piedra para volver a la orilla.

Pero en cuanto pronunció estas palabras, la Trucha salió de pronto del agua provocando una gran espumareda, rodeó a Charlie con sus húmedos labios y se lo tragó con su hedionda y oscura boca. El chico cayó violentamente en las viscosas entrañas de la ancestral criatura, mientras la Trucha se metía de nuevo con fuerza en el agua y nadaba hacia la orilla. Instantes más tarde, la Trucha expulsó a Charlie de sus entrañas y él, cegado por la luz del sol, giró y dio volteretas en medio del aire antes de caer pesadamente contra el duro suelo.

Los estudiantes se lo quedaron mirando asombrados.

—¿Estás bien? —le preguntó Violeta acercándose corriendo hacia él.

—Sí, sólo que no me lo esperaba —respondió Charlie poniéndose en pie.

—¡Porque no tiene ningún sentido! —gritó Teodoro—. ¿Lo ve como a esa Trucha le falta un tornillo? Yo estoy de acuerdo con que Charlie es un abreprofundidades, pero la Trucha se lo ha tragado al decir que no era un desterrador. Y esto es imposible, ¡no puede ser un abreprofundidades y un desterrador a la vez!

—Es verdad —repuso la directora en voz baja—, a no ser que sea un doble amenaza.

Los estudiantes se miraron unos a otros desconcertados.

—¿Qué es eso? —preguntó Violeta.

—Una persona que puede ser tanto un desterrador como un abreprofundidades. Aunque es algo muy poco común, sólo nace una cada veinte o treinta años. ¡Eres una caja de sorpresas, Benjamin! —le dijo la directora.

Charlie se quedó sin habla.

¡Sólo nacía un doble amenaza cada veinte o treinta años! La mayoría de los estudiantes se hubieran sentido de lo más halagados al oírlo, pero a Charlie le pareció como si la directora estuviera hablando de una ternera mutante con dos cabezas o de una estrafalaria anguila que pudiera caminar por tierra. Siempre se había sentido como un bicho raro. Y ahora volvía a experimentar esa sensación por segunda vez.

—¡Es increíble! —exclamó Teodoro—. ¡Charlie es un doble amenaza! ¡Un DA!

—¡No me llames así! —murmuró Charlie. Estaba descubriendo que Teodoro podía entusiasmarse con aquello que él más detestaba.

—¡Eh, señora directora! ¿Y qué me dice de usted? ¿Es también una doble amenaza? ¿Una DA?

—¡No me llame así! —le soltó la directora—. Y para responder a su pregunta le diré que sí, que soy una doble amenaza, pero no es algo tan maravilloso como parece. Es verdad que soy tanto una desterradora como una abreprofundidades, pero no al mismo tiempo. Se trata de habilidades totalmente distintas y cada una requiere tanta energía y concentración que es imposible hacer ambas cosas a la vez.

—¡Oh! —exclamó Teodoro decepcionado—, es como tener un Aston Martin y un Ferrari, son unos coches bonitos, pero no los puedes conducir a la vez. Entonces, ¿para qué sirve tener los dos?

—Pues para que haya variedad en la vida —repuso la directora—, y yo prefiero ser una persona muy versátil —tras pronunciar estas palabras, abrió un portal que daba a la cubierta más alta de la Academia de las Pesadillas—. Eso es todo por hoy. La clase ha terminado.

Varios minutos más tarde, después de regresar a la Academia, Charlie descendía por las numerosas rampas que rodeaban el gigantesco tronco mientras Teodoro caminaba dando saltos a su lado y parloteaba entusiasmado:

—Claro que no sirve para nada, pero es muy raro. ¡Qué increíble! ¿Has oído lo que ha dicho la directora? Sólo nace una persona con este poder cada veinte o treinta años. Todos los que estamos aquí somos seres singulares. Me refiero a que sólo un dos por ciento de la población posee el Don, pero tú, amigo mío, eres un mutante. ¡Mi mejor amigo es un friqui!

—¡Deja de llamarle así! —dijo Violeta metiéndose entre ellos dos—. ¿No ves que estás haciéndole sentir incómodo?

—No es verdad, Doña Entrometida, ¿te estoy molestando, Charlie? ¿Te estoy haciendo sentir incómodo de algún modo o forma?

—Supongo que no —respondió Charlie, aunque era evidente que así era.

—¿Lo ves? —exclamó Teodoro triunfante—. Nosotros somos unos tíos. No somos tan lloricas ni emocionales como vosotras, las chavalas.

—¿No vas a decirle que te está haciendo sentir incómodo? —le preguntó Violeta a Charlie.

Él quería decir algo, decirle a Teodoro que se había pasado toda la vida sintiéndose un bicho raro y que ahora que estaba en un lugar lleno de chicos justamente como él, lo último que deseaba escuchar era lo distinto que era de ellos. Pero no tuvo el valor para hacerlo. Teodoro, por más raro que fuera, se estaba convirtiendo en su mejor amigo y Charlie no quería arriesgarse a perderlo.

—Estoy bien, de verdad —le dijo a Violeta.

—¡Jo! Pues si tú no te defiendes, yo no voy a hacerlo por ti —le soltó abriéndose paso entre ellos dos y descendiendo con decisión por la rampa.

—Sí que me defiendo —dijo Charlie con poca convicción a sus espaldas, pero ella ya se había ido.

—¡Aquí está! —gritó de pronto una voz enojada detrás de él—. ¡El psicópata que casi destruye el Departamento de las Pesadillas!

9

EL SIGNIFICADO DE PMO

Al volverse, Charlie y Teodoro vieron a una chica alta de unos quince años bajando la rampa y dirigiéndose hacia ellos. Era impresionantemente guapa. Llevaba la larga melena rubia peinada con todo cuidado. En realidad, todo en ella se veía hecho con esmero: desde la elección del maquillaje hasta la ropa que llevaba, que era mucho más moderna que la que llevaban las otras chicas que Charlie había visto hasta ese momento en la Academia de las Pesadillas.

Siguiéndole como un perrito faldero atado a una correa, iba un atractivo adolescente de su misma edad. Era ancho de espaldas y musculoso, tenía el pelo rubio y los ojos azules, el único defecto que Charlie pudo encontrarle era que estaba intentando desesperadamente dejarse crecer un bigotito sin ningún éxito.

—Tú eres Charlie Benjamin, ¿verdad? —le preguntó la chica.

—El mismo —repuso Charlie.

En su interior sintió unas emociones contradictorias. Sin duda ella estaba a punto de atacarle de alguna manera y Charlie sabía que había de prepararse para defenderse, pero era una chica tan guapa que tan sólo mirarla le daba una sensación de mareo. Nunca había tenido una novia, ni una cita, ni tampoco le había cogido la mano a una chica, pero ahora estaba recibiendo toda la atención de una de las jóvenes más guapas que había visto en toda su vida.

Por desgracia sólo era porque ella a todas luces le odiaba.

—Me llamo Brooke Brighton —dijo en un tono que sugería que él ya sabía quién era ella—. Soy organizadora y él es Geoff Lench, mi novio —añadió echando una rápida mirada al chico que había a sus espaldas—. También es organizador.

Geoff se inclinó hacia Charlie.

—Hemos oído, noob, que la noche pasada estuviste a punto de dejar entrar a un nominado en la cámara del Consejo Supremo —dijo acariciando su incipiente bigotito como si le hiciera parecer mucho mayor de lo que era.

—No pretendía hacerlo —repuso Charlie con poca convicción.

—¿No pretendías hacerlo? —replicó Brooke acercándose a él—. ¿Eso es lo que le dijiste al director Drake después de estar a punto de matarlos a todos? ¿Que no pretendías hacerlo?

En la batalla emocional que Charlie estaba lidiando en su interior apareció un claro vencedor. Brooke era sin duda guapa —en realidad, era guapísima—, pero la rabia que empezaba a sentir por la forma en que lo trataba era más fuerte que la atracción que sentía por ella.

—Si yo fuera tu organizadora —prosiguió ella—, me aseguraría de que te pusieran en un periodo de prueba y abrieran una investigación sobre lo ocurrido, según el artículo treinta y seis de las normas del Departamento de las Pesadillas de la edición de Drake. De hecho, no pararía hasta ver cómo te reducen. ¿Qué te parece?

—Creo —dijo Charlie intentando encontrar una buena

respuesta a un comentario tan increíblemente cruel— que estás enojada conmigo porque yo aún tengo el Don y tú lo has perdido. Me refiero a que por eso eres una organizadora, ¿no es así?

Charlie oyó cómo los otros chicos que bajaban por la rampa cogían aire mirando nerviosamente a su alrededor. Era obvio que había traspasado alguna línea.

—¿Qué es lo que has dicho? —le soltó Brooke apenas en un susurro.

—Que me pregunto por qué lo has perdido —prosiguió Charlie animándose—. Me refiero al Don. Probablemente no fue por tu culpa. ¿Te acabaste aficionando demasiado a la ropa? ¿O a la televisión? ¿O a los chicos?

De pronto Geoff lo agarró por la pechera de la camiseta y atrayéndolo tanto hacia él que Charlie podía oler el aroma a menta del chicle que mascaba le soltó:

—¡Ten cuidado con cómo le hablas, miserable noob, o te arrojaré desde la última planta de la Academia para ver si puedes volar! ¿Me has entendido?

—Sosténmelas —le dijo Teodoro sacándose las gafas y entregándoselas antes de que a Charlie le diera tiempo de responder a aquel grandullón.

—¿Por qué? —le preguntó Charlie cogiéndolas.

Sin responderle, Teodoro se giró y de repente le dio un derechazo a Geoff tan contundente en uno de los lados de su morena cara que el chico cayó de rodillas sobre el duro suelo de madera de la rampa. El chicle le salió disparado de la boca como si le hubiera saltado un diente.

—¡No es justo! —gritó Brooke—. ¡Le has dado un puñetazo, tramposo!

Teodoro estaba ahora lleno de adrenalina. Su rostro de espantapájaros se había encendido con la excitación.

—¡Y volveré a darle otro, y otro, y otro si se mete con Charlie Benjamin! ¡Si lo hacéis, os destruiré! ¡A los dos! ¡Me zamparé vuestra alma y me daré un festín con vuestros huesos! Me...

Pero antes de que pudiera pronunciar la siguiente absurda amenaza, Geoff se lanzó sobre él y lo empujó contra el tronco de la gigantesca higuera. Aunque Teodoro le hubiera dado el primer puñetazo, Geoff le pasaba un palmo y pesaba el doble que él, era todo músculo. Lo machacó, propinándole implacablemente un guantazo tras otro.

—¡Ya basta! —gritó Charlie—. ¡Le estás haciendo daño!

—¡Cierra el pico, noob! —le soltó Geoff—, porque vas a ser el siguiente.

—¡Geoff Lench, suéltalo ahora mismo! —gritó una voz desde el final de la rampa.

Al girarse, Charlie se sorprendió al ver que aquella voz pertenecía a la supervisora Rose. La mujer se interpuso entre los dos chicos como una demoledora bola y los estudiantes que no se apartaron con la suficiente rapidez fueron derribados como los bolos de una bolera.

—¡Ha sido él el que ha empezado! —dijo Geoff soltando a Teodoro y poniéndose a la defensiva—. Me golpeó.

—Aunque te haya pegado primero, he visto lo que ha pasado y sé que no ha empezado él —repuso la supervisora Rose—. No es el primer lío en el que te metes este año, Geoff Lench. ¡Qué diablos!, ni siquiera es el primero de esta semana.

—Pero tenía que defenderme —protestó.

—¡Por favor! —exclamó la supervisora Rose con desdén—. Fíjate en el chico. Es un palillo. ¿Te acuerdas de lo que ocurrió la última vez que rompiste las normas y te llevaron ante la directora?

—Que me envió al Mundo de las Profundidades —dijo Geoff avergonzado.

—¿A qué anillo?

—Al segundo.

—¿Y qué te pasó mientras estabas allí?

—Que un devorador me arrancó de un mordisco el dedo gordo del pie —confesó Geoff mirando incómodo a su alrededor.

—¡Que te arrancó el dedo gordo del pie! —gritó la supervisora Rose—. ¿Y acaso te ha vuelto a crecer, Geoff Lench?

—No.

—¡Claro que no! ¡Porque los dedos gordos del pie no son como las colas de las lagartijas! ¡No vuelven a crecer! A no ser que quieras hacer otro viajecito al Mundo de las Profundidades, esta vez quizás al tercer anillo, para que los bichos que hay en él puedan probar algo más blando y delicado que un dedo gordo, te sugiero que desaparezcas de aquí ahora mismo y dejes a estos noobs en paz.

—Sí, supervisora Rose —respondió el chico poniéndose blanco como la cera al comprender a qué parte blanda y delicada del cuerpo se estaba refiriendo. Geoff se alejó a toda prisa por la rampa.

—Y tú, Doña Majeta —le soltó la supervisora Rose a Brooke, te aconsejo que te mantengas lejos de Charlie Benjamin.

—¡Yo no he hecho nada! —replicó Brooke inocentemente—. Ha sido Geoff el que le ha pegado, no yo.

—¿Crees que me chupo el dedo, nena? —le soltó la supervisora Rose—. Ese besugo no es más que la marioneta que mueves con tus estúpidos coqueteos. Es demasiado alelado como para saber lo lelo que es. Y ahora desaparece de mi vista.

Brooke Brighton, frunciendo el ceño, se fue por las rampas de madera mientras Charlie ayudaba a Teodoro a ponerse en pie. La nariz le sangraba y el labio superior se le estaba hinchando por momentos.

—¿Sabes dónde está la enfermería, chico? —le preguntó la supervisora Rose.

—Sí —respondió Teodoro arrastrando las palabras—. Pero estoy bien.

—No, no estás bien. Pareces un cerdo en una trituradora de madera. Dirígete a la enfermería y después ve directo a tu primera clase de los abreprofundidades. Empieza de aquí a tres horas. Y escúchame bien, muchacho —le dijo la supervisora Rose al oído—, la próxima vez que des un puñetazo a alguien impúlsate con todo el cuerpo, porque los das como una chica.

Y tras hacerle esta observación, la supervisora Rose se fue dejando estupefactos a los otros estudiantes.

La enfermería era una gran tienda levantada sobre una plataforma situada en el nivel medio del tronco de la higuera. La tienda estaba hecha con una gruesa tela de color marfil procedente de las velas de un barco. Ondeaba suavemente con la brisa. Una vez dentro de ella, Teodoro se puso una bolsa de hielo sobre el labio hinchado mientras una enfermera le aplicaba en las magulladuras una crema antibiótica. La cara se le había hinchado un poco, curiosamente justo lo suficiente para tener un aspecto más saludable, ya no se veía tan esquelético.

—¿Por qué lo has hecho? Esa mole era el doble de grande que tú —le dijo Charlie.

—Se estaba metiendo contigo —respondió Teodoro arrastrando las palabras, como si esta respuesta ya bastara.

—Pues la próxima vez déjame luchar mis propias batallas, ¿vale? Sé defenderme —le observó Charlie.

Teodoro se encogió de hombros.

—No te prometo nada. Cuando mi mejor amigo está en peligro, mis puños tienen una mente propia. Se convierten en una fuerza destructora. En armas letales.

—Ya puedes irte —le dijo la enfermera tapando el tubo de crema—, e intenta mantener esas armas letales tuyas cerradas bajo llave hasta que se te cure la herida —añadió con una sonrisa irónica.

—¡Lo intentaré! —respondió Teodoro a regañadientes, devolviéndole la bolsa de hielo—. Pero a veces mis puños empiezan a hablar antes de que mis pies se pongan a caminar, ¡es mi forma de ser!

Charlie se quedó asombrado de la seguridad de Teodoro, de su increíble personalidad. Aunque quería desesperadamente salir de su casa y estar con chicos de su misma edad, ahora sabía lo crueles que podían ser algunos de ellos y estaba lleno de dudas. Aunque sus padres lo hubieran estado asfixiando con sus excesivas atenciones y lo hubieran sobreprotegido, sabía que lo querían muchísimo. Y había pasado con ellos momentos muy felices. De pronto sonrió al recordar el día en el que los tres habían ido a un parque de atracciones de la zona en la que vivían para celebrar su último cumpleaños. Su mamá, por supuesto, se había negado en redondo a acercarse a la montaña rusa, la llamaba «la máquina de vomitar», pero su padre y él subieron a ella y gritaron como locos.

—¡Los varones Benjamin afrontan sus miedos! —exclamó Barrington triunfante mientras ascendían por la larga y lenta cuesta de la montaña rusa, antes de que Charlie bajara por primera vez por la deliciosa y vertiginosa pendiente—. ¡Los Benjamin no tienen miedo! —gritó su padre, y luego levantaron los brazos por encima de sus cabezas mientras descendían en picado pegando excitados gritos de terror.

De pronto sintió una gran añoranza por sus padres.

—¿Te encuentras bien? —le preguntó Teodoro mirándole preocupado.

—Sí, estoy bien —dijo Charlie intentando sacárselos de la cabeza—. Sólo estaba recordando algo. He de irme. La clase de los desterradores está a punto de empezar.

—¡Ojalá yo también pudiera ir! —se quejó Teodoro—, pero he de esperar a que empiece la estúpida clase de los abreprofundidades.

—Yo también asistiré a ella cuando acabe mi primera clase.

—Doble amenaza significa doble trabajo, ¿no crees? —observó Teodoro con una sonrisa.

—Sí, tienes razón.

—¡Que te vaya muy bien! Estoy seguro de que pronto me uniré a ti como desterrador, cuando la directora se dé cuenta del gran error que ha cometido conmigo.

Charlie asintió con la cabeza para apoyarlo.

—Intentaré recordar todo cuanto me enseñen para poder contártelo luego. Nos vemos más tarde.

Y tras decir estas palabras, se fue a su primera clase de la Academia de las Pesadillas.

La clase de los desterradores tuvo lugar en un ruedo excavado en el interior de una cueva de piedra caliza que había cerca de la playa, lejos de la Academia. En el centro del ruedo había un foso redondo de arena rodeado de tribunas de piedra que se alzaban como un coliseo, permitiendo a los espectadores ver lo que ocurría debajo. El lugar parecía tan antiguo que Charlie se imaginó a los gladiadores romanos combatiendo en aquel foso muchos años atrás.

—¡Aquí estás! —oyó Charlie que decía una voz conocida a sus espaldas. Al girarse vio a Violeta sentada en uno de los bancos de piedra con otros quince chicos, dibujando algo en su bloc—. He oído que tuviste una pelea.

—Bueno, en realidad fue Teodoro quien la tuvo —observó Charlie acercándose a ella—. Al menos fue el que dio los puñetazos y el que los recibió.

—A él le encanta hacerlo, ¿no crees?

—No lo sé, pero su padre es un desterrador, quizá lo lleve en la sangre. Me refiero a su deseo de luchar, no a su habilidad.

—No se lo digas, pero no soy yo la que tendría que estar aquí sino él —le dijo Violeta en un tono confidencial acercándose a él—. A mí no me gusta luchar, en absoluto... Prefiero dibujar.

—¿Qué estás dibujando?

Violeta sostuvo en alto el bloc para mostrárselo. Era el detallado dibujo de un dragón volando, que sostenía un huevo entre sus garras mientras arrojaba fuego a otro dragón que lo perseguía enfurecido.

—Lo llamo *El rapiñador del huevo*. Este dragón le ha robado el huevo a la mamá dragón, por eso ella lo está persiguiendo enloquecida. ¿Qué te parece?

—¡Es sorprendente! Quiero decir que, aunque sea un animal fantástico, parece de lo más real.

—¡Gracias!, pero aún me queda un largo camino por recorrer antes de poder competir con los grandes maestros del *Fantasy* —dijo agitando la mano como si no se acabara de creer el comentario de Charlie, aunque contenta por el cumplido.

De repente, las grandes puertas de madera que conducían al foso que había debajo se abrieron de par en par y Rex apareció por ellas dando zancadas, con un sombrero de vaquero ladeado en la cabeza, y con el lazo y la daga colgando en las caderas.

—¡Vamos a empezar! —dijo a los estudiantes que había frente a él repartidos por las tribunas de piedra—. El último en llegar al foso recibirá cuarenta azotes.

Los estudiantes se pusieron en pie y bajaron corriendo por las escaleras de piedra para ir al ruedo, ya que ninguno de ellos quería ser el último en llegar el primer día.

Rex los inspeccionó con escepticismo.

—¿Vosotros sois los futuros vaqueros del Departamento de las Pesadillas? ¡Ja! Pues tenemos un serio problema —exclamó sacudiendo tristemente la cabeza.

—¿Señor? —le dijo Violeta.

—Llámame simplemente Rex. ¿Qué quieres?

—Nos acaba de llamar «vaqueros». Creía que éramos desterradores.

—Vaqueros, desterradores... Tú dices pa-ta-ta, pero yo, si me apetece, digo pa-ta-to. ¡Qué más da! Mira, yo no quería estar aquí. Soy un agente en activo y no un canguro para unos noobs tan verdes como vosotros, ¿lo habéis entendido?

Todo el mundo asintió con la cabeza.

—Y dicho esto —prosiguió Rex—, aquí estoy y aquí estaré hasta que se deje de aplicar una política tan asquerosa, o sea que es mejor que todos intentemos sacarle el mejor partido a la situación. Cuanto antes empecemos, antes terminaremos, así que vamos a ponernos manos a la obra. ¿Quién sabe lo que significa PMO?

Los estudiantes no respondieron.

—¿Qué? ¿Ninguno de vosotros lo sabe? —preguntó Rex perplejo—. ¿Ninguno de vosotros conoce la regla básica para ser un desterrador? ¡Jolín! Vale. PMO quiere decir el punto más oscuro. Ojalá tuviera una pizarra o algo para escribirlo. ¡Bueno, no importa! Lo que significa es que un bicho del Mundo de las Profundidades, o ser, si quieres llamarlo con el nombre correcto, Doña Perfeccionista partidaria de una sola palabra —dijo echando una mirada a Violeta, que se puso roja como un tomate—, pues, como iba diciendo, significa básicamente que el coco, después de entrar en nuestro mundo por un portal, casi siempre busca el lugar más oscuro en el que esconderse. Como suele venir a través de una pesadilla y como las pesadillas ocurren en la cama, el ochenta por ciento de las veces vais a encontraros a un bicho del Mundo de las Profundidades en el lugar más oscuro del dormitorio de un niño. ¿A alguno de vosotros se os ocurre dónde podría estar ese lugar?

Un muchacho bajito, un indio, levantó la mano tímidamente.

—¿Sí? —dijo Rex señalándolo.

—¿Debajo de la cama? —sugirió el chico.

—¡Claro, debajo de la cama! ¡Te has ganado una estrella de *sheriff*! Bueno, no realmente, pero ya sabes lo que quiero decir. ¿Cuántas veces hemos oído hablar de criaturas escondidas debajo de la cama? ¡Pues es porque la mitad de las veces es ahí donde se esconden! Decidme otro lugar donde pueden ocultarse.

Otros estudiantes, animados por el éxito del primero, levantaron la mano. Rex señaló a la más joven de todos, una chica de cara redonda con dos coletas.

—Tú, Coletas, desembucha.

—En el armario —dijo ella tragando saliva.

—¡Muy bien! ¡En el maldito armario! —gritó Rex—. Una criatura debajo de la cama, el coco en el armario, un fantasma en el desván… lo estamos oyendo decir todo el tiempo porque es verdad. Así que cuando os llamen para investigar una casa en la que se sospecha que se ha abierto un portal, ¿qué es lo que debéis buscar enseguida?

—¡El punto más oscuro! —respondieron todos en voz alta.

—¡Dios mío! ¡Todavía hay alguna esperanza para vosotros! —exclamó Rex con una ligera sonrisa—. Pero antes de empezar a entrechocar las manos unos con otros, voy a hablaros del trabajo de un desterrador.

Se dirigió hacia una tosca mesa de madera. Sobre ella había una variedad de armas con el aspecto de haber sido ya usadas: espadas desmochadas, hachas con muescas y mazos con el mango roto. La imagen no era demasiado inspiradora que digamos.

—Ya sé que esto parece un montón de basura, y eso es lo que es, pero es lo que vosotros emplearéis, al menos hasta que sepáis utilizar unas auténticas armas. Aunque no valgan demasiado, son más útiles que las armas normales, al menos para nuestro propósito, porque como se hicieron con materiales del Mundo de las Profundidades (mineral de hierro, cuerda y otra clase de materiales parecidos), responden a los que tienen el Don. Ahora ya podéis acercaros y elegir una.

Los estudiantes se abalanzaron sobre la mesa. Violeta eligió una pequeña daga porque le pareció la menos imponente de todas las armas. La empuñadura estaba rodeada de cinta adhesiva, seguramente para que no se desprendiera. Al agarrarla brilló ligeramente.

A Charlie le atrajo un estoque largo y delgado. Era mucho más ligero que una espada, pero lo que le faltaba en peso lo ganaba en rapidez. Dio unas salvajes estocadas en el vacío, dejando en el aire una estela de una centelleante neblina azul. El resto de los compañeros agarraron las otras armas que quedaban sobre la mesa: un mazo, varias espadas e incluso una lanza. Después de que todos los nuevos desterradores hubieran elegido su arma, en la mesa sólo quedó un montón de objetos inútiles: una cadena de metal, una palanca, una linterna y un abrebotellas.

—¡Eh!, ¿nadie quiere el abrebotellas? —les preguntó Rex—. ¿Estáis seguros? Nunca se sabe cuándo vais a necesitar un buen abrebotellas.

Nadie lo quiso. Como era de esperar, estaban demasiado entusiasmados con las armas más letales que habían elegido.

—*En garde!* —exclamó Charlie con alegría desafiando a otro chico a un duelo. Empezaron a fingir que luchaban y al cabo de poco otros chicos se unieron a ellos. Las espadas repiquetearon contra los mazos, las hachas chocaron contra las alabardas.

—¡Vale, vale, vale! —gritó Rex—, bajad las armas antes de que le cortéis a alguien la nariz o una pierna. Ya no sois unos críos, estamos estudiando un tema muy serio.

Los estudiantes bajaron las armas a regañadientes.

—Veamos ahora cómo os las apañáis con vuestro primer bicho del Mundo de las Profundidades.

Las grandes puertas de madera que conducían al ruedo se abrieron de pronto y apareció por ellas silenciosamente un acechador del tamaño de una camioneta deslizándose sobre sus ocho gigantescas patas de araña. Los estudiantes pegaron un grito ahogado y retrocedieron, nadie se esperaba algo parecido en la primera clase.

—¡Buena suerte! —exclamó Rex con una sonrisa burlona, y luego se dirigió a la parte de atrás del ruedo—. Por cierto, chico, la respuesta es cuatro —le susurró a Charlie al pasar por su lado.

—¿La respuesta a qué? —preguntó Charlie, pero Rex ya se había alejado.

Mientras el acechador se iba acercando, los estudiantes empuñaron tímidamente sus rudimentarias armas frente a ellos, iluminando a la feroz bestia con una débil luz azulada. El acechador se los quedó mirando con sus oscuros ojos de araña al final de unos largos tentáculos... y luego se puso a reír a carcajadas echando atrás la cabeza.

—¿Y qué es lo que creéis que estáis haciendo? —exclamó divertido.

10

EL SNARK QUE SE TRANSFORMA

Qué... qué es lo que ha dicho eso? —preguntó perpleja la niña de las coletas.

—¿ —*Eso* —respondió el acechador enfatizando la palabra— acaba de decir «¿Y qué es lo que creéis que estáis haciendo?» Probablemente porque *eso* se divertía al ver a una clase de noobs levantando las armas contra él.

Rex se acercó al acechador.

—Por cierto, *eso* tiene un nombre —dijo dándole unas cariñosas palmaditas en una de sus peludas patas—. Es el profesor Xixclix y es el domador de la Academia de las criaturas del Mundo de las Profundidades desde que yo era un noob. ¿Cómo te va, Xix?

—Vamos tirando —respondió la criatura con una sonrisa burlona—. El único problema es que yo me voy haciendo cada día más viejo y ellos no.

—Los años no perdonan a nadie —repuso Rex cariñosamente—. Aquí tenéis la siguiente lección: no todos los seres del Mundo de las Profundidades son unos bichos descerebrados y babosos. Algunos de ellos son muy listos —dijo volviéndose hacia los alumnos—. Y en el caso del viejo Xix, al menos uno de ellos ha decidido cambiar de bando y ayudarnos. Gracias a la experiencia tan especial que tiene, puede manejar cualquier criatura del Mundo de las Profundidades que utilicemos en las clases.

—¡Cierto! —exclamó Xix avanzando un poco. Los estudiantes instintivamente dieron un paso atrás—. Ahora todos sabéis que soy un acechador, pero ¿alguno de vosotros sabe a qué clase pertenezco?

Nadie respondió, hasta que Charlie se acordó de repente de lo que Rex le había dicho al pasar por su lado. La respuesta era cuatro.

—¡De la clase cuatro! —gritó.

—¡Exacto! —exclamó Xix—. Para saber a qué clase pertenece un acechador, sólo tenéis que contar cuántos ojos tiene.

—Al observarlo, Charlie comprobó que Xix tenía cuatro ojos al final de unos largos tentáculos—. Hay otra cuestión —prosiguió—. A medida que una criatura del Mundo de las Profundidades va cumpliendo años, ¿cambia de clase o sigue perteneciendo a la misma toda su vida?

Violeta levantó la mano con timidez.

—Tú, joven desterradora —dijo Xix señalándola con una de sus peludas patas.

—¿Van subiendo de clase? —sugirió ella.

—¡Muy bien! —exclamó Xix asintiendo con la cabeza—. ¿Y cómo has llegado a esta conclusión?

—Porque he visto que le está empezando a salir un quinto ojo, o sea que significa que pronto pertenecerá a la clase cinco.

—¡Excelente! —dijo Xix—. Eres muy observadora. Cuando me uní a la Academia de las Pesadillas, era de la clase tres. Hace varios años pasé a la clase cuatro y pronto seré de la clase cinco. Tienes muy buen ojo, joven desterradora.

—¡Muchas gracias! —respondió Violeta ruborizándose ligeramente.

—No os mováis, volveré enseguida con vuestro primer desafío —dijo abandonando el ruedo y entrando por las grandes puertas de madera.

—Mientras esperamos —les dijo Rex acercándose a ellos—, me gustaría presentaros a Kyoko. Ella es una abreprofundidades, una lits que hoy nos ayudará a abrir un portal.

Una joven alta asiática, de diecisiete años, bajó de la tribuna. Su larga y lisa melena negra contrastaba con su tez de porcelana.

—¡Hola a todos! —dijo con una sonrisa—. ¿Quiere que abra el portal ahora, profesor?

—Aún no, puedes abrirlo en cuanto Xix nos muestre el bicho que estos noobs tendrán que mandar de vuelta al Mundo de las Profundidades. Por cierto, puedes llamarme Rex.

—De acuerdo —dijo ella soltando una risita.

«Está pirradita por él», pensó Charlie divertido.

Justo en ese instante Xix volvió llevando una bolsa que se movía hecha de seda de araña. Parecía un capullo. La dejó en el suelo del ruedo.

—Os presento a un ectobog de la clase uno —dijo. Luego rasgó rápidamente el capullo para que vieran la criatura que había dentro.

Una masa verde del tamaño de un doberman salió deslizándose de él. Era gelatinosa y en la mitad de su cuerpo Charlie pudo ver los restos de lo último que se había zampado. Había huesecitos, la hebilla de un cinturón y algo que tenía el sospechoso aspecto de un iPod.

—Charlie, te ha tocado a ti —dijo Rex agitando el pulgar hacia él.

—¿A mí? —respondió el chico alarmado—. ¿Qué es lo que tengo que hacer?

—Mandarlo de vuelta al Mundo de las Profundidades, por supuesto —repuso Rex como si nada—. Ya puedes abrir un portal, si no te importa —le dijo a Kyoko.

La joven cerró los ojos y se concentró con fuerza. Su cuerpo brilló con unas llamas de color violeta eléctrico y al cabo de varios segundos abrió un portal en medio del ruedo.

—Mmmm… —dijo Charlie sin saber exactamente qué hacer.

—¡Venga, chico, que no va a esfumarse por sí solo —le dijo bromeando Rex.

Charlie se acercó con cuidado al ectobog sosteniendo frente a él su estoque y avanzando como un ciego con un bastón que tantea el terreno. Cuanto más se acercaba a la criatura, más fuerte era la luz azulada que el arma despedía.

—¿Lo veis?, la luz azul se vuelve más intensa cuanto más se acerca al ectobog —explicó Rex—. En realidad, a veces podéis utilizarla para saber si algún bicho con malas intenciones se está aproximando a vosotros sin que lo oigáis.

Los alumnos asintieron con la cabeza, pero Charlie no pudo oír una sola palabra, estaba concentrado en la masa gelatinosa que había frente a él. Al quedar a poco más de un metro del ectobog, la criatura pareció percatarse de Charlie y avanzó lentamente hacia él, con la piel brillándole como una marea negra después de una tempestad.

—¿Y ahora qué he de hacer?

—¿Cómo quieres que yo lo sepa? —repuso Rex con una sonrisa burlona—. Eres tú el desterrador.

—¡Qué bien…! —murmuró Charlie y luego volvió a girarse hacia el ectobog. Cuanto más se acercaba a la criatura, más rápido se movía ésta—. ¡Retrocede! —le gritó Charlie bajando el estoque con tanta rapidez que el arma silbó en el aire. Para su sorpresa, descubrió que había partido al ectobog en dos perfectas mitades—. ¡Qué guay! —exclamó después de darse cuenta de lo que había hecho.

La clase lo vitoreó y aplaudió, y Charlie sintió en su interior el agradable calorcillo del éxito y la aprobación.

—¡Venga, Charlie, sigue! —gritó Violeta.

Él se dio media vuelta e hizo una reverencia al público.

Pero mientras estaba de espaldas a la criatura, ocurrió algo muy extraño. Las dos mitades del ectobog se agitaron como si fueran gelatina y empezaron a crecer y a crecer, hasta convertirse en dos ectobogs, cada uno del mismo tamaño que el del original.

Los dos ectobogs avanzaron hacia Charlie.

—¡Cuidado! —gritó Violeta.

Al volverse, Charlie vio a las criaturas deslizándose hacia él.

—¿Qué es lo que debo hacer? —gritó—. Al atacarlo, se ha convertido en dos.

—¡Pues ése es justo el problema! —repuso Rex ligeramente divertido.

De pronto uno de los ectobogs se adhirió al pie de Charlie y subió con rapidez por su pierna. Podía sentirlo moviéndose dentro de los tejanos. Era frío, blando y húmedo como una ostra.

—¡Me ha atrapado! —chilló y dejándose llevar por su instinto, volvió a cortarlo con el estoque, partiéndolo de nuevo en dos perfectas mitades. Al cabo de un momento las dos mitades se agitaron y crecieron rápidamente, volviéndose del tamaño original. Los dos ectobogs se deslizaron hacia la barriga de Charle, mientras un tercero les daba alcance y se unía a ellos.

Ahora tenía tres ectobogs encima.

—¡Oh, no! —exclamó Rex como si nada—. Es mejor que alguien haga algo, porque esto se está poniendo feo.

Los alumnos, nerviosos, se miraron unos a otros. Nadie sabía qué hacer. ¿Cómo te defiendes de algo que se vuelve más fuerte cada vez que lo atacas?

—Espera… —dijo Violeta de pronto.

Arrojando su daga al suelo, fue corriendo a la mesa de las armas. Hurgó rápidamente en el montón de cachivaches que habían quedado sobre ella, agarró una linterna y la encendió. La bombilla emitió un potente haz de luz blanca mientras la linterna brillaba con una intensa luz azul. Violeta la dirigió hacia los ectobogs, que ahora estaban ascendiendo con mucho sigilo por el pecho de Charlie dirigiéndose a su cara.

—¡Soltadlo! —gritó Violeta.

Los ectobogs reaccionaron a la luz como si ésta les quemara. Se desprendieron al instante de Charlie y se alejaron rápidamente. Violeta avanzó hacia ellos usando el haz de luz para obligarlos a dirigirse al portal.

—¡Venga, marchaos de aquí! —les gritó.

Siguió persiguiéndolos con la linterna, hasta que los ectobogs cruzaron el portal.

—¿Lo cierro ahora? —preguntó Kyoko con el cuerpo envuelto en parpadeantes llamas púrpuras.

—Sí, por favor —respondió Violeta con el corazón latiéndole con fuerza en el pecho.

Kyoko agitó la mano y selló el portal, encerrando a los ectobogs en el Mundo de las Profundidades. Durante unos instantes hubo un gran silencio, hasta que por fin alguien empezó a aplaudir. Al girarse, Violeta vio a Rex que la estaba aplaudiendo alegremente.

—¡Y así es cómo se hace! —dijo él—. ¿Cómo se te ocurrió usar la linterna?

—Pues me acordé de lo que nos dijo antes sobre el punto

más oscuro... y pensé que las criaturas del Mundo de las Profundidades no les gusta la luz.

—¡Muy bien! —exclamó Rex acercándose a Violeta pegando saltos—. Como habéis visto, para ser un buen desterrador no es necesario luchar ni ser fuerte, sino que lo más importante es ser creativo. «Usar la cabeza», como mi mamá me decía. El vaquero que pueda pensar con originalidad será el que vivirá y podrá desterrar a una criatura indeseable otro día. Enhorabuena, chica —dijo guiñándole el ojo cariñosamente a Violeta.

Violeta salió de la clase sintiéndose muy orgullosa de sí misma.

—Quizá esté hecha para ser una desterradora —dijo mientras abandonaban las cuevas que llevaban a la arena de los desterradores y caminaban por la extensa playa en la que rompían las olas—. ¡Qué bien que no se trate sólo de luchar ni de las habilidades que a los chicos tanto os gustan, también requiere ser listo!

—Sí, estupendo... —murmuró Charlie.

—¿Qué te pasa?

—¡Que he quedado como un idiota!

—¡No, no es verdad! —protestó Violeta—. Yo tampoco habría sabido qué hacer si me hubiera encontrado en tu lugar. Alguien tenía que atacar a los ectobogs para ver lo que ocurría.

—Supongo que sí —dijo Charlie sin estar convencido del todo.

—¡Ahí está el DA! —gritó una voz en la playa a lo lejos. Al girarse, Charlie y Violeta vieron a Teodoro acercándose a ellos dando saltos, con la cara roja e hinchada. La Academia de las Pesadillas se alzaba imponente detrás de él—. ¿Cómo os ha ido vuestra primera clase de desterradores?

—¡Fenomenal! —exclamó alegremente Violeta.

—¡Fatal! —respondió Charlie al mismo tiempo.

—¡Ya veo! —repuso Teodoro echando un vistazo primero a uno y después al otro—. Es un caso de OMD, que quiere decir «opiniones muy distintas».

—¡No le hagas caso a Charlie! —dijo Violeta sonriendo divertida—. Sólo está de mal humor porque no ha podido demostrarle al mundo que es el mejor desterrador que jamás ha existido.

—¡Eso no es cierto! —le soltó Charlie—. Yo no tengo porque ser el mejor desterrador que jamás ha existido, lo único que quiero es no ser el mayor inepto que jamás ha existido.

—Pues ahora tienes la oportunidad de demostrarlo —dijo Teodoro dándole unas palmaditas en la espalda—. La clase de los abreprofundidades está a punto de empezar.

La clase de los abreprofundidades siempre estaba a oscuras.

El lugar, oscuro y misterioso, se encontraba en una oquedad del corazón del tronco de la gigantesca higuera. Sólo se podía acceder a él cruzando un puente de cuerda que se movía de una forma delirante y que necesitaba una reparación con urgencia. Al entrar en la clase, Teodoro y Charlie descubrieron que estaba ya llena de estudiantes, todos ellos charlaban excitados. Al verlos aparecer, dejaron de hablar, como un coche que se queda sin gasolina.

—¡Jo, tío, estaban hablando de nosotros! —le susurró Charlie.

—¡Deja que hablen! —repuso Teodoro con un cierto orgullo—. Eso de ver a un doble amenaza y a una máquina de combatir juntos no pasa cada día.

—De veras crees que lo eres, ¿no es cierto?

—¡Claro! Si yo no lo creyera, ¿quién iba a hacerlo?

Charlie se echó a reír. La confianza que Teodoro tenía en sí mismo era una especie de milagro.

—Quizá tengas razón —respondió, y entonces miró al techo. Se sorprendió al descubrir que estaba cubierto de estrellas. Parecían de lo más reales, a diferencia de las estrellas adhesivas que había en su habitación. Un cometa trazó una estela en el techo, despidiendo llamas antes de llegar a la pared.

—Sin duda se trata de un holograma —observó Teodoro señalando la sorprendente escena del cielo estrellado—. Probablemente hay un proyector en el fondo. Es un sistema excelente. De primera.

—¡Sí! —exclamó Charlie, pero no estaba tan seguro de ello. Las estrellas y los planetas parpadeaban sobre sus cabezas con tanto realismo que era casi como si pudiera viajar hacia ellos.

De pronto se oyó un ruido seco y se abrió un portal en la contrahuella, frente a los estudiantes. Tabitha salió por él y lo cerró tras ella.

—Buenas tardes a todos —dijo algo nerviosa ajustándose sus joyas—. Me llamo Tabitha Greenstreet, pero la directora insiste en que me llaméis profesora Greenstreet, o sea que supongo que es mejor hacerle caso. Hoy es vuestra primera clase de abreprofundidades y también la mía como profesora, así que es mejor que tanto vosotros como yo seamos tolerantes, ¿os parece bien?

Todos los estudiantes asintieron con la cabeza.

—¡Estupendo! —dijo ella—. Esta asignatura trata sobre el arte de abrir portales para entrar en el Mundo de las Profundidades y salir de él, y sí, verdaderamente es un arte. Todos sois capaces de practicarlo, de lo contrario no estaríais sentados aquí, pero aún no sabéis hacerlo de manera controlada ni con precisión. El mundo está lleno de niños que abren sin querer portales mientras tienen pesadillas, pero yo estoy segura de que vosotros, a diferencia de ellos, tenéis la inusual habilidad de abrir portales mientras estáis despiertos y de hacerlo en un determinado lugar. ¿Y por qué podéis hacerlo?

—¡Por el Don! —gritó enseguida Alejandro Ramirez.

—¡Muy bien! —respondió Tabitha—. Y la imaginación nos permite acceder al Don, pero ¿qué es lo que aviva la imaginación? ¿Qué emoción es la que nos ayuda a aprovecharla?

—¡El miedo! —dijo Charlie en voz alta sin pensarlo. En cuanto se dio cuenta de que había hablado en público, se ruborizó.

—¡Exactamente, Charlie! —exclamó Tabitha—. El miedo es nuestra arma y también nuestro enemigo. Lo necesitamos para hacer bien nuestro trabajo y, sin embargo, si no lo controlamos y canalizamos, hará que echemos a correr en el momento que más necesitemos usarlo. O sea que la primera pregunta que debemos hacernos es: «¿Cómo puedo conectar con mi miedo?» ¿Cómo podemos sentir el suficiente miedo como para abrir un portal cuando lo necesitemos? Por la noche, mientras tenemos una pesadilla, es muy fácil sentirlo, pero ¿cómo podemos sentir miedo durante el día cuando queramos?

Los estudiantes no respondieron.

—¿Y qué hay de ti? —le dijo Tabitha a Charlie—. Ayer por la noche lo hiciste, al parecer de una forma que te ha hecho famoso. Yo te ayudé. ¿Cómo lo hice?

—Me dijiste que estaba en el tejado de un rascacielos.

Tabitha asintió con la cabeza.

—Es verdad. Usé el miedo a las alturas. Continúa.

—Y que caía en el vacío.

—Usé el miedo a caer en el vacío. ¿Y qué pasó después?

—Mmmm... no me acuerdo.

—Yo creo que sí te acuerdas —insistió Tabitha—. En esta clase vamos a compartir algunas sensaciones muy personales. Puede que sea molesto, pero es necesario. Así que te pregunto de nuevo: ¿qué pasó después?

—Me dijiste que mis padres podían salvarme, pero que no querían hacerlo —prosiguió Charlie, aunque fuera una experiencia dolorosa para él.

—Es verdad, Charlie. Gracias. Usé el miedo al abandono. Sigue.

—Me dijiste que había otros chicos que podían ayudarme, pero que tampoco querían hacerlo.

—El miedo a que tus compañeros te rechacen. Es un miedo muy devastador. Y había una cosa más, ¿no es cierto? Mientras caías al suelo, ¿qué te dije que te pasaría?

—Que me moriría —confesó Charlie en voz baja.

—Usé el miedo a la muerte —observó Tabitha asintiendo con la cabeza—. Así que Charlie sintió miedo a las alturas, miedo a caer, miedo al abandono, miedo al rechazo y miedo a la muerte. Gracias a uno de estos miedos pudo conectar con el Don, y éste le permitió abrir un portal.

—¡No un portal cualquiera, sino el más enorme que nadie había visto nunca! —exclamó Teodoro.

—¡Es verdad! —respondió Tabitha—. Pero ocurrió porque Charlie aún no sabe controlar el Don ni concentrarse adecuadamente. En esta clase aprenderemos a controlarlo. Cuando yo intenté ayudarle a abrir el portal, jugué con varios miedos comunes esperando que uno de ellos le ayudara a manifestar el Don. Como veis no todos los miedos son iguales. Con frecuencia para poder abrir un portal debéis encontrar cuál es vuestro miedo personal, aquello que más os asusta en el corazón y en el alma. Durante varios días intentaremos descubrir esos miedos para que podáis acceder a ellos cuando sea necesario.

—¡Pero eso es imposible! ¿Cómo podemos sentir miedo cuando lo deseemos? —preguntó Alejandro.

—¿Cómo hacen los actores para llorar? —repuso Tabitha—. Cuando el director dice «acción», ¿cómo consiguen echarse a llorar? Piensan en algo que les llene de tristeza, algo personal, para desencadenar la emoción.

Charlie echó un vistazo a su alrededor. Los otros estudiantes parecían inseguros, nerviosos. Él sabía a la perfección cómo se sentían.

—No voy a engañaros —prosiguió Tabitha acercándose a ellos—. El camino que el destino os ha deparado es duro y difícil. Tendréis que afrontar vuestros miedos más profundos cada día. La mayor parte de la gente se pasa la vida intentando averiguar cómo evitar tener miedo, pero vosotros lo intentaréis sentir adrede. El proceso al principio será molesto, incluso cruel, pero es necesario. ¿Qué es lo que a ti te da miedo, chico? —le preguntó a Teodoro deteniéndose ante él.

—A mí no me da miedo nada —respondió el muchacho enderezándose en la silla—. En realidad, tendría que ser un desterrador, porque nada me da miedo. Mi padre lo es —añadió con un cierto orgullo.

—¡Muy bien!, entonces empezaremos por ti —dijo Tabitha.

Teodoro se sentó en una silla frente a toda la clase.

—¡No va a funcionar! —exclamó cruzando los brazos.

—Relájate —dijo ella con una voz tranquilizadora—. Quiero que conozcas algo, a una criatura del Mundo de las Profundidades.

Tabitha se acercó a una jaulita colocada sobre un escritorio tallado en las tripas de la higuera. Estaba cubierta con una tela negra de terciopelo. Metió la mano debajo de ella y sacó algo.

—Esto es un snark —dijo.

Todo el mundo se inclinó hacia delante intentando ver lo que sostenía en la mano. Era una bolita frágil y diminuta cubierta de pelo, con dos ojos grandes y redondos y un piquito.

Arrulló suavemente.

—¡Oh, qué mono! —exclamó una de las chicas de la clase.

—El snark se alimenta de miedo al igual que un mosquito se alimenta de sangre —prosiguió Tabitha—. Cuando un mosquito chupa la sangre, se vuelve gordo y redondo. El snark al alimentarse también se transforma.

—¿En qué? —preguntó Teodoro.

—¡Ya lo verás! —respondió Tabitha poniendo al snark sobre el hombro de Teodoro. Era tan ligero como una pluma y se agarró a él con sus larguiruchas patitas de ave—. Ahora cierra los ojos —le ordenó ella.

Teodoro obedeció.

—¿O sea que no te da miedo nada? —le preguntó Tabitha.

—¡No! Siempre he sido así. Soy una máquina de combate, no tengo emociones, soy pura energía.

—¿Como tu padre?

—Sí. Él es uno de los desterradores más duros que existen. En este momento está realizando una *op secret.* ¿Sabe lo que quiere decir?

—Sí —repuso Tabitha. El snark se puso a piar y a arrullar suavemente sobre el hombro de Teodoro—. Debe de haberse sentido muy orgulloso al enterarse de que te han admitido en la Academia de las Pesadillas.

—¡Claro que sí! De tal palo tal astilla.

—Pero esto no es del todo cierto, ¿verdad? —prosiguió Tabitha—. ¿Cómo crees que va a sentirse cuando descubra que no eres un desterrador como él?

—¡Es que yo soy un desterrador! Esa estúpida Trucha tiene un problema, ya intenté explicárselo a la directora. Creo que estaba enferma o que le pasaba algo.

—Tu padre no tuvo ese problema, ¿no es así?

—Supongo que no —reconoció Teodoro moviéndose nerviosamente—. Pero en realidad nuestra vida no puede decidirla un estúpido y tarado pe...

—La verdad es que no eres un desterrador —le soltó Tabitha interrumpiéndole y acercándose más a él—. Tú querías serlo y tu padre esperaba que lo fueras, pero no lo has conseguido. No eres lo bastante fuerte, ¿no te parece?

—¡Sí que lo soy! —afirmó Teodoro enseguida.

Algo le ocurrió al snark. Empezó a crecer y a hincharse formando unas extrañas aristas. El rizado pelo amarillo se le cayó y se quedó sólo con la piel. De la carne le salió una cola con la punta en forma de lanza y se le empezó a formar una mandíbula provista de afilados dientecillos.

Al verlo, Tabitha presionó más aún a Teodoro.

—Le has decepcionado.

—¡No...!

—Lo que más quería tu padre era que fueras como él, un joven fuerte, una «máquina de combate» que siguiera sus pasos y del que pudiera sentirse orgulloso. Pero en lugar de ello no eres más que un débil abreprofundidades que no vale nada.

Teodoro estaba ahora a punto de echarse a llorar, pero el snark...

Se había vuelto mucho más grande, del tamaño de un buitre. De pronto estallaron de su espalda unas alas negras de murciélago y, al desplegarlas, se quedó suspendido en medio del aire detrás de Teodoro, emitiendo un espeluznante y vibrante sonido. Por debajo de sus grandes ojos sin párpados sacaba y metía su lengua bífida en el dentado hocico, como si pudiera paladear el miedo en el aire.

—Quizá no le importe… —dijo Teodoro en voz baja, moviendo su cuerpo hacia delante y hacia atrás—. Tal vez esté orgulloso de mí de todos modos.

—Pero en el fondo no te lo crees, ¿verdad? Piensas que se llevará un disgusto. ¿Y si ya no te quiere como hijo? ¿Y si no soporta ni siquiera mirarte?

—¿Y si se avergüenza de mí? —gritó de pronto Teodoro dejándose llevar por el pánico con los ojos abiertos de par en par—. ¿Y si deja de quererme?

El snark se volvió del tamaño de una hiena, paladeando el aire con avidez con su lengua bífida, como alguien ahogándose que estuviera aspirando una bocanada de oxígeno.

—¡No sigas! —le gritó Charlie a Tabitha—. No la creas… sabes que no es verdad —le dijo a Teodoro.

Pero éste no podía oírlo.

Su pánico creció rápidamente, como una bola de nieve rodando por una pendiente. De pronto se oyó un débil ¡puf! y se abrió un pequeño portal frente a él, del tamaño de una rueda de bicicleta, con el borde rodeado de crepitantes llamas purpúreas. A través de él Charlie pudo ver las desiertas llanuras del Mundo de las Profundidades y un tropel de criaturas, que reconoció como gremlins. Asustadas, se dispersaron alejándose del portal abierto y desaparecieron en las oscuras grietas de las rocas.

—¡Qué bien! —exclamó Tabitha rodeando la cara de Teodoro con sus manos para obligarlo a mirarla—. ¡Lo has conseguido!

—¿Qué? —dijo Teodoro aturdido, como si acabara de despertarse.

—Has abierto un portal en el Mundo de las Profundidades, en el primer anillo.

El chico contempló asombrado el portal que brillaba frente a él.

—¿Lo he abierto yo? —preguntó.

Tabitha asintió con la cabeza y sonrió cariñosamente.

—Enhorabuena, ¡abreprofundidades!

La respiración de Teodoro se calmó y en su hinchado rostro apareció una ligera sonrisa. El portal osciló durante un momento, como un espejismo, y luego desapareció emitiendo un débil ¡puf!

El snark suspendido encima de Teodoro empezó a encogerse. Sus fauces se retrayeron, desapareciendo en el interior del rostro, la cola y las alas de murciélago se hundieron en el cuerpo y, mientras se reducía, volvió a crecerle el rizado pelo amarillo y se convirtió de nuevo en una adorable bolita peluda amarilla posada delicadamente en el hombro de Teodoro.

El snark se puso a piar y a arrullar. Todos los alumnos se lo quedaron mirando asombrados.

—¡Qué guay! —exclamó en voz baja Alejandro.

—Al parecer hemos encontrado tu clave, Teodoro —dijo Tabitha—. Tu miedo personal que puedes, a base de práctica, usar para crear portales siempre que lo necesites. La mayoría de la gente cree que los desterradores son los tipos más duros, pero nosotros sabemos que lo que más miedo provoca no se encuentra ahí fuera, sino aquí dentro —observó dándose unas palmaditas en la cabeza—. Y los abreprofundidades tenemos que afrontar esos miedos cada día. Estoy orgullosa de ti.

—Gracias, profesora Greenstreet —dijo Teodoro en voz baja, y luego se levantó de un brinco de la silla.

—Venga… ¿quién quiere ser el siguiente? —preguntó Tabitha.

Ni un solo estudiante levantó la mano.

Ella sonrió compungida.

—¿Estáis nerviosos? No os culpo por ello. Ya os he dicho que nuestro trabajo será difícil, incluso cruel, pero es necesario si queréis llegar a controlar vuestros poderes. Todos tendréis que hacer este ejercicio. Vamos a empezar por ti —añadió señalando a una de las adolescentes más jóvenes con el pelo castaño claro. Ella, dudando, se levantó y se dirigió al principio de la clase.

Fueron saliendo un alumno tras otro durante casi dos horas.

Todos los estudiantes se sentaron en la silla con un snark recién sacado de la jaula posado sobre el hombro. Tabitha les fue haciendo preguntas, al principio con suavidad, utilizando el snark y su propia experiencia como guía. Fue sondeando sus miedos igual que un dentista explora una muela para encontrar el nervio sensible.

Algunos estudiantes progresaron mucho y consiguieron crear un pequeño portal que osciló vacilante en el aire durante varios segundos antes de desaparecer. Otros nunca llegaron tan lejos, sus miedos no acabaron de aflorar o no estaban lo bastante avanzados como para manifestar el Don. Al final todo el mundo había hecho el ejercicio del snark.

Todos menos Charlie.

—Supongo que sólo quedo yo —dijo él.

—Así es —reconoció Tabitha con un cierto reparo.

—No querrás que lo haga, ¿verdad? —dijo Charlie comprendiendo lo que ella estaba pensando—. Temes… que vuelva a meterme en problemas.

Tabitha comprendió que él tenía razón, pero si no hacía aquel ejercicio como los demás, ¿cómo iba a aprender?

—Iremos muy poco a poco —le dijo ella para tranquilizarlo—. Ven.

Charlie se dirigió a la silla que había junto a Tabitha y se sentó. Ella, acercándose a la jaula, sacó un snark y lo puso sobre su hombro.

—Cierra los ojos —le ordenó.

Charlie lo hizo. Casi sin darse cuenta, los demás retrocedieron, alejándose de él, de lo que podía hacer.

—No se trata de ver quién abre el portal más grande en el Mundo de las Profundidades, sino de aprender a controlar este poder. Vamos a ver si puedes conectar con un pequeño miedo tuyo y abrir un portal como máximo en el primer anillo.

—Vale —dijo Charlie asintiendo con la cabeza. El snark se acurrucó en su cuello, haciéndole cosquillas.

—¿Cuántas personas hay en el mundo que tengan el Don, Charlie?

—Un dos por ciento.

—Y de entre ellas, ¿cuántas son una doble amenaza?

Charlie no respondió enseguida. Podía ver por dónde iba ella, pero no quería seguir por ese camino.

—¿Charlie?

—Sólo nace una persona doble amenaza cada veinte o treinta años —respondió al fin. Podía sentir una desagradable sensación creciendo dentro de él como una marea negra. El snark empezó a transformarse de pronto: le cayó el pelo rápidamente mientras la piel se hinchaba y burbujeaba.

Tabitha se quedó horrorizada al ver lo deprisa que se estaba transformando.

—Creo que es mejor que lo dejemos por hoy.

Pero Charlie no podía oírla.

—Soy un friqui —murmuró. Su mente se había precipitado por un camino del que no sabía cómo salir—. Y siempre lo seré, incluso aquí.

—No, Charlie —protestó Tabitha—. Sólo eres diferente, eso es todo. Especial.

—¡«Especial» no es más que otra palabra para decir que soy un perdedor! —gritó Charlie. El estómago se le empezó a revolver. Sintió náuseas y una sensación agria en la boca y notó que le costaba respirar—. Creía que había encontrado un hogar, un lugar al que pertenecía, un sitio lleno de chicos como yo, pero en realidad son distintos. Siempre me sentiré solo...

—¡Eso no es verdad, Charlie! —exclamó Tabitha observando con nerviosismo al snark. Ahora estaba transformándose a una velocidad vertiginosa, los ojos se le estaban saliendo de las órbitas, las garras se le alargaban por momentos...

—Nunca seré normal —prosiguió Charlie sin escucharla. Su pánico creció como una llama avivada por el viento—. ¡Nunca me sentiré a gusto en ningún lugar!

De pronto, con una asombrosa velocidad, el snark se transformó en algo monstruoso.

De la espalda le estallaron unas gigantescas alas. Desplegándolas, se quedó suspendido en el aire sobre Charlie como un pequeño dragón. Su cola acabada en punta de lanza medía casi tres metros de largo, era del mismo tamaño que su envergadura. De su hocico brotaron cientos de relucientes dientes blancos en unos ángulos desiguales, cada uno del tamaño de los clavos de las vías de tren.

Tabitha retrocedió asombrada por la alarmante velocidad con la que el snark se transformaba y por el tamaño que adquiría.

—¡Ya basta, Charlie, no sigas!

Pero él no podía oírla. Su mente giraba como un torbellino al comprender que la profundidad y el poder de su Don lo separaban del resto de los chicos como si él estuviera entre rejas.

«Incluso soy un bicho raro entre los friquis —pensó—. Siempre me sentiré solo.»

Siempre.

De súbito se abrió un enorme portal frente a Charlie emitiendo un ensordecedor estallido. Era más grande incluso que el que había creado en el Departamento de las Pesadillas.

Los otros estudiantes, atónitos, retrocedieron tropezando.

—¡No! —exclamó Tabitha con un grito ahogado.

Se oyó una especie de cañonazos, uno tras otro, que se iban acercando. Charlie lo reconoció vagamente como el ruido de las pezuñas de Barakkas al chocar contra el suelo de obsidiana del castillo del Mundo de las Profundidades. Al final Barakkas apareció a lo lejos, dejando una estela de chispas mientras avanzaba.

Levantó el brazo derecho, amputado con un corte limpio por debajo del codo, y sonrió burlonamente.

—Hola de nuevo, Charlie Benjamin —dijo.

11

Una terrible fiesta

A Charlie se le cortó la respiración, no podía apartar la vista del horrible muñón. Barakkas lo agitó como si nada frente a él.

—¡Ya no me duele! —exclamó—. De hecho me estoy acostumbrando a vivir sin la mano derecha. Es curioso lo rápido que te acostumbras —estaba tan cerca que Charlie sintió náuseas al oler el hedor a cabra que despedía su inmundo cuerpo.

—¡Charlie, cierra el portal! ¡Ciérralo ahora! —gritó Tabitha, pero aquella voz era para él como un susurro procedente de la cima de una lejana montaña.

—No quise hacerte daño. Fue un error —dijo Charlie a Barakkas.

—¡Oh, ya lo sé! —respondió éste tranquilizándolo—. Sé que no lo hiciste aposta. Pero… lo hiciste. Me dolió mucho. De hecho, aún no me he recuperado.

—Lo siento —dijo Charlie.

—Claro. Quién no se sentiría mal después de haber hecho algo tan horrible, ¿no te parece? Pero una cosa es decir que lo sientes y otra muy distinta es demostrarme que así es.

—¿Cómo puedo hacerlo?

—Tú no sólo me quitaste la mano —prosiguió Barakkas acercándose al portal abierto. Ya sólo se encontraba a unos metros de distancia—, sino algo incluso más valioso, mi brazalete. ¿Te acuerdas de él?

Charlie llevó su mente al pasado. Recordó el gran brazalete de metal en la muñeca de Barakkas salpicando la cámara del Consejo Supremo con una luz de color rojo oscuro.

—Lo recuerdo —dijo.

—Quiero que me lo devuelvas —repuso Barakkas simplemente—. No es pedir demasiado, ¿no te parece?

Le hablaba con una voz tan tranquilizadora... tan razonable...

—Pero yo no lo tengo. Aún está en el Departamento de las Pesadillas —respondió Charlie.

—Entonces, ¿por qué no vamos juntos y lo recuperamos? —le propuso Barakkas y luego se dispuso a cruzar el portal.

O al menos lo intentó.

En cuanto Barakkas empezó a cruzar el portal, se puso a gemir como un loco al sentir un horroroso dolor y cayó al suelo con la fuerza de un edificio desplomándose, levantando una humareda de polvo. Se quedó apoyado precariamente en los brutales nudillos de su única mano.

—¿Qué ha ocurrido? —gritó Charlie, asustado.

—¿En qué lugar estás? —rugió Barakkas mirando rápidamente a su alrededor.

—Estoy en la Academia de las Pesadillas —dijo Charlie retrocediendo lleno de terror. Aunque Barakkas hubiera experimentado aquel horrible dolor, seguía irradiando la sensación de ser muy peligroso, como el calor que emana del asfalto hirviendo. En realidad, ahora parecía más mortífero aún, como un animal acorralado que debe matar para sobrevivir.

—¿Qué te pasa? —le susurró Charlie, y de pronto se acordó de algo que la supervisora Rose le había dicho al principio: que la Academia era un lugar seguro, un santuario que lo protegía de las criaturas del Mundo de las Profundidades. Ahora creía entender por qué.

Era la propia Academia la que había inutilizado a Barakkas, las ramas de aquel árbol le ofrecían una extraña protección. ¿Era eso a lo que la directora se refería al decir que había dos razones por las que formaban a los estudiantes en este lugar? La primera era porque estimulaba la imaginación.

Y la segunda, ¿por la protección que ofrecía?

—¡Ciérralo! —gritó Tabitha señalando a Barakkas, que aún se encontraba en medio del portal—. ¡Si lo cierras ahora, lo matarás! ¡Hazlo!

—¿Me lo dices a mí? —preguntó Charlie desconcertado—. ¿Quieres que lo mate?

Pero antes de darle tiempo a hacerlo, Barakkas reunió la fuerza que le quedaba y, alejándose del portal abierto, se refugió en su palacio del Mundo de las Profundidades.

—¡Traidora! —gruñó recuperando las fuerzas rápidamente ahora que estaba protegido de los efectos de la Academia.

Se puso en pie, sobresaliendo por encima de los humanos que había al otro lado del portal como el dios de un templo.

—¡Esto no ha terminado! Quizá no pueda entrar a vuestro mundo desde aquí, pero en otra ocasión y en otro lugar lo haré —dijo sonriendo a Charlie con una horrible mueca—. Créeme, chico, cuando te digo que no te guardaré rencor mientras me devuelvas lo que me pertenece. ¡Recupera el brazalete!

—No puedo —dijo Charlie.

—Sí que puedes —repuso Barakkas—. Te lo cederé. Hay sólo unos pocos que tienen el poder de controlarlo. Es un ob-

La Academia de las Pesadillas

jeto antiguo, un artilugio del Mundo de las Profundidades. Sólo consideraré que has pagado la deuda que tienes conmigo cuando vayas a mi palacio y me lo devuelvas. Te dejaré entrar en él sin que te ocurra nada.

—¿Por qué habría de creerte? —le preguntó Charlie.

—Porque acabo de darte mi palabra —respondió Barakkas—. ¿No crees que debería ser yo el desconfiado? Después de todo, soy el que ha sufrido un gran daño físico. El que no volverá a estar entero nunca más —observó fregándose el muñón con el pulgar. La herida se le estaba empezando a curar, pero al rascarse con la uña la piel nueva que se estaba formando rezumó por el muñón una sangre negruzca.

Charlie se estremeció.

—Yo no soy un asesino —prosiguió el gigantesco monstruo lanzando una iracunda mirada a Tabitha—. ¿He sido yo el que gritó que mataran a alguien? No, yo soy el que está siendo razonable, Charlie Benjamin, sólo quiero recuperar lo que es mío. Así que… ¿serás tan amable de devolverme el brazalete que me quitaste?

Charlie lo consideró durante unos instantes.

—No —respondió al fin.

Barakkas se lo quedó mirando y de pronto sus ojos anaranjados enrojecieron de rabia.

—¡No me des nunca un no por respuesta! —bramó con tanta fuerza que Charlie incluso sintió que los dientes le vibraban. No hubo ni un solo músculo del cuerpo de Barakkas que no se tensara de rabia, y al clavarse las uñas en la palma de su propia mano izquierda, se hizo sangre. Charlie se puso lívido al recordar que Rex le había advertido que aunque Barakkas pareciera ser apacible, su mal genio era legendario.

—Lo siento… —dijo entrecortadamente Charlie.

La rabia de Barakkas desapareció con la misma rapidez

que había surgido, como una tormenta tan violenta que no puede durar más que unos instantes. Respiró hondo y toda la tensión pareció desaparecer de su cuerpo.

—No es necesario que te disculpes —repuso Barakkas con una voz más tranquila ahora—. Quizá no has comprendido lo importante que es para mí el artilugio del Mundo de las Profundidades y la gran deuda que tienes conmigo.

—Lo entiende y te ha dicho claramente que no —dijo de pronto una voz junto a Charlie.

—¿Directora? —exclamó el chico.

—Hola, Charlie. Adiós, Barakkas.

Y tras pronunciar estas palabras, agitó la mano y cerró de golpe el gigantesco portal que Charlie había creado, ahogando el rabioso grito de Barakkas tras él.

—Lo que ha ocurrido no presagia nada bueno —observó la directora más tarde esa noche mientras ella, Rex, Tabitha y Pinch se reunían en su despacho—. No esperaba que el chico volviera al castillo de Barakkas tan rápido. Si no hubiera sido por los mecanismos de defensa de la Academia, lo ocurrido podía haber acabado en una tragedia. Al menos sabemos que el Guardián es aún fuerte.

—Todo pasó muy deprisa. No he visto a nadie conectar con su mayor miedo con tanta rapidez. ¿Y se fijó en el snark? —dijo Tabitha.

La directora asintió con la cabeza.

—El chico es demasiado poderoso.

—Por eso yo era partidario de que debían... —observó Pinch.

—¡No lo reducirán! —le soltó Rex—. Al menos mientras yo esté aquí para impedirlo.

—Ahora ya no serviría de nada —dijo la directora suavemente—. Ya no podemos detener los acontecimientos que se han desencadenado. Vamos a reflexionar sobre lo que sabemos. Barakkas quiere recuperar el brazalete, y eso confirma lo que sospechábamos, que es muy importante para él.

—Dijo que era un objeto muy difícil de controlar —observó Tabitha—. Lo llamó «el artilugio del Mundo de las Profundidades».

—Sí, hay cuatro artilugios —repuso la directora—. Cada nominado posee uno. No estamos seguros de para qué sirven, pero debemos evitar que Barakkas consiga cualquier cosa que sea muy importante para él.

—¿Por qué le ha pedido al chico que se lo devuelva? —preguntó Rex.

—Porque Charlie es el único que puede hacerlo —respondió Tabitha—. Barakkas le ha dicho que le dejaría coger el brazalete y, aparte de usted, directora, es el único que tiene la suficiente fuerza para abrir un portal en el Círculo Interior y devolvérselo. Ya ha ido a él en dos ocasiones. Cuantas más veces abra un portal en una zona, con más facilidad lo hará en el futuro. Lo más probable es que vuelva a hacerlo en un momento de estrés.

—Es verdad —reconoció la directora—. Por eso no debemos perder de vista a Charlie Benjamin.

—¡No tiene ningún sentido! —replicó Rex—. ¿Por qué Charlie iba a devolverle el brazalete?

—Porque aunque sea increíblemente poderoso, no es más que un muchacho, un muchacho muy inseguro —repuso Pinch—. Unos estudiantes mayores lo han atacado y se han burlado de él, ha quedado como un inútil delante de todos los alumnos, y con el último desastre que ha causado en la clase de los abreprofundidades, ha comprendido que por más que lo intente, nunca será como los demás. Es muy fácil coaccionar a un chico como él.

—Tienes razón —reconoció la directora—, y sin embargo no creo que nos traicione. Es verdad, se siente inseguro y solo, pero nuestro trabajo consiste en hacer que confíe en sí mismo, en convertirnos en su familia.

—Eso si quiere una. Recuerde que ya tiene una familia —le advirtió Tabitha.

De pronto la directora abrió sus ojos azules de par en par y se puso en pie de un brinco.

—Sí, es verdad. ¡Acompañadme, la situación se ha vuelto muy peligrosa! —exclamó.

—Soy una amenaza —se quejó Charlie contemplando con la mirada perdida en la lejanía la pared de la cabina de Violeta. Estaba decorada con pinturas fantásticas de artistas famosos—. No puedo creer que haya abierto otro portal en el Círculo Interior.

—¿Qué estás diciendo? —le soltó Teodoro mientras se esforzaba furiosamente en transformar un snark. El animalito, posado sobre su hombro, piaba con suavidad—. ¡Yo daría cualquier cosa por abrir un portal como ése! Y ni siquiera puedo transformar a este estúpido snark.

—No puedo creer que lo hayas robado —le soltó Violeta.

—No lo he robado, lo he cogido prestado —repuso Teodoro.

—Lo cual equivale a robar —observó la chica sin mirarle.

—¿Cómo quieres que mejore si no practico? —se quejó Teodoro—. No es tan fácil como parece, créeme, aunque el «maestro de los portales» lo haga como si nada —dijo señalando a Charlie agitando el pulgar—. ¡Ten miedo, Teodoro!

¡Ten miedo! ¡Ten mucho miedo! —gritó cerrando los ojos y contrayendo el rostro en una mueca.

El snark emitió un suave arrullo, sin cambiar en lo más mínimo.

—¡Nunca lo conseguiré! —se quejó Teodoro.

—Porque estás intentando tener miedo a la fuerza —dijo Charlie—. Haz lo que hiciste en la clase de los abreprofundidades. Intenta encontrar un miedo real y concéntrate en él.

—Mi mayor miedo es no lograr tener miedo.

—Entonces úsalo —dijo Charlie—. ¡Ojalá yo tuviera el mismo problema que tú. No sólo he hecho que Barakkas casi nos destruyera a todos, sino que cuando he tenido la oportunidad de matarlo, me he quedado paralizado.

—En primer lugar, no te has quedado paralizado —observó Teodoro—. Ese apestoso saltó al Mundo de las Profundidades antes de que a ti te diera tiempo de cortarlo a rodajitas y a daditos. Y en segundo lugar, nunca tuvo ni la más remota oportunidad de destruirnos. En cuanto intentó cruzar el portal, se quedó echado en el suelo vomitando como un niño pequeño... aunque no tengo idea de por qué.

—Creo que es este lugar. Es venenoso para los seres del Mundo de las Profundidades —observó Charlie.

—Si es venenoso para ellos, ¿cómo es que a Xix y a los ectobogs no les pasa nada? —preguntó Violeta.

—Porque están en las cuevas de los desterradores, lejos de la Academia. Sea lo que sea lo que nos protege, no actúa en ese lugar —repuso Charlie.

—Pero sí que lo hace aquí —observó Violeta—. Y en cambio al snark de Teo no parece afectarle, aunque pertenezca al Mundo de las Profundidades —añadió señalando al animalito posado en el hombro de Teodoro.

—En primer lugar, no vuelvas a llamarme nunca más Teo.

Y en segundo… ¡sí, Violeta tiene razón! —le dijo a Charlie tras hacer una pausa—. ¿Por qué no le pasa nada al snark?

Charlie se encogió de hombros.

—Quizás el snark no sea lo bastante fuerte. Tal vez cuanto más fuerte sea una criatura, más le afecte la Academia. Hay tantas cosas que no sé que ni siquiera sé las que ignoro —exclamó frustrado lanzando un suspiro.

—A ver, dilo otra vez diez veces más deprisa —dijo Teodoro con una sonrisa burlona.

Charlie se echó a reír. Ahora se sentía mejor. Echó un vistazo a los pósteres de *Fantasy* que había en la pared del otro extremo.

—Creo que ése es mi preferido —dijo señalando un póster.

En él aparecía una ardillita sosteniendo una lanza desmochada sentada sobre un desvencijado carro tirado por un caballo. La ardilla estaba mirando al aterrador dragón que se cernía sobre ella, con las fauces casi envueltas en una nube de humo amarillo.

Era obvio quién iba a perder la batalla.

—A mí también es el que más me gusta —afirmó Violeta acercándose al póster—. Lo pintó Don Maitz y se titula *Requiere valor.* Refleja cómo me sentía el día en que mi madre murió… Los dragones que me rodeaban eran demasiado para mí.

Se quedó callada un momento. Charlie lanzó una mirada a Teodoro, sin saber qué decir. Éste miró hacia otra parte, también se sentía incómodo.

—Lo siento, Violeta —dijo Charlie al final—. Debe de haber sido una experiencia terrible.

—Ocurrió hace mucho tiempo —respondió ella en voz baja—. Supongo que por eso me gusta tanto dibujar dragones. Aunque existan unas criaturas malvadas que puedan atacarme de pronto, con esto —dijo sosteniendo en alto un bolígrafo— puedo controlarlas. Obligarlas a hacer lo que yo quiera y no al revés. Ya me pasé demasiado tiempo sintiéndome sola y asustada —confesó sonriendo.

—Sé lo que quieres decir —dijo Charlie.

—Yo también —afirmó Teodoro en voz baja.

De pronto Charlie comprendió que se había equivocado. Había creído que el Don era el vínculo que lo unía con los otros niños de la Academia de las Pesadillas, pero ahora había descubierto que no era así.

Era la soledad lo que los unía.

—Hagamos un trato —exclamó Violeta al final—. Los tres siempre nos ayudaremos. Ocurra lo que ocurra. Así no nos sentiremos nunca solos.

Extendió la mano. Al cabo de un instante Charlie la cubrió con la suya.

—¡Trato hecho!

—¡Trato hecho! —exclamó también Teodoro poniendo su mano sobre la de Charlie y la de Violeta—. Y además os diré que creo que puedo derrotar a ese dragón —añadió señalando el póster.

—¡Seguro que sí! —dijo Charlie con una sonrisa.

De repente se abrió un portal en la habitación y la directora apareció nerviosa.

—¡Tienes que venir con nosotros enseguida! —le dijo a Charlie—. Temo que haya ocurrido algo muy serio. Prepárate para cualquier cosa. Lo que vas a ver no va a ser agradable.

Desde fuera no parecía ocurrirle nada al modelo 3.

Pero al entrar descubrieron una realidad muy distinta. El papel colgaba a jirones de las paredes. La alfombra, desgarrada y cubierta de cristales, la habían apartado de cualquier manera para dejar al descubierto el suelo de madera. El contenido de la nevera estaba desparramado por el suelo de la cocina. El ketchup y los pepinillos en vinagre estaban mezclados con huevos rotos y anchoas, creando un indigesto plato.

No era sólo la escena de un crimen, sino un campo de batalla.

—¡Mis padres! —exclamó Charlie con un grito ahogado mirando afectado a su alrededor—. ¿Dónde están?

—Se los han llevado —dijo simplemente la directora—. Es mejor que me sigas —añadió acompañando a Charlie a las escaleras. Rex, Tabitha y Pinch les siguieron a un par de pasos de distancia, la baranda de madera medio rota se balanceó como si fuera a desprenderse en cualquier instante. Los cristales rotos crujieron bajo sus pies.

Charlie vio el mensaje en cuanto entró en su dormitorio. En la pared almohadillada habían escrito unas simples palabras:

SI QUIERES VOLVER A VER A TUS PADRES CON VIDA,
DEVUÉLVEME EL ARTILUGIO

Las letras eran grandes y se habían trazado con un líquido de color rojo oscuro. Charlie temió que fuera sangre.

—Barakkas está utilizando a tu familia para chantajearte, para obligarte a coger el brazalete del Departamento de las Pesadillas y devolvérselo —le dijo la directora.

—¿Y ahora qué? ¡Hemos de hacer algo! —exclamó Charlie.

—¡Pues claro que vamos a hacer algo! Los encontraremos y los rescataremos —dijo Rex.

—¿Cómo? —preguntó Charlie. Podía sentir que se estaba dejando llevar por el pánico—. ¿Y si los mata?

—Controla tu miedo. Ahora lo que menos queremos es que abras un portal en el centro del Círculo Interior. En este lugar no estamos protegidos de Barakkas —observó la directora.

Charlie respiró hondo e intentó tranquilizarse, pero era como intentar detener de golpe un transatlántico.

—¡Prométame, prométame que no va a pasarles nada! —le dijo a la directora.

—Te prometo que haremos todo cuanto esté en nuestras manos —repuso la directora.

—¡Pero eso no es lo mismo! —gritó Charlie—. ¡Si no puede prometerme que los salvará, entonces tenemos que devolverle el brazalete, tal como Barakkas nos ha pedido!

—No vamos a hacerlo —le soltó Pinch—. Sería demasiado peligroso. Ese objeto no abandonará los límites del Departamento de las Pesadillas bajo ninguna circunstancia.

—Aunque odie decirlo, Pinch tiene razón. Algo que Barakkas desee con tanta avidez ha de ser por fuerza demasiado peligroso para nosotros —observó Rex.

—¿Para qué sirve? —preguntó Charlie.

—Como mínimo hace que los nominados puedan comunicarse entre ellos, algo que no podemos permitir en absoluto, cueste lo que cueste —respondió Pinch.

Charlie se alejó de ellos y se sumió en un estado de aturdimiento. De pronto, mientras recorría la casa destruida, la cabeza se le llenó de recuerdos. Vio colgado en la pared el dibujo de un pavo del día de Acción de Gracias que él había hecho resiguiendo la palma de su mano a los cinco años. Casi podía sentir las frías y viscosas pinturas en ella. Aquel día su madre había ido al colegio a echarle una mano. En realidad, acudía a menudo a él para asegurarse de que todo le iba bien.

Pero ahora las cosas no estaban yéndole bien.

Algo desconocido había entrado en su casa y se había llevado a las personas que más quería en el mundo a un lugar duro y aterrador, y todo porque tenía un Don que no podía controlar.

No era un don, sino una maldición y ahora lo odiaba.

Sobre la mesa de la cocina vio un sobre grande marrón dirigido al Departamento de las Pesadillas, para Charlie Benjamin, era uno de esos sobres con la dirección impresa en ellos que Pinch había dado a sus padres para que pudieran ponerse en contacto con él. Dentro había algo. Al vaciarlo, Charlie descubrió una bolsa cerrada llena de las galletas con trocitos de chocolate que su madre hacía y una nota que decía: «Estamos orgullosos de ti y siempre te querremos. Mamá».

Y también había algo más en él. Era una fotografía tomada en una montaña rusa llamada el Goliat. En la foto Charlie y su padre tenían los brazos levantados por encima de la cabeza y sonreían excitados mientras esperaban conteniendo la respiración a que el vagón descendiera en picado por la pendiente más pronunciada de la montaña rusa.

«¡Los varones Benjamin afrontan sus miedos! —había escrito su padre al pie de la foto con su estrafalaria escritura. Y después había añadido—: Te quiero, hijo. Cuídate.»

Charlie se echó a llorar. No pudo evitarlo.

—¡Eh, chico! —le dijo Rex acercándose por detrás. Charlie se enjuagó las ardientes lágrimas que le brotaban—. Sé que ha sido un duro golpe, pero todo se arreglará, te lo prometo.

—Pero no puedes prometerme una cosa así. No sabemos dónde están. Ni lo que les puede pasar. No sabemos nada. Y todo ha sido por mi culpa.

—Tienes razón —reconoció Rex para sorpresa de Charlie—. Si no hubieras tenido el Don, esto no habría ocurrido.

Ahora sólo tenemos dos opciones: quedarnos sentados de brazos cruzados deprimiéndonos y quejándonos sobre lo injusta que es la vida o utilizar el Don para recuperar a tus padres.

—¡No quiero volver a usarlo nunca más! Ojalá me hubieran reducido, como todos querían —le soltó Charlie.

—¡Es una buena idea! —repuso Rex—. Así te volverás un estúpido y perderás la posibilidad de poder recuperar a tus padres sanos y salvos. Podemos ir ahora mismo al Departamento de las Pesadillas para que te extirpen el lóbulo frontal. Tus padres habrán muerto, pero ¿a ti te importará? No, serás demasiado estúpido como para enterarte de ello. ¿Eso es lo que quieres?

—Ya sabes que no —admitió Charlie. Permanecieron en silencio un momento—. ¡Qué curioso! —prosiguió contemplando los restos de la casa en la que había crecido—, siempre quise desesperadamente irme de aquí, alejarme de mis padres, porque sentía que se preocupaban tanto por mí que me estaban asfixiando. Pero ahora… sólo quiero volver a estar con ellos.

—Sé cómo te sientes. Mis padres también eran así. Ahora ya han muerto, pero cuando vivían, ¡jolines!, no podía hacer que dejaran de preocuparse por mí. ¡Estuvieron a punto de volverme loco! —declaró Rex.

—¿Los querías? —preguntó Charlie.

—Más que nada en el mundo. A veces, cuando la vida se vuelve dura, recuerdo la agradable sensación que me producía cuando era niño y tenía mucha fiebre y mi madre me ponía su fresca mano sobre la frente.

—Sí, sé lo que quieres decir.

—Mis padres se han ido —dijo Rex simplemente—. Y ya no van a volver del lugar en el que ahora están. Todo cuanto me queda de ellos son los recuerdos. Pero los tuyos... aún podemos recuperarlos, Charlie. Y vamos a hacerlo. Confía en mí.

—Confío en ti —dijo el chico al final—. ¿Tienes algún plan?

—¡Claro que lo tengo! —bramó Rex—. ¿O es que crees que hago algo sin tener antes un buen plan?

—¿Quieres que te responda sinceramente a esta pregunta?

Rex sonrió.

—Sé que no va a ser fácil. Tendremos que hacer algunas cosas... que no van a ser agradables.

—¡No me importa!

—Aún no sabes cuáles van a ser. Quizá cuando las conozcas te importe.

—No va a importarme —repuso Charlie.

Rex lo observó detenidamente.

—Ojalá sea así. Vamos a hacer lo siguiente. Primero regresaremos a la Academia de las Pesadillas... y después iremos al Mundo de las Profundidades.

—¿Para qué?

—Para ir a ver a las brujas —dijo Rex—. Las brujas del Vacío.

12

LAS BRUJAS DEL VACÍO

—¿Cuánto tiempo he de esperar? —preguntó el profesor Xix limpiándose uno de sus ojos con dos de sus patas delanteras.

—No estoy segura. Si no te importa, sólo tienes que quedarte en el ruedo de los desterradores hasta que volvamos —respondió la directora.

—No acabo de entender por qué un acechador tiene que participar en esta operación. ¿Por qué habría de hacerlo? —observó Pinch desdeñosamente mientras se acercaba a ellos.

—Porque no es un humano. Y eso puede resultarnos útil allí donde vamos a ir —le dijo Rex.

—¿Desde cuándo hemos empezado a depender de criaturas que no son humanas?

—Desde que hemos descubierto que los seres humanos como tú son detestables y que no puedes contar con ellos —le soltó Rex.

—¿Podemos irnos de una vez? —preguntó Charlie, que quería ir en busca de sus padres lo antes posible.

—El chico tiene razón —dijo el profesor Xix—. Sé muy bien lo que piensa el señor Pinch sobre mi contribución al

Departamento de las Pesadillas, pero podemos hablar de este tema en otra ocasión.

—¡Son mucho más que simples pensamientos! —le soltó Pinch—. No entiendo por qué permitimos que un enemigo tenga acceso a nuestro centro más valioso de formación.

—Porque confío en él —dijo simplemente la directora alisándose la ropa—. El profesor Xix hace muchos años que es un miembro fiel y útil de nuestra familia y espero que lo siga siendo durante muchos más.

—Y además es atractivo —añadio Tabitha con una sonrisa—. Siempre me han gustado los hombres siniestros y misteriosos.

—¡No conseguirás nada de mí con tus halagos! —le respondió Xix.

—¡Qué vergonzoso! —gruñó Pinch.

—Y con esta feliz nota, vamos a ponernos en marcha, ¿no os parece? —dijo la directora. Agitando la mano, abrió un portal en la inmensa cueva del ruedo de los desterradores—. Pasad por él y tened cuidado. El Vacío no es un lugar al que se pueda viajar despreocupadamente —añadió.

Se descubrieron en medio de un lugar que parecía un campo cubierto de unos juncos de color violeta tan altos que Charlie no podía ver nada por encima de ellos. Los juncos estaban cubiertos de una sustancia cristalina que relucía bajo la luz roja de la columna de fuego que rodeaba el Círculo Interior a lo lejos.

—¡Id con cuidado! —les advirtió la directora avanzando con agilidad por entre los juncos con sus largas y seguras piernas—. Aunque parezcan plantas, son cabellos, unos cabellos muy delicados. Si rompéis uno, será… muy desagradable.

—¿Qué pasará entonces? —preguntó Charlie dando un paso hacia delante y aplastando sin querer la base de uno de los gruesos y oscilantes cabellos, rompiéndolo por la raíz.

—¡Estupendo, genio! —le soltó Pinch lanzando un suspiro.

De pronto todos los cabellos del campo se pusieron a vibrar enloquecidos, cubriendo el aire de un polvo cristalino. El polvo se volvió tan denso que Charlie apenas podía ver el final de su brazo.

—¡Cierra los ojos y no los abras, o te volverás ciego! —gritó Tabitha.

Charlie los cerró con fuerza, pero era como si tuviera polvo de cristal en ellos, y cuando se los frotó, se le irritaron más aún. Intentó preguntar a los demás qué es lo que debía hacer, pero no consiguió articular palabra, porque los pulmones se le habían llenado con aquel horrible polvo y le resultaba casi imposible hablar o respirar.

—¡Cúbrete la nariz y la boca con la camiseta! ¡Úsala a modo de máscara! —le gritó Rex desde algún lugar.

Charlie lo hizo. Le ayudó un poco, pero no demasiado.

De repente el aire se llenó con un horrible chillido. Era el grito más espeluznante que había oído en toda su vida, parecía una combinación de gatos peleándose y de uñas arañando lentamente la superficie de una pizarra.

—¿Qué es eso? —logró decir por fin Charlie.

—Son las brujas —respondió la directora—. Las brujas que están llegando.

—¿Qué debo hacer? —gritó Charlie dejándose llevar por el pánico.

—¡Nada! Déjate llevar por ellas. No intentes luchar contra ellas.

El chillido era tan fuerte que ahora Charlie sintió que la cabeza iba a estallarle. El aire empezó a vibrar con el ruido de lo que parecía ser el aleteo de cientos de alas. Un hedor a raíces y a vómito le rodeó y de repente unas garras lo atraparon por los hombros con tanta fuerza que Charlie sintió que se le clavaban en la piel. Lo levantaron violentamente en medio del aire y, al cabo de unos instantes, el estómago le dio un vuelco al sentir que estaba viajando por el vacío como si estuviera en la montaña rusa más horrible del mundo, sostenido por unas criaturas aladas que no podía ver o ni siquiera imaginar. Al final aquellas garras lo soltaron y cayó en picado, yendo a parar contra el duro suelo.

Mientras intentaba ponerse en pie, se sorprendió al ver que estaba llorando. Las lágrimas le rodaban por las mejillas y se preguntó si estaría llorando de miedo o de rabia, pero pronto descubrió que no era ni por una cosa ni por la otra, su cuerpo sólo intentaba eliminar de sus ojos aquel desagradable y extraño polvo.

Curiosamente aquel sistema funcionó. Al cabo de un momento logró ver poco a poco el mundo que le rodeaba. Se enjugó las lágrimas de la cara y vio que Rex, Tabitha, Pinch y la directora habían caído junto a él y estaban haciendo lo mismo. Al final los ojos se le aclararon lo suficiente como para ver lo que había a poco más de un metro frente a él.

Lo que vio no era agradable.

Se encontraban en las ruinas de una destartalada mansión repleta de unos seres que la directora había llamado «brujas». Eran de un aspecto vagamente femenino, si es que a esos monstruos se les podía llamar femeninos: su piel era verdosa y agrietada, el pelo greñudo de color violeta y tenían alas negras y escamosas en la espalda. Sus anchas bocas estaban pobladas de un salvaje bosque de dientes tan afilados como hojas de afeitar, y los vestidos largos que llevaban estaban inmundos y hechos jirones. El pestazo que despedían era peor que su aspecto, y eso que eran más feas que un adefesio.

—Por eso —dijo Rex al fin— intentamos no... romper... los juncos.

El estoque que Charlie había elegido en su primera clase como desterrador y que llevaba colgado en el cinto, empezó a zumbar despidiendo una luz azul eléctrico al aproximarse las brujas.

—¡Llévanos ante la Reina! —le ordenó la directora a la bruja que estaba más cerca.

—¿Por qué habría de hacerlo? —le espetó ella.

Todo pasó tan deprisa que Charlie tardó un momento en asegurarse de que había ocurrido, pero era innegable que medio segundo más tarde la bruja que acababa de hablar había quedado reducida a una pila de carne temblorosa. A su alrededor había un charquito negruzco y sanguinolento.

La directora bajó la larga barra de metal que sostenía en alto y la limpió con el fétido vestido de la bruja muerta. La barra tenía unos signos grabados que parecían runas y emitía unos asombrosos destellos azules, mucho más brillantes que los del estoque de Charlie. Con un rápido movimiento de muñeca, la barra se plegó hacia dentro hasta medir sólo un palmo.

—¡Qué pasada! —exclamó Charlie.

La directora, ignorándolo, volvió a guardar la barra de metal cubierta de runas en un bolsillo de su vestido.

—Ahora veamos si tengo más suerte contigo —le dijo a la bruja más próxima—. ¡Llévanos ante la Reina!

La bruja dudó unos instantes, escrutó cuidadosamente a la directora y, de pronto, dio media vuelta y se fue arrastrando los pies hacia un oscuro corredor. Las otras brujas se unieron a ella, abriendo el camino.

—Seguidme —dijo la directora poniéndose a andar tras ellas.

Charlie y los demás la siguieron.

La Reina de las Brujas era la criatura más horrorosa que Charlie había visto en toda su vida y, sin embargo, ella parecía creerse la más hermosa. Desde lo alto de las desvencijadas escaleras del enorme salón que la Reina de las Brujas había convertido en su cámara personal, estaba admirando sus uñas negruzcas extravagantemente largas y retorcidas y luego se olió los sobacos, disfrutando del pestazo que despedían. Llevaba un vestido de noche más largo y mugriento aún que el de las otras brujas y sobrepasaba en dos palmos a la bruja más alta que la servía.

—Me he enterado de que has matado a una de mis damas —graznó mientras descendía volando lentamente por las escaleras dirigiéndose hacia ellos.

—¡Sí, ha sido una lástima! —repuso Rex—. Pero se negó a traernos ante ti y no pudimos soportar estar sin ver tu hermosura un instante más.

La Reina de las Brujas, al oírlo, se echó a reír con una voz tan gutural y estridente que los pocos cristales que quedaban enteros en la araña que colgaba del techo estallaron inquietantemente.

—¡Eres un seductor! —dijo ella al fin.

—No, sólo soy un tipo que sabe apreciar lo… exótico —respondió Rex con una mueca.

—Eres incorregible. ¿Qué es lo que os ha traído tan cerca de la muerte?

—Necesitamos una Sombra —dijo la directora acercándose a ella.

—Una Sombra —susurró la Reina de las Brujas. ¡Qué petición más extraña! ¿Para quién es?

—Para el chico.

La Reina se giró hacia Charlie y lo miró de arriba abajo. Entrecerró sus oscuros ojos desconfiadamente.

—Él es especial, ¿no es así?

—No es más que un chico —repuso la directora encogiéndose de hombros.

—¿De veras? Pues que mala suerte, porque si quiere conseguir una Sombra, será mejor que sea especial. ¿A quién estás buscando, chico?

—A mis padres —dijo Charlie con la voz quebrada. Aunque se encontraba a una cierta distancia, pudo oler el pestilente aliento de la bruja. Le entraron ganas de vomitar.

—¡Ah, unos padres! Delicioso. Delicioso —exclamó lamiéndose los negros labios con su larguísima lengua. ¿Y quién va a pagarme?

—¡Yo! —dijeron Rex y Tabitha al mismo tiempo acercándose a ella.

—¡Qué ansiosos estáis por hacerlo! —observó la Reina de las Brujas volando lentamente hacia Rex con sus grandes y correosas alas—. Pero creo que prefiero elegir como pago a este fuerte y varonil espécimen. ¿Tienes algo sabroso para mí?

—Sí, seguro —respondió Rex estremeciéndose sin querer. Al verlo la Reina cerró los ojos y sonrió, disfrutando de la repugnancia que le producía.

—Dejadme pensar qué es lo que deseo —dijo ella—. Si queréis una Sombra para que el chico pueda encontrar a sus padres, entonces quiero como pago… ¡a tus padres! —dijo abriendo los ojos y mirando directamente a Rex.

Se dio un lametazo de nuevo por los negros labios.

—¿Qué? —exclamó Charlie confundido—. No es posible. Sus padres han muerto.

La Reina de las Brujas se echó a reír.

—El chico no entiende qué es lo que deseamos, de qué nos alimentamos.

—¿De qué está hablando? —le preguntó Charlie a Rex.

—Se alimentan de recuerdos, chico —le respondió Rex en voz baja—. Los chupará de mi cerebro y se deleitará con ellos, y cuando haya terminado, yo los habré perdido.

—¡No puedes hacer eso! —le suplicó Charlie con un grito ahogado—. Los recuerdos es lo único que te queda de tus padres.

—Tengo fotografías de ellos. Y también varias cartas. Todo eso me ayudará —repuso Rex.

—¡Pero no es lo mismo! Cuando las cosas se ponen difíciles, tú siempre piensas en cuando de niño tenías fiebre y tu madre te ponía su fresca mano en la frente. Y ese recuerdo habrá desaparecido.

—No te preocupes, chico —dijo Rex sonriendo cariñosamente—. Nada dura para siempre.

—¡No!

Rex lo apartó de en medio con suavidad y se dirigió hacia la Reina de las Brujas.

—¡Acabemos de una vez!

La Reina de las Brujas lo rodeó con sus gigantescas y correosas alas por la espalda, atrayéndolo contra su pecho para arrebatarle a su familia. Le sobrepasaba dos palmos en altura y él sintió su duro y escamoso cuerpo contra su espalda. Los ojos se le empañaron del hedor que aquel inmundo ser despedía.

—¡Qué sabroso! —exclamó ella, y agitando su larga lengua bífida, se acercó a la cara de Rex y le lamió la oreja.

Él sintió arcadas.

—Despídete de mamá y de papá —graznó la bruja y luego rodeándole la oreja con sus podridos labios, metió la lengua en ella, deslizándola por el conducto auditivo con tanta suavidad como la grasa caliente que se escurre por la pileta de la cocina. Rex pudo sentir cómo la Reina de las Brujas movía la lengua por dentro de su cabeza y le sorbía los sesos, donde residían sus recuerdos. Se los bebió con fruición, empezando por el más reciente, el de su padre en el lecho de muerte.

Las últimas palabras que le dijo a Rex: «... mi fuerte hijo».

El recuerdo se esfumó.

—¡Oh, qué gozada! —murmuró la Reina, y siguió bebiendo con fruición.

Rex brindando con sus padres para celebrar los cuarenta años que llevaban casados... El recuerdo se esfumó.

El viaje con su familia al río Kern, aquel en el que habían hecho *rafting* por las espumeantes aguas y Rex se había burlado de su madre porque había gritado como una niña... El recuerdo se esfumó.

Las innumerables Navidades y cumpleaños con regalos, pasteles y centelleantes adornos en los árboles. Sus padres animándolo en los partidos de fútbol que ganó y los abrazos que le dieron para consolarlo en los partidos que perdió. Las horas que pasaron juntos colocando los recorridos de las vías del tren de juguete, riendo mientras veían películas y llorando cuando el veterinario tuvo que ponerle una inyección a su perro *Gus* para dormirlo para siempre.

Todos estos recuerdos se esfumaron.

La bruja, con una insaciable sed por la dicha y el sufrimiento de los demás, se bebió incluso el recuerdo de la fresca mano que la madre de Rex le ponía en la frente cuando él tenía fiebre. Al terminar lo soltó y se relamió como un muerto de hambre que acabara de tragarse una copiosa comida.

—¡Delicioso! —exclamó ella—. ¡Sabroso, sabroso! ¡Hasta el último bocado!

Rex se derrumbó quedándose de rodillas sobre las rotas baldosas del gran salón de baile. Tabitha fue corriendo hacia él.

—¿Ya ha terminado? —logró decir Rex.

—Sí —respondió Tabitha.

—¿Qué es lo que ha tomado de mí?

—A tus padres.

Rex la miró confundido.

—¿A quién? —preguntó.

Ella lo sujetó con firmeza. La Reina de las Brujas se fue volando con sus fuertes alas hacia la directora.

—¿Estás satisfecha? —le preguntó Brazenhope.

—Ha sido… una excelente comida —repuso la Reina de las Brujas estremeciéndose de placer—. Te has ganado la oportunidad de conseguir una Sombra.

—Espero que protejáis al chico —le ordenó la directora—. Nos ha costado un precio terrible. Si intentas engañarme, destruiré a todas las criaturas de este lugar, empezando por ti.

—Creía que me encontrabas hermosa —chirrió la Reina de las Brujas sonriendo siniestramente.

—¡Eres repugnante! —le respondió Brazenhope—. Y ahora cumple con el trato.

—Ven, chico, te acompañaré al Laberinto de las Gorgonas —dijo la Reina de las Brujas a Charlie, que aún estaba impactado por la horrible experiencia de Rex.

—¿Qué debo hacer? —le preguntó Charlie a la directora.

—¡Ve con ella! —repuso Brazenhope—. Al final del Laberinto de las Gorgonas se encuentra la Sombra. Ahora escúchame bien, Benjamin: no mires directamente a ninguna de las Gorgonas. Si lo haces, te convertirás en una piedra.

Charlie se acordó de aquella desventurada alma con la piel tan dura y pálida como el mármol con la que se había cruzado por los pasillos de la Academia de las Pesadillas mientras la llevaban en una camilla. ¿Era posible que sólo hiciera un día que estaba en la Academia? Le parecía una eternidad.

—Tendré cuidado —respondió él—. Pero ¿qué he de hacer cuando encuentre a la Sombra?

—Ella te hablará. Abre la boca y deja que penetre en ti. Y la Sombra hará el resto —le explicó la directora.

Charlie se estremeció. «Abre la boca y deja que penetre en ti.» ¡Era la última cosa del mundo que deseaba hacer!

—Y cuando te encuentres en una situación que parezca no tener solución, recuerda siempre que no estás solo —prosiguó ella.

La directora le miró directamente a los ojos.

Charlie asintió con la cabeza.

—Sí, señora —mientras se dirigía hacia la Reina de las Brujas, pasó junto a Rex, Tabitha lo seguía sujetando—. Lo siento —le dijo Charlie—. Nunca quise que le dieras algo tan valioso para ti.

—¿Dar el qué? —le preguntó el *cowboy*.

Esta respuesta fue demasiado para Charlie. Sin responderle, siguió a la Reina de las Brujas en la oscuridad.

El Laberinto de las Gorgonas irradiaba unos intensos destellos. Las paredes estaban cubiertas de cristales que brillaban con luz propia. Había paredes de color rojo rubí junto a otras azul celeste y otras verde oscuro. Los colores eran tan intensos que casi cegaban.

—¡Buena suerte, chico! —le dijo la Reina de las Brujas a Charlie—. Aunque con la suerte no te bastará. Estoy segura de que pronto te habrás convertido en un «adorno» más de mi Laberinto de las Gorgonas —y tras pronunciar estas palabras se echó a reír. Sus carcajadas eran estridentes y penetrantes.

—¿Dónde puedo encontrar a la Sombra? —le preguntó Charlie armándose de valor.

La Reina de las Brujas sonrió.

—¡Eres un insolente! La directora me dijo que no eras especial, pero estaba mintiendo —le soltó batiendo sus gigantescas alas y elevándose en el aire—. La encontrarás al final de las paredes verdes, chico, aunque no creo que llegues tan lejos —añadió echando a volar y dejando tras ella una apestosa nube.

Charlie se volvió hacia el laberinto irisado y entró en él. Las paredes eran altas, gruesas y verticales, no había forma de ver nada a través de ellas ni de escalarlas para orientarte. Se preguntó qué aspecto tendría la Sombra y cómo le ayudaría a hallar a sus padres. ¿Lo teleportaría adonde ellos se encontraban o llevaría a sus padres hasta él? Mientras avanzaba por el laberinto su mente intentaba descubrir frenéticamente de entre un montón de caminos el que debía seguir: tomando el de la izquierda, luego el de la derecha, eligiendo al azar una dirección, buscando siempre las paredes en las que predominaba el color verde para que lo guiaran hacia su objetivo. Después de todo, ¿no era eso lo que la Reina de las Brujas le había dicho? ¿Que encontraría a la Sombra al final de las paredes verdes?

Llegó a una encrucijada y observó los tres caminos en los que se dividía. Frente a él brillaba uno en el que predominaba el rojo. A la izquierda, había otro de un precioso color azul que relucía como un cielo estival, y a la derecha, uno de color verde... tan oscuro y misterioso como la Ciudad de las Esmeraldas. Tomó el de la derecha, dobló una esquina y, de repente, pegó un chillido.

Plantado allí estaba un hombre encorvado empuñando una espada y cubriéndose aterrado el rostro. Era de piedra: de un puro mármol blanco que reflejaba la luz verde. Cuando Charlie se recuperó del susto, observó a aquel hombre más de cerca. No era una estatua, de eso estaba seguro. Los detalles eran increíbles. Podía ver con una asombrosa precisión cada uno de los poros de su rostro, cada pelo de la barba convertido en piedra. Y la expresión de horror… era tan real y vívida que ponía los pelos de punta.

Y sin embargo era evidente que no estaba vivo. Se había convertido en piedra al contemplar a una Gorgona y ahora no era más que una de las permanentes «estatuas» que adornaban el laberinto de la Reina de las Brujas.

Pero ¿cómo podía luchar contra las Gorgonas si no podía mirarlas?, se preguntó Charlie.

Antes de poder dar con la respuesta, empezó a oír un eco siseante por el laberinto. No sabía exactamente de dónde salía. ¿Venía de delante o de detrás? ¿De la izquierda o de la derecha? O quizá de todas direcciones. Mientras Charlie aceleraba el paso, los siseos se hicieron más altos y claros, y al final comprendió qué era lo que hacía ese ruido.

Las serpientes. Había cientos de ellas. Quizá miles.

Mientras se puso a pensar desesperado en una solución, casi se cae al suelo al tropezar con otra estatua, la de una mujer tendida boca arriba mirando algo aterrada. Ahora el horrible siseo se volvió más alto aún y a Charlie le pareció que le penetraba por el oído como el fuerte pitido de un televisor a todo volumen que no estuviera sintonizado. El laberinto se había vuelto totalmente verde. Sabía que se estaba acercando a la Sombra, fuera cual fuera el lugar en el que se encontraba.

Al echar un vistazo a la derecha, descubrió horrorizado que había una Gorgona.

Se encontraba al otro lado de la pared translúcida de cristal. El no haberla visto directamente fue lo que lo salvó de convertirse en una estatua de mármol. Las Gorgonas, al igual que las brujas, eran unas espigadas criaturas humanoides pero, a diferencia de aquéllas, en lugar de pelo tenían unas serpientes enroscándose en sus cabezas, había cientos de ellas siseando salvajemente.

Detrás de aquella Gorgona apareció otra.

Y otra.

—¡Carne de niño!… —sisearon las Gorgonas olfateando el aire—. Carne tierna de niño.

Charlie sintió que ahora le estaban rodeando por todos lados y empezó a sentir pánico. ¿Cómo podía sobrevivir a esa situación solo?

Y entonces se acordó de lo que la directora le había dicho.

«Tú no estás solo.»

Charlie cerró los ojos con fuerza, extendió la mano derecha e intentó, por primera vez, abrir un portal. Mientras los siseos de las Gorgonas se volvían más altos, se imaginó el ruedo de los desterradores. Creó en su cabeza una vívida y clara imagen del lugar y de pronto comprendió que antes de abrir un portal siempre había aparecido en su cabeza la imagen del lugar en el que iba a abrirlo: la cámara del Consejo Supremo, la clase de los abreprofundidades, el palacio de Barakkas.

Se concentró en el ruedo de los desterradores.

Podía ver los desgastados bancos de piedra y oler el peculiar aroma de la tierra húmeda de la cueva. En cuanto visualizó el destino al que quería ir, se concentró en el miedo, en uno de sus peores miedos, pues parecía avivar su capacidad para abrir un portal con más facilidad.

«Si lo logro —pensó—, si encuentro a la Sombra y dejo que me haga lo que me ha de hacer, seré mucho más que un friqui.»

No podía ver a las Gorgonas, pero las oía y, lo que era peor aún, podía olerlas. Olían a tierra y a hojas descompuestas: como la fría y oscura madriguera donde las serpientes se resguardaban del calor del día.

Estaban tan cerca que sintió náuseas.

«Estoy construyendo ladrillo a ladrillo una pared que me separa de los otros estudiantes —pensó—. Al final acabaré encerrado totalmente en ella. Seré inalcanzable. Estaré solo.»

Solo.

Y ése fue el detonante.

Como una llave abriendo una cerradura, Charlie controló y canalizó su miedo para abrir un portal en la arena de los desterradores mientras las Gorgonas se encontraban a poca distancia de él. El profesor Xix estaba esperando pacientemente en el ruedo con sus ocho gigantescas patas.

—¡Por fin has llegado! —exclamó—. Me preguntaba si ibas a pasar a verme.

—¿Puede ayudarme? —le preguntó Charlie con los ojos cerrados con fuerza.

—¡Oh, seguro! —repuso Xix observando la escena—. Gorgonas. ¡Excelente! Quería renovar nuestra provisión de ellas. Algún ridículo estudiante siempre intenta echar una miradita en la clase en la que enseño cómo defenderse de las Gorgonas, por más que yo les advierta de que no lo hagan, y he de acabar cortándole la cabeza a alguna para que el pobre chico recupere la vida. Y esto siempre causa estragos en mi provisión de Gorgonas. Sigue con los ojos cerrados, Charlie, no los abras hasta que yo te lo diga.

—Sin ningún problema —dijo Charlie. En ese momento ni siquiera era capaz de imaginar que volvería a abrirlos. Aunque no podía ver lo que estaba ocurriendo, lo oía. Entre los alucinantes alaridos de las Gorgonas, se oyó un sonido como el del hilo de una caña de pescar, seguido de un ruido sordo. Las estaba envolviendo en una telaraña. Al descubrirlo, Charlie experimentó un siniestro placer.

Al final sintió el roce de unos pelos duros y supo que eran los de las patas de Xix mientras la enorme criatura se movía haciendo su trabajo. Felizmente los chillidos de las Gorgonas cesaron por fin.

—Ya puedes abrir los ojos —dijo Xix.

Charlie abrió los ojos con cuidado. Estaba rodeado de unos sacos hechos de seda de araña que se contorsionaban. Las Gorgonas estaban encerradas en ellos. Debía de haber unas veinte en el suelo.

—¡Ha sido una buena redada! —exlamó Xix alegremente—. Me van a durar una buena temporada. Es una de las ventajas de no ser humano: puedo mirarlas sin que me afecte.

—Gracias —logró decir Charlie.

—No hay de qué —le respondió Xix cargando con las Gorgonas atrapadas y cruzando el portal para llevarlas al ruedo de los desterradores—. Ya no huelo a más Gorgonas, o sea que debes de tener el camino libre para encontrar a la Sombra. Ya puedes cerrar el portal.

—De acuerdo —repuso Charlie. Al cerrar el único pasaje que lo llevaba a un lugar seguro, tuvo que armarse de valor para quedarse en el Mundo de las Profundidades abandonado a su suerte, pero apretando los dientes agitó la mano y cerró el portal.

Solo de nuevo, siguió adentrándose en el laberinto.

Las verdes paredes de cristal brillaban con tanta intensidad que casi resultaba doloroso mantener los ojos abiertos. De repente se quedó impactado al oír la voz de su madre.

—Charlie... —oyó que ella le decía desde algún punto lejano del laberinto—. ¿Dónde está mi dulce hijo?

—¡Mamá! —gritó él acelerando el paso y dirigiéndose hacia la voz. Al doblar un recodo vio a su madre de pie con la espalda apoyada contra un callejón sin salida.

—¡Aquí estás! Por fin me has encontrado —exclamó ella.

—¿Eres realmente tú? —dijo Charlie con un grito ahogado. Quería correr hacia su madre y abrazarla, pero no podía ser ella. ¿Qué iba a estar haciendo al final del Laberinto de las Gorgonas?

—¡Claro que soy yo! —respondió ella, y entonces ocurrió algo muy extraño. Su madre se puso a brillar y desapareció, casi como si la contorneante columna de humo negro que se elevaba frente a la reluciente pared esmeralda la hubiera absorbido. El humo adquirió ahora la forma de su padre.

—¡Hola, hijo mío! —dijo aquella «cosa» que parecía ser su padre—. ¡Qué feliz seré cuando volvamos a estar juntos!

Charlie se acercó lentamente a él y alargó el brazo para tocarlo. Su mano pasó a través de aquello que parecía el cuerpo de su padre y al instante volvió a convertirse en una arremolinada columna de humo negro.

—¿Eres tú la Sombra? —preguntó Charlie.

No obtuvo ninguna respuesta.

—¿Puedes ayudarme a encontrar a mis padres?

De nuevo aquella masa informe que se contorneaba no le respondió.

«Abre la boca y deja que te penetre. La Sombra hará el resto», le había dicho la directora.

Charlie abrió la boca.

Lenta y delicadamente aquel humo oscuro adquirió la forma de un tubo y se metió por la garganta de Charlie. La Sombra era fría y él pudo sentir cómo iba extendiendo sus humeantes y oscuros zarcillos por su cuerpo, llenando todas las grietas: el corazón, los pulmones, hasta las puntas de los dedos de las manos y los talones de los pies.

Al final dejó de sentir aquella fría sensación y fue como si nunca la hubiera experimentado. Pero la Sombra, que sólo unos instantes antes había estado girando frente a él, ahora había desaparecido.

Se encontraba dentro de Charlie.

13

La Sombra lo sabe

Después de varios frustrantes intentos Charlie consiguió abrir un portal que daba al ruedo de los desterradores y se alegró al descubrir a Rex, Tabitha, Pinch y la directora esperándolo en él.

—¡Lo lograste! —exclamó Tabitha casi gritando, dándole un fuerte abrazo—. ¿Estás bien?

—¡Sí, claro! ¿Dónde está el profesor Xix? Quiero darle las gracias.

—¡No te preocupes por él! Está tan entusiasmado como un niño con un montón de juguetes nuevos. Se encuentra en alguna parte jugando con su nueva provisión de Gorgonas. No vamos a verlo por un tiempo.

—¿Encontraste a la Sombra? —le preguntó la directora.

Charlie asintió con la cabeza.

—¿Y te la tragaste?

Él volvió a asentir.

—Estaba fría.

—Ya lo había oído decir antes, aunque yo nunca me he tragado una. Son sumamente inusuales y muy poderosas.

—¿Qué es lo que hacen exactamente? —preguntó Charlie.

—Sal de la cueva y te lo mostraré —le respondió la directora sonriendo.

A Charlie le gustó sentir la suave brisa tropical acariciándole el rostro después de haber pasado tanto tiempo en el Mundo de las Profundidades. Disfrutó de ella, la aspiró. Le hizo sentir un agradable calorcillo por dentro.

—¿Ves donde está el sol? —le dijo la directora señalándolo. Charlie lo contempló. El sol estaba poniéndose en el horizonte por el oeste, justo detrás de él—. Pues ahora observa tu sombra.

Al mirar el lugar donde él esperaba ver su sombra, se quedó perplejo al ver que no estaba allí.

—¡Oh! ¿Dónde está? —exclamó asombrado.

—Sigue buscándola.

Al dar media vuelta, Charlie descubrió que su sombra se alargaba detrás de él apuntando hacia el sol.

—¡Pero esto es imposible! —gritó—. Las sombras no apuntan hacia el sol, sino hacia la dirección contraria.

—Es verdad, pero ésta no es tu verdadera sombra —repuso la directora—. La tuya se ha ido y ahora esta Sombra la reemplaza, y siempre apuntará hacia aquello que más quieres, en este caso, hacia tus padres. Nos llevará directo a ellos.

—¡Estupendo! —exclamó Charlie—. Pongámonos en marcha. Vayamos a buscarlos ahora mismo, antes de que oscurezca.

—¿Estás seguro de que no quieres descansar un poco? —le preguntó Tabitha—. Acabas de tener una terrible experiencia.

—Pues mis padres deben estar viviendo una peor aún —dijo él. No sabía exactamente la clase de sufrimiento que estaban padeciendo, pero estaba seguro de que en el mejor de los casos debía ser horrible.

—De acuerdo —dijo la directora—. Tu Sombra apunta hacia el oeste. Viajaremos hacia esa dirección, cambiando de curso cuando sea necesario, basándonos en lo que la Sombra nos vaya diciendo, hasta descubrir el lugar preciso en el que se encuentran tus padres —añadió agitando la mano y abriendo un portal—. ¡En marcha!

Después de hacer una rápida parada en una desolada parte del Mundo de las Profundidades, la directora abrió otro portal que daba a la Tierra y salieron a un polvoriento barranco lleno de cactus y con algunas matas de salvia. A lo lejos se alzaba una pirámide medio desmoronada rodeada de ruinas. Varios hombres a caballo, cubiertos con sombreros para protegerse del ardiente sol, conducían un rebaño de vacas entre las casas antiguas semiderruidas.

—Ahora nos encontramos en México —dijo la directora—. Lo que estás viendo ante ti son las ruinas de Cholula. En el pasado, fue una gran ciudad, hasta que Hernán Cortés la destruyó. He pensado que si teníamos suerte podíamos encontrar a tus padres aquí —añadió echando una miradita a la Sombra, que seguía apuntando al oeste, directamente al sol.

—Pues por lo que veo aún tenemos que ir más lejos —observó Charlie.

—Es verdad, apresurémonos —reconoció la directora.

Después de viajar de nuevo al Mundo de las Profundidades, la directora abrió un portal que daba a la Tierra y salieron en medio de una playa rodeada de miles de bañistas, unos surfeando en el mar y otros tumbados bajo las sombrillas. Hoteles muy altos bordeaban la playa. En el aire flotaba un intenso aroma a aceite de coco y crema solar.

—¿Cómo le va? —le preguntó Rex a un corpulento turista con el torso desnudo tumbado en una hamaca sorbiendo una bebida rosada decorada con una sombrillita de papel.

—¡Oh, supongo que bien! —respondió mirándolos asombrado.

—Bienvenido a las islas hawaianas —exclamó la directora—. Ésta es la isla de Oahu, para ser exactos. Está demasiado llena para mi gusto, pero cada uno tiene sus preferencias, supongo. ¿Qué es lo que nos dice ahora la Sombra?

—Aún tenemos que ir más hacia el oeste —observó Charlie echando una miradita al suelo para ver hacia dónde apuntaba.

—¡De acuerdo! ¿Te importaría abrir un portal al Mundo de las Profundidades?

—¿Me lo está diciendo a mí? —preguntó el chico alarmado.

—Eres un abreprofundidades, ¿no es así?

—Sí, pero usted lo haría más deprisa —respondió Charlie mirando incómodo el montón de adoradores del sol que había a su alrededor.

—¡Claro que lo haría más deprisa! Por eso justamente no necesito practicarlo. Ya puedes empezar, por favor —le respondió la directora.

—De acuerdo —dijo Charlie cerrando los ojos. Levantó la mano derecha e intentó desconectar de las risas y los gritos de los bañistas, pero no era fácil.

—¿Qué es lo que el chico está haciendo? —preguntó el turista de la hamaca poniéndose de costado como una foca tumbada bajo el sol.

—¡Intenta concentrarse! —le susurró Tabitha—. Pero si sigue haciendo preguntas no podrá hacerlo. Abrir un portal no es tan fácil como parece, ¿sabe?

—¡Ah, vale! —le respondió él.

—No sé si lo conseguiré. Me siento como si todo el mundo me estuviera mirando —dijo Charlie.

—Y tienes razón —le susurró Tabitha al oído—. Pero úsalo. Aprovecha tu inseguridad para conectar con tu miedo.

—¡Me temía que dirías algo así! —repuso Charlie, pero hizo lo que Tabitha le había sugerido. Se imaginó miles de pares de ojos puestos en él, mirándolo como si fuera un friqui en medio de la playa, contemplándolo y deseando que fracasara...

Curiosamente fue su miedo al fracaso lo que le permitió triunfar. Su cuerpo se cubrió de llamas purpúreas y de repente se abrió un portal.

—¡Excelente! ¡Estás progresando mucho! —exclamó la directora.

—¡Que tenga un buen día! —le soltó Rex al turista de la hamaca, que se había quedado patidifuso, y luego entró con los demás en el Mundo de las Profundidades de nuevo.

—¡Puf, gremlins! —observó la directora haciendo una mueca de asco. Estaban rodeados de cientos y cientos de pequeños seres larguiruchos, en esta zona del Mundo de las Profundidades eran tan abundantes como los bañistas de la playa de Oahu—. Pinch, ¿por casualidad te has traído el móvil?

—¡Claro que sí! Pero aquí no hay cobertura —respondió él.

—¿Me lo prestas un momento, por favor?

—Aquí lo tiene —dijo Pinch entregándoselo—, pero como ya le he dicho, no podrá hablar hasta que volvamos a...

Pero antes de que le diera tiempo a acabar la frase, la directora arrojó el móvil tan lejos como pudo. Los gremlins se abalanzaron sobre él, desesperados por comer un poco de electricidad, como tiburones peleándose por un poco de carnaza.

—¡Eh! —gritó Pinch.

—¡Los gremlins, al igual que los mosquitos, son de lo más pesados! Al menos esto los distraerá durante un ratito —dijo la directora.

—¿Y mi móvil? —murmuró Pinch poniendo mala cara.

—Estamos en el primer anillo. ¿Por qué has elegido este lugar del Mundo de las Profundidades? —le preguntó Tabitha a Charlie.

—En realidad, no lo he elegido —respondió él encogiéndose de hombros—. Sólo estaba intentando no internarme demasiado en... No ir al lugar donde están los peores.

—Estás empezando a controlar tu Don —repuso ella con una sonrisa—. Es increíble lo rápido que aprendes.

—¡Bueno, no es tan difícil como parece! —respondió Charlie sonrojándose de orgullo.

—Perdón. ¿Podríamos irnos de aquí antes de que los gremlins empiecen a investigar el resto de mis aparatitos electrónicos? —dijo Pinch adelantándose.

—Si insistes —le respondió la directora agitando la mano y creando otro portal.

Al cruzarlo se descubrieron esta vez en China, metidos hasta las rodillas en las aguas de un arrozal. Los campesinos, afanados a su alrededor recolectando el arroz, apenas advirtieron su presencia.

—¡Puaj! —exclamó Tabitha—. ¡Al menos podría habernos avisado de que íbamos a mojarnos.

—Ya os secaréis —repuso la directora—. ¿Vamos por el buen camino, Benjamin?

—La Sombra apunta al sur —dijo Charlie mirando a su alrededor—. Supongo que ya hemos ido hacia el oeste lo máximo que necesitábamos ir.

—¡Me alegro, entonces estamos progresando! —repuso la directora, y agitando la mano volvió a abrir un portal en el Mundo de las Profundidades y luego otro que daba a la concurrida calle de una ciudad. De pronto se oyó el fuerte sonido de un claxon.

—¡Apartaos! —vociferó Rex, y todos saltaron a la acera evitando por los pelos que un autobús los aplastara.

—¡Ah, es la ciudad de Perth! —observó la directora—. Australia siempre me ha encantado. Quizá sea porque de niña siempre quise tener un canguro de mascota. Me imaginaba que vivía segura y protegida dentro de su bolsa mientras él brincaba de un lugar a otro. Lo habría llamado Don Comodín.

—Demasiada información —rezongó Rex.

—Gruñón —le soltó bromeando la directora.

—Perdone, no quiero interrumpir, pero nos estamos desviando demasiado —dijo Charlie observando la Sombra, que apuntaba ahora al norte.

—¡Qué interesante! Estamos buscando un lugar que se encuentra al sur de China, al norte de Australia… ¿Alguna sugerencia, chicos? —preguntó la directora.

—Allí no hay nada. Sólo el océano, ¿verdad? —dijo Rex.

—Sí, a no ser que quieras tener en cuenta los cientos de islas y también toda Indonesia y Filipinas —repuso Pinch con una voz llena de sarcasmo.

—¡Venga ya, no te las des de sabiondo! Ya sabes que la geografía nunca fue mi especialidad —le soltó Rex.

—¿Y cuál es exactamente tu especialidad? —le dijo Pinch irónicamente.

—Darle una paliza a los organizadores como tú. Siempre he sido muy bueno en ello.

—¡Qué grosería, esta clase de violencia está fuera de lugar! —le soltó Pinch, pero antes de que pudiera proseguir, Charlie se interpuso entre los dos.

—¿Podríamos concentrarnos en encontrar a mis padres, por favor? Estoy seguro de que están muy asustados —dijo.

—Tienes razón. Estamos buscando un lugar remoto, probablemente subterráneo, que está oculto —observó la directora.

—Quizá podría ser Borneo. Es un lugar lejano —sugirió Tabitha.

—Es cierto, pero no es lo bastante espectacular. A Verminion siempre le ha gustado lo espectacular —repuso la directora.

—¡Krakatoa! —dijo Charlie de pronto. Todos se volvieron hacia él—. ¿Qué os parece debajo del volcán Krakatoa? Mi madre me habló de él en la clase de geografía. Se encuentra en un lugar remoto y oculto y es espectacular.

—Es verdad. Estoy segura de que tienes razón, me juego el pescuezo —exclamó la directora.

—¡Pues ahora tiene la oportunidad de perderlo! —dijo Rex señalando como si nada al enorme camión que se les estaba echando encima.

La directora creó un portal en el acto. Saltaron por él mientras el camionero tocaba el claxon y pasaba como un bólido por el lugar en el que habían estado hacía sólo unos momentos.

Sin perder un instante la directora abrió otro portal en el Mundo de las Profundidades. Al salir de él descubrieron que estaban en la cima del volcán más famoso del mundo, un grupo de cabras montesas se dispersaron sorprendidas al verlos. El enorme agujero del cráter parecía no acabarse nunca. Por las grises paredes de roca volcánica de la chimenea salía vapor.

—Es el Krakatoa. Hace muchos años que no ha estado en erupción, pero esto no quiere decir que sea un volcán inactivo. ¿Adónde apunta ahora la Sombra? —preguntó la directora.

—Justo hacia abajo —dijo Charlie señalando el lugar donde apuntaba: al corazón del volcán.

—¡Excelente! Hemos dado con el lugar. Como no sabemos dónde se encuentran exactamente tus padres, abriré una serie de portales en las cuevas que hay debajo del Krakatoa. Aunque los usaremos para buscar a tu familia, no los cruzaremos hasta que veamos que tus padres están al otro lado —dijo la directora.

—¿Y entonces qué haremos? —preguntó Charlie.

—Entonces será cuando empezará la diversión, porque vamos a luchar —dijo Rex con una sonrisa burlona.

—Preparaos. Estoy a punto de abrir un portal —les avisó la directora.

Volvieron al Mundo de las Profundidades y la directora abrió el primer portal que daba a las cuevas subterráneas del Krakatoa. Por él el grupo vio un gigantesco tubo del tamaño de un túnel ferroviario excavado en la roca volcánica. La lava se deslizaba por una zanja que había a mano derecha, bañando a las criaturas del Mundo de las Profundidades que pululaban por el lugar con un violento brillo rojizo. Charlie vio bajo la tenue luz docenas de lenguaplateadas, todos de la clase 4 y 5, y también una gran cantidad de acechadores deslizándose frenéticamente.

—¡Oh, Dios mío…! Hay millones de ellos —exclamó Tabitha retrocediendo.

—Hemos descubierto la guarida. Es la base de Verminion. Aquí es donde están reuniendo su ejército —declaró Rex.

Las criaturas del Mundo de las Profundidades se fueron deteniendo una a una al advertir el portal abierto frente a ellas.

—¿Ves a tus padres? —le preguntó la directora.

Charlie inspeccionó rápidamente el pasadizo.

—No —respondió.

—Entonces sigamos buscando.

Mientras las criaturas del Mundo de las Profundidades se abalanzaban hacia el portal, la directora lo cerró de golpe y abrió casi al mismo tiempo otro en una zona distinta de las cuevas subterráneas del Krakatoa.

—Inspecciona el lugar. Rápido. Ahora que saben que estamos aquí tenemos que movernos deprisa.

Al hacerlo Charlie descubrió un gigantesco y reluciente lago de lava en el que flotaban grandes trozos de piedra como si fueran costras. El lago era tan inmenso que hacía que los cientos de criaturas del Mundo de las Profundidades que volaban sobre él parecieran diminutas. Había sobre todo brujas, pero también otros seres, unos monstruos que Charlie nunca había visto antes, con el aspecto de mosquitos enormes armados con trompas alucinantemente largas, concebidas a la perfección para penetrar en la carne y chupar los líquidos del cuerpo.

—¡Jolín! Este lugar es enorme —exclamó Charlie.

Los seres del Mundo de las Profundidades se volvieron de golpe y clavaron los ojos en el portal abierto… Se dirigieron volando hacia él.

—Benjamin, ¿ves a tus padres? —gritó la directora sacándole de su estupor.

—Mmmm… no —respondió Charlie mirando a su alrededor.

—¡Entonces sigamos! —la directora cerró el portal y abrió otro.

El nuevo portal daba a una gigantesca cueva del tamaño

de un campo de béisbol. La lava burbujeaba en las charcas que había por el suelo de la cueva y se deslizaba por las rugosas paredes en forma de ardientes arroyos que parecían venas brillantes. Hacían que la cueva pareciera un ser vivo, un organismo palpitante, como si fuera el corazón del volcán. El aire brillaba mientras las oleadas de calor ocultaban en parte las criaturas del Mundo de las Profundidades que se deslizaban y volaban por los recovecos más oscuros.

—¡Allí! —gritó Rex señalando un lugar.

Y entonces fue cuando Charlie los vio. Sus padres, retenidos como rehenes, estaban al final de la enorme cueva. Colgaban del techo, encerrados en unos ceñidos capullos de seda de araña que los acechadores habían tejido, sólo sus cabezas asomaban por ellos. Parecían estar inconscientes.

—¡Mamá! ¡Papá! —gritó Charlie. Las criaturas de la cueva se pararon en seco y, dando media vuelta, se precipitaron hacia él.

—¡Buen trabajo! —dijo desdeñosamente Pinch.

—¡Seguidme! ¡No nos queda tiempo! —vociferó la directora mientras saltaba por el portal y los demás la imitaban.

El calor que despedía la lava golpeó a Charlie con la fuerza de un contundente mazazo. Aspiró al instante hasta la última gota de agua de su piel y le chupó la energía como un vampiro ávido de sangre.

—¡Por aquí! —gritó Rex desenrollando su reluciente lazo mientras cruzaba corriendo la cueva, saltando sobre los pequeños charcos de lava y sorteando los más grandes. Pero fue la directora la que más sorprendió a Charlie. Aunque debía de tener unos cincuenta años para poder haber tenido unos estudiantes de la edad de Rex y Tabitha, se movía con una increíble rapidez. Corría tan veloz como un guepardo y saltaba sobre los ríos de lava con la elegancia de una gacela.

Mientras corría, se sacó de uno de los bolsillos del vestido de vivos colores la corta barra cubierta de runas que había usado antes para convertir a la bruja en una masa de carne sanguinolenta. Con un rápido movimiento de muñeca, la desplegó por ambos extremos para que se convirtiera en un largo bastón. Emitió una potente luz azulada, era tan fuerte que brillaba como un faro, penetrando con su luz la humeante bruma de la cueva.

—¡Estad alertas! —gritó Pinch

Al volverse, Charlie vio varios acechadores deslizándose con rapidez hacia ellos por ambos lados.

—¡Son de la clase cinco! —vociferó, contando rápidamente la cantidad de ojos al final de unos largos tentáculos que los bichos agitaban obscenamente por encima de sus cabezas.

Rex se giró y, moviéndose con una agilidad casi inhumana, cazó con el lazo las dos patas delanteras del acechador más cercano, la araña se estampó contra el suelo y se quedó patas arriba, dejando al descubierto sus delicados ojos al final de unos largos tentáculos.

—¡Córtaselos! ¡Usa el estoque! —le gritó Rex a Charlie.

Casi sin pensárselo, el chico sacó el estoque y lo dirigió hacia la cabeza de la criatura renqueante. Le cortó de un tajo los cinco ojos.

El acechador pegó un horrible alarido y se puso en pie, pero luego se tambaleó a ciegas y acabó cayendo en un charco de lava. Su cuerpo empezó a abrasarse en él y a humear.

—¡Buen trabajo, chico! ¡Ahora nos falta matar el otro millón que queda! —exclamó Rex.

La directora mientras tanto se ocupaba de los acechadores que se acercaban por el otro lado. Se desplazaba con tanta rapidez que parecía un torbellino, giraba y movía su barra de metal ferozmente como si fuera la cuchilla de una picadora, dejando a los acechadores convertidos en una pila retorcida de carne tras de ella. La sangre negruzca de los bichos salió disparada con fuerza por el aire y el lugar se cubrió con los largos y duros pelos de sus cuerpos.

—¡Jolín! —exclamó en voz baja Charlie, impresionado.

—Ya lo sé. Es ridículo, ¿verdad? —dijo Rex.

—¡Cuidado! —gritó Pinch mirando nervioso a su alrededor al ver la tromba de criaturas del Mundo de las Profundidades que se les estaba echando encima—. Están saliendo en tropel de todas partes.

—¡Déjalas que lo hagan! —le soltó Rex.

Aunque el vaquero parecía estar lleno de valor, Charlie empezó a preocuparse de veras. Podían matar a algunas de esas criaturas —quizás incluso a muchas—, pero no a todas ellas. Cientos de monstruos salían de todas partes como una nube negra. Algunos volando, otros corriendo, otros reptando, pero todos se dirigían hacia ellos a una vertiginosa velocidad.

—¡Tabitha, abre un portal! —ordenó la directora mientras le partía la cabeza a un arrojador de ácido dejándole los sesos al descubierto—. Hay demasiados. Tenemos que retirarnos.

—¿Y mis padres? —gritó Charlie.

—Ella tiene razón. Si nos matan no podremos ayudarlos —gritó Rex.

Y en ese momento fue cuando escucharon una siniestra carcajada.

Era grave, profunda, primitiva... La risa de algo tan espeluznante y feroz que la inminente masacre le parecía... divertida.

Al volverse, Charlie vio una bestia monstruosamente grande entrando en la cueva sobre seis patas largas y huesudas. Al igual que la mayoría de los seres del Mundo de las Profundidades, esta nueva criatura era una macabra versión de un animal conocido: en este caso, un cangrejo. Abría y cerraba sus dos pinzas gigantescas emitiendo unos aterradores *clacs*. Le salían de un cuerpo huesudo y azulado en forma de platillo, tan grande que casi podía llenar un campo de béisbol. De los profundos recovecos de su concha emergía una cabeza como una gárgola, con unos ojos rojos que no parpadeaban.

—¡Bienvenida, directora! —exclamó aquel monstruoso ser con una sonrisa burlona, haciendo chasquear de nuevo sus alucinantes pinzas.

—¡Hola, Verminion! —respondió ella.

14

Verminion el embustero

—¡**M**archaos! —les ordenó Verminion a los seres del Mundo de las Profundidades. Ellos, retrocediendo rápidamente, se ocultaron de la luz de la lava y se dispersaron por la oscuridad.

—Así que es aquí donde te has estado escondiendo estos últimos veinte años —le soltó la directora—. Un lugar muy agradable.

—No está mal, aunque no es tan cómodo como los ambientes a los que estoy acostumbrado.

—Entonces, ¿por qué no vuelves a tu palacio del Mundo de las Profundidades? —repuso ella con una sonrisa burlona—. Me encantará echarte una mano.

—De eso estoy seguro. Pero por desgracia mi trabajo exige que me quede en la Tierra. ¿Habéis traído el brazalete de Barakkas?

¡El brazalete!

Charlie advirtió de pronto que Verminion llevaba una gargantilla negra grabada con unas imágenes rojas idénticas a las del brazalete de Barakkas. ¿Guardaban alguna relación? ¿Era uno de los artilugios del Mundo de las Profundidades que Barakkas había mencionado?

—¿A qué brazalete te refieres? —le preguntó la directora como si nada.

—¡Ah, ya veo! —respondió Verminion lanzando un suspiro—. Vamos a jugar a ese juego. Pues lo siento. Me habría gustado poder devolverle al chico a sus padres con vida.

—¿De veras esperas que creamos que nos los ibas a entregar vivos si te hubiéramos traído lo que nos has pedido?

—¡Claro!

La directora sonrió.

—Supongo que lo dices porque podemos fiarnos de ti, ¿verdad?. Y de todos modos, ¿por qué quieres el brazalete de Barakkas? A ti no te sirve para nada.

—Quiero tenerlo yo para poder entregárselo en persona.

—¡Ah, ya veo! Estás esperando que Barakkas encuentre una forma de entrar en la Tierra, ¿no es cierto?

—Con el tiempo se unirá a nosotros —respondió Verminion sin darle importancia.

—Me encantaría saber cómo lo logrará. Ahora está aislado en el Mundo de las Profundidades y nosotros no tenemos ninguna intención de abrir un portal para que entre en nuestro mundo.

—Por lo que recuerdo, tampoco tenías la intención de dejarme entrar a mí. Y, sin embargo, aquí estoy… gracias a Edward —respondió Verminion volviendo su enorme cabeza para mirar a Pinch, que se puso blanco como la cera—. Me alegro de verte de nuevo, Edward. Has crecido.

—Ha pasado mucho tiempo —logró decir Pinch. Parecía que estuviera a punto de desmayarse.

—¿Qué? —exclamó Charlie asombrado—. ¿Pinch es el que abrió el portal por el que él entró a nuestro mundo?

—¡Oh, sí, seguro! —repuso Verminion dirigiéndose lentamente hacia el grupo con sus seis descomunales patas—. Supongo que tenía más o menos tu misma edad. ¿Estoy en lo cierto, Edward?

—Sí —reconoció Pinch dando un par de pasos hacia atrás.

—Tenía un Don muy poderoso. Era un doble amenaza. Supongo que estaba destinado a serlo. Nosotros, los habitantes del Mundo de las Profundidades a los que vosotros llamáis «nominados», lo observábamos con gran interés mientras crecía… al igual que estamos haciendo contigo, joven abreprofundidades.

Charlie tragó saliva.

—¡No te pases, Verminion, o me obligarás a hacer una ensalada de cangrejo contigo! —le advirtió Rex desenrollando el lazo y sacando la daga.

—¡Oh, qué asustado estoy! —dijo Verminion agitando una de sus poderosas pinzas displicentemente, aunque Charlie advirtió que la gigantesca criatura no siguió hablando.

—Es verdad que Pinch cometió un error cuando era niño, pero ya pagó un monstruoso e inolvidable precio por ello —reconoció la directora.

—¿Qué ocurrió? —preguntó Charlie.

—Me redujeron —dijo Pinch apenas en un susurro—. El director Dyer, el que había antes de Goodnight, me llamó abominable, un monstruo al que había que domar.

De pronto Charlie lo entendió todo. Pinch no había perdido el Don, se lo habían quitado. Había sido uno de los más poderosos —un doble amenaza, como Charlie y la propia directora—, pero, a diferencia de ellos, le habían arrebatado brutalmente el Don cuando no era más que un niño.

Ahora entendía por qué estaba enojado.

¡Qué solo debía sentirse!, pensó Charlie. ¡Qué desgraciado debía ser rodeado de personas con el Don, sabiendo que en el pasado él había tenido un gran poder!

—¡Qué lástima, querido! —exclamó Verminion compadeciéndose de él en un tono burlón—. Hicieron que fueras tan corriente como el resto de los mortales, ¿no es cierto, Edward? Te convertiste en uno más del montón, en un pelele. ¡Caramba! ¡Qué bajo pueden caer los poderosos!

—¡Porque me mentiste! —gritó de pronto Pinch—. Te creí cuando me dijiste que me ayudarías a vengarme de todos los que me estaban atormentando.

—¡Ah, un chico y su cangrejo! Me encanta esta historia —dijo irónicamente Rex.

—Y hablando de los que me atormentaban —observó Pinch volviéndose hacia el vaquero—, tú eras el peor de todos, Rexford, desde que éramos noobs.

—Porque te lo merecías.

—¿Por qué había de merecérmelo? ¿Qué te hice para que me odiaras tanto? ¿Para que todos me odiarais? —preguntó Pinch.

—Nunca te odiamos. Sólo que no nos caías bien. Que no es lo mismo —respondió Rex.

—No te atrevas a hablar por mí. Yo nunca me metí contigo, Edward, y siempre te traté bien —dijo Tabitha.

—Sólo porque así te sentías superior. Le dabas al rarito friqui de Pinch unas migajas de bondad para que viniera a pedirte más, como si fuera un perro.

—¡Corta el rollo! Estás intentando cambiar la historia a tu antojo. Eras arrogante y engreído. Nunca quisiste saber nada de nosotros porque creías que eras superior.

—No —dijo Pinch en voz baja—. Vosotros lo supusisteis porque yo siempre estaba solo, pero era porque nadie entendía lo mal que me sentía.

«¡Dímelo a mí!», pensó Charlie.

—Me sentía muy solo. Nunca pedí ser diferente de los demás o poderoso. Sólo quería ser como los otros chicos —prosiguió Pinch.

—Y ahora eres como ellos —le soltó Verminion tranquilamente.

Sus palabras le hirieron como si le hubieran disparado al corazón. Se hizo un gran silencio.

—Sí, ahora soy como ellos —repuso Pinch al fin—. Y asumo mis acciones. Cometí graves errores. En aquella época me sentía tan perdido y solo que me escapé de la Academia de las Pesadillas y abrí un portal en mi casa... y entonces fue cuando ocurrió.

—Abriste un portal en el Círculo Interior, ¿no es así? —le preguntó Charlie en voz baja.

Pinch asintió con la cabeza.

—En el palacio de Verminion. Lo hice sin querer.

—¡Oh, estoy seguro de que Charlie sabe cómo puede ocurrir una cosa así! —terció Verminion castañeteando de nuevo sus monstruosas pinzas.

—Él me habló. Y me prometió... Me prometió una serie de cosas si lo ayudaba a entrar en la Tierra —prosiguió Pinch.

—Y lo hiciste, ¿no es así? —dijo Verminion con una voz grave y seductora—. ¡Qué fuerte eras entonces!

—¿Qué pasó después de que él entrara? —preguntó Charlie.

—Hubo una carnicería. Verminion mató a toda su familia, a todos los del pueblo, a todos... menos a Pinch —dijo Rex fallándole un poco la voz.

—¿Por qué no me mataste? —gimió Pinch—. Asesinaste a mis padres delante de mis propios ojos. Debías haberme matado a mí también.

—¿Y privarte de ese delicioso sufrimiento?

—¡Cállate, Verminion! ¡Ya has hecho suficiente! —bramó Rex.

—¿Yo? —respondió Verminion—. ¿Y qué me dices de ti? Una bomba no explota por sí sola, alguien ha de encender la mecha. Tú la encendiste al atormentar a Edward, y la bomba estalló al dejarme entrar a vuestro mundo. Tú eres tan responsable como él.

Rex se vino abajo. Dio un vacilante paso hacia atrás. Era la primera vez que Charlie lo veía tan inseguro.

—Tienes razón. Lo siento, Edward, no sabía lo mucho que sufrías. Yo no era más que un niño, al igual que tú —dijo Rex al final disculpándose—. Creía que no te caía bien y supongo que me puse a la defensiva y te ataqué —añadió mirándole a los ojos—. Me equivoqué y te pido perdón. De veras.

—Yo también —dijo Tabitha.

Pinch asintió con la cabeza.

—Os lo agradezco.

—¡Oh, qué conmovedor…! ¡Me haréis llorar! —exclamó Verminion con una voz burlona.

—Asquerosa alimaña… —empezó a decir Rex dirigiéndose hacia él.

—¡Ya basta, Rexford! ¡Emprende una batalla que puedas ganar! —gritó la directora.

Rex la miró desafiante durante un instante, pero al final le obedeció.

—Es verdad que hace muchos años Pinch te dejó entrar en nuestro mundo. Y, sin embargo, después de los horrores que cometiste al llegar, no te hemos visto el pelo, Verminion. ¿Es que no eres una amenaza tan grande como creíamos? —dijo la directora.

—Llegará el día en que veréis cómo se desata mi furia.

—Pero ese día aún no ha llegado.

—No te preocupes, llegará pronto. ¡Despertad, pequeños! —dijo deslizándose hacia atrás como un cangrejo, acercándose a los padres de Charlie, que estaban suspendidos dentro de los capullos sobre unos charcos de lava burbujeante. Les dio unos golpecitos en la cabeza a cada uno con sus gigantescas pinzas.

Olga y Barrington abrieron lentamente los ojos.

—¿Charlie? —dijo Olga con voz ronca al ver a su hijo.

—Estoy bien, mamá. Hemos venido a rescataros.

—¡No! ¡Huye! —gruñó su padre—. Este lugar es... terrible.

—¡No os preocupéis! ¡Vamos a llevaros de vuelta a casa! —dijo Charlie.

—¿De veras? —le preguntó Verminion, y alargando sus dos gigantescas pinzas, rodeó con ellas el cuello de sus padres.

—¿Qué estás haciendo? —dijo entrecortadamente Charlie. Sin darse cuenta, se puso a correr hacia Verminion.

—¡Detente! —gritó la directora bloqueándole el paso.

—¡Pero va a matarlos!

—No, no lo hará. Es con lo único que puede chantajearte, y te necesita porque... —repuso ella.

De pronto, la directora se detuvo. Se quedó mirando fijamente los pies de Charlie.

Algo no encajaba.

No sabía decir exactamente qué era. Tenía que ver con la rugosa roca volcánica sobre la que el chico se encontraba. Había algo extraño en ella, algo que tenía que ver con el motivo por el cual Verminion necesitaba al chico...

—¡Nos ha engañado! —gritó la directora de pronto.

—¡Despídete de mamá y de papá! —dijo Verminion soltando una risita, y cerrando sus terribles pinzas, cortó a Olga y a Barrington por la mitad.

—¡Nooo! —gritó Charlie mientras los cuerpos de sus padres caían a la charca de lava que había debajo.

La directora se puso a hablarle a gritos, estaba intentando decirle algo, pero él no podía oír una sola palabra. Estaba impactado por la horrorosa escena que acababa de presenciar. Su mente volvió al pasado para analizar la escena, dando vueltas enloquecida.

«¿Ha ocurrido realmente? ¿Han muerto mis padres?»

—¡No...! —exclamó con un grito ahogado, y desplomándose se quedó de rodillas en el suelo.

Acababan de asesinar horriblemente a sus padres delante de sus propios ojos.

Estaba solo.

Oía otras voces a su alrededor. Tabitha y Rex —incluso Pinch— parecían estar hablando, pero no podía oír lo que decían, porque el pánico le había arrastrado como una gigantesca ola, arrojándole a las gélidas y hondas profundidades. Fue hundiéndose más y más, arrastrado por una corriente demasiado fuerte como para resistirse a ella nadando.

Estaba solo.... e iba a estarlo para siempre...

Y entonces fue cuando abrió el portal.

No lo hizo a propósito, ni siquiera intentó abrir uno, pero la horrorosa escena le obligó a hacerlo. Era enorme, aquel portal podría tragarse al que había abierto en la cámara del Consejo Supremo, casi llegaba hasta las estalactitas que colgaban del techo de la cueva, que era tan alta como un estadio. La boca del portal estaba rodeada de unas llamas purpúreas tan brillantes e intensas que parecían el fuego de un sol alienígena.

Todos dejaron de hablar de golpe y se quedaron mirando atemorizados el portal.

Entonces... algo monstruoso salió de él.

¡Era Barakkas!

—Bienvenido a la Tierra —dijo Verminion con una sonrisa.

—Ya era hora —respondió Barakkas llenando el aire de

llamaradas al golpear con sus gigantescas pezuñas la roca volcánica mientras se dirigía hacia Verminion—. Y ha sido gracias a mi querido amigo Charlie Benjamin —observó volviéndose hacia él con una sonrisa burlona.

—¡Qué he hecho! —exclamó el chico en voz baja.

Y entonces perdió el mundo de vista.

Charlie sintió algo frío en la frente.

Al abrir los ojos vio que estaba tendido en la cama de la enfermería. La supervisora Rose le estaba humedeciendo el rostro con un paño empapado en agua fría. En la tienda, iluminada con lamparillas de aceite, había un ambiente muy acogedor. Por las ventanitas redondas vio la luna llena saliendo en medio de un cielo nocturno tropical.

Estaba de nuevo en la Academia de las Pesadillas.

—¡Se ha despertado! —exclamó la supervisora—. ¡No vuelvas a hacerme esto, me has dado un susto de muerte, chico! —le dijo a Charlie—. Cuando te trajeron, estabas tan blanco como la cera. Tómate esto.

La supervisora le ofreció una taza con un líquido caliente y humeante. Al tomar un sorbo, Charlie sintió náuseas.

—¡Sabe horrible! —dijo con la voz ronca por el humo y el calor de la guarida de Verminion.

—No te he pedido tu opinión. Ni tampoco estoy haciendo un estudio sobre su sabor. Bébetelo y punto. Hará que el color vuelva a tus mejillas. Volveré más tarde para ver cómo te encuentras.

Y tras decir estas palabras, salió por la puerta arrastrando su gran trasero, cruzándose con Tabitha, que le ofreció a Charlie una cariñosa sonrisa.

—¿Cómo te encuentras? —le preguntó.

—Bien —respondió él dejando la taza sobre la mesita—. ¿Qué pasó?

—¿Te refieres a cuando te desmayaste? —dijo Rex con una sonrisa burlona saliendo de las sombras.

—¿Me desmayé?

—Sí, te desplomaste como un saco de patatas. Normalmente lo considero cosa de chicas, pero dadas las circunstancias, te perdono por esta vez. En realidad, nosotros tampoco nos lucimos demasiado. En cuanto Barakkas entró en la cueva, la directora abrió un portal y, agarrándote, huimos por él como un puñado de gallinas. Estuvimos a punto de no contarlo, pero al final logramos escapar.

—No todos —observó Charlie en voz baja—. Mis padres...

—¡Están vivos! —terció otra voz.

Al volverse, vio a la directora entrando en la tienda por un portal.

—Es lo que intentaba decirte antes de que estuvieras demasiado lejos como para oírme.

—¿Están vivos? ¿Cómo puede ser? No pueden estarlo después de lo que Verminion les hizo —dijo Charlie incorporándose en la cama.

—Tendrías razón si hubieran sido tus padres.

—Pero yo vi...

—Lo que él quería que vieras. Al principio yo también me lo creí, hasta que advertí la Sombra a tus pies. No apuntaba adonde se encontraban tus padres, sino a la derecha. Tardé unos instantes en descubrir lo que quería decir.

—Los seres a los que Verminion mató no eran mis padres, eran unos imitadores —observó Charlie comprendiéndolo todo de pronto.

—Así es. Tus padres no estaban en la cueva principal, sino en algún otro lugar.

—¡Están vivos! —exclamó el chico.

—Sí. Por desgracia no pudimos rescatarlos —dijo la directora.

—¡Jolín! ¡Pero si apenas pudimos rescatarnos a nosotros mismos! No la diñamos por un pelo —terció Rex separando el pulgar del índice y mostrando un espacio muy pequeño.

—Pero si Verminion no quería matar a mis padres, ¿por qué fingió hacerlo?

—Porque sabía que algo tan traumático haría que te dejaras llevar por el pánico y que abrieras un portal —dijo Tabitha en voz baja.

Charlie se quedó atónito.

—¿O sea que todo fue una treta para que Barakkas pudiera entrar en nuestro mundo?

La directora asintió con la cabeza.

—Verminion nos engañó desde el principio. Fue una trampa concebida para hacerte abrir un portal por el que Barakkas pudiera entrar. Verminion necesita a Barakkas por una razón que aún desconocemos y sólo de esta forma podía hacer que entrara en nuestro mundo sin que le pasara nada.

—¿Y el brazalete? ¿Aún lo quieren? —preguntó Charlie.

—¡Oh, lo más probable es que sí! —repuso la directora acercándose a la cama—. Y supongo que harán cualquier cosa por recuperarlo. De algún modo forma parte de su plan, aunque aún no sabemos del todo para que sirve. No voy a mentirte, Benjamin —añadió sacudiendo la cabeza gravemente—. Las cosas han ido de mal en peor. Tus padres corren un gran peligro y ahora tenemos que afrontar la amenaza de Verminion y de Barakkas. El Departamento de las Pesadillas no va a verlo con buenos ojos.

—Supongo que no —dijo Charlie.

—Sin embargo hay una pequeña posibilidad. Aunque tus

padres estén en peligro, al menos siguen con vida. Además, ahora sabemos dónde se encuentra la guarida de Verminion y conocemos mucho más el alcance de sus preparativos.

—¿Preparativos para qué?

—Para la guerra —dijo Rex metiendo los pulgares en las presillas del cinturón—. La guerra entre las criaturas del Mundo de las Profundidades y la raza humana. Verminion ha estado reuniendo un ejército... y está dispuesto a atacarnos.

—¿Por qué?

—Porque nos odia —respondió él—. Como todos los nominados. Verás, chico, ya no quieren vivir en el Mundo de las Profundidades. Quieren estar aquí, destrozando las grandes superficies, destruyendo los hogares. La Tierra es para ellos como un parque de juegos y saben que en ella van a ser los amos. Pero para conseguirlo nos necesitan a nosotros y a nuestras pesadillas, por eso nos odian.

—Pero si nos necesitan, ¿por qué quieren matarnos? —preguntó Charlie.

—Una vez las criaturas del Mundo de las Profundidades nos ataquen, el terror que producirán a escala mundial hará que las pesadillas aumenten...

—Y si las pesadillas aumentan, habrá más portales, y si hay más portales, podrán entrar muchas más criaturas por ellos para seguir atacándonos —concluyó Charlie.

—Exactamente. Lo llamamos «el efecto bola de nieve» —dijo la directora.

—¿Y ahora qué vamos a hacer? —preguntó Charlie en voz baja.

—Nada —repuso Tabitha apartándose un mechón de la frente con la mano—, al menos por el momento. La guerra no va a empezar ni hoy ni mañana. Aún tenemos un poco de tiempo.

—Nosotros sí, pero mis padres no lo tienen. Debemos volver para rescatarlos —observó Charlie.

—Aunque te resulte duro escucharlo, antes de volver a meternos en la guarida de Verminion tenemos que considerar cuidadosamente muchas cosas. Además, también hay la posibilidad de que hayan trasladado la guarida a otro lugar —dijo la directora.

—¿Me está diciendo que me olvide de mis padres?

—Por el momento, sí.

—¡Pero no puedo hacer eso! ¿Y si mueren en ese lugar? —gritó Charlie levantándose de un bote de la cama.

—Como ya te he dicho, estamos en guerra, y en una guerra hay bajas. Espero que podamos rescatar a tus padres, pero debes prepararte para la posibilidad de que no logremos hacerlo.

—¡Pero hemos de intentarlo!

—Lo haremos cuando podamos —respondió la directora en un tono más duro esta vez—. Tú no eres el único que ha sufrido, Benjamin. Hay otras personas en esta habitación que han pagado un precio muy alto para que tus padres tuvieran una oportunidad —añadió echando una mirada a Rex.

—Nunca pretendí que lo hiciera. Nunca se lo pedí —dijo el muchacho en voz baja.

—No te preocupes, chico —respondió Rex—. ¡Qué diablos!, ni siquiera recuerdo qué es lo que he perdido —aunque se lo dijera para consolarlo, las palabras del vaquero fueron para Charlie como una puñalada en el corazón.

—Cuando llegue el momento, haremos todo cuanto podamos para rescatar a tus padres. Por ahora concéntrate en recuperarte. ¡Oh, hay un par de personas que quieren verte!

La directora abrió la puerta de la enfermería. Teodoro y Violeta entraron dando saltos por ella.

—¿Se encuentra bien? —dijo Violeta.

—Pregúntaselo tú misma —repuso Rex mientras él, Tabitha y la directora salían de la tienda para que los tres pudieran hablar a sus anchas.

—¡Nos hemos enterado de todo! ¡Has estado en la guarida de Verminion! —exclamó Teodoro acercándose corriendo a su cama.

—¡No es divertido! —le riñó Violeta—. ¡Estuvimos muy preocupados por ti!

—Estoy bien, pero lo eché todo a perder —dijo Charlie.

—Sí, es lo que todo el mundo dice... —reconoció Teodoro.

Violeta le dio una patada en la espinilla.

—¡Oh! Quiero decir... que es lo que algunas personas dicen. Pero nosotros no pensamos lo mismo. Estoy seguro de que no fue por tu culpa.

—Pues sí, fue todo por mi culpa... y debo arreglarlo —respondió Charlie.

—¿Tú? ¿Cómo podrías arreglar una situación tan grave? —exclamó incrédula Violeta.

—No estaba pensando en hacerlo solo, sino con vuestra ayuda —dijo él.

Teodoro y Violeta se miraron perplejos.

—¿Ayudarte en qué? —preguntó el chico.

—A rescatar a mis padres.

—¿Pero no están en la guarida de Verminion?

—Sí —asintió Charlie con la cabeza—. Aunque para ser precisos ahora están en la guarida de Verminion y Barakkas.

—Vamos a ver si lo he entendido bien. ¿Me estás diciendo que quieres que nosotros, tres noobs, vayamos a la guarida de los dos seres más buscados del Mundo de las Profundidades para rescatar a tus padres, cuando la directora y los profesores lo han intentado y no lo han conseguido, y eso que entonces se enfrentaban a uno solo de los nominados?

—Así es. Bueno, esto será después de que hayamos robado el brazalete de Barakkas del Departamento de las Pesadillas —repuso Charlie.

—Perdona, no sé si lo he oído bien, ¿acabas de decir que quieres que vayamos a robar al Departamento de las Pesadillas? —preguntó Violeta inclinándose hacia delante.

—Sí, tenemos que apoderarnos del brazalete si vamos a hacer lo que estoy pensando.

—Has perdido la chaveta —le soltó ella.

—Mirad, chicos, sé que aunque hiciéramos la promesa de protegernos los unos a los otros… esta empresa es demasiado arriesgada.

—Tienes toda la razón del mundo —dijo Violeta.

—Y si no queréis ayudarme, lo comprenderé. Pero si decidís hacerlo, me irá fenomenal.

Se lo quedaron mirando incrédulos.

—¡Fabuloso! Será una absoluta demolición, sin ninguna esperanza de sobrevivir, con la destrucción garantizada —observó con una ancha sonrisa Teodoro—. Yo me apunto. Definitivamente.

—¿Es que habéis perdido los dos la chaveta? —preguntó Violeta.

—Venga. Será divertido —la tentó Teodoro.

—No, no será divertido, sino un estrepitoso fracaso. Ni siquiera tenéis un plan.

—En realidad, yo tengo uno —dijo Charlie.

—¿Ah, sí?

—Bueno…, sí. Aunque aún he de acabar de trazarlo.

Violeta sacudió la cabeza sin acabar de creérselo.

—¿Por qué no le pides a la directora que te ayude?

—Ya se lo he pedido. Y me ha dicho que no puede hacerlo —repuso Charlie en voz baja.

—¡Porque sabe que es una locura! Es imposible. No tenemos ni idea de lo que estamos haciendo. No somos más que unos estudiantes —exclamó Violeta.

—Por eso exactamente os necesito, chicos. Para que mi plan funcione, Barakkas y Verminion han de creer que actuamos por nuestra cuenta, que no somos más que unos estúpidos chicos.

—¡Pero eso es lo que somos! —gritó Violeta—. Al menos eso es lo que seremos si intentamos llevar a cabo lo que nos estás pidiendo. ¿Quieres que robemos un objeto del Departamento de las Pesadillas? ¿Eres consciente de lo que nos pasará si nos cogen? Lo más probable es que nos reduzcan.

Charlie asintió con la cabeza.

—Sí, seguramente tienes razón. Los riesgos son… enormes. En realidad, si me pidieras que hiciera lo mismo por ti… Bueno, sinceramente, no creo que tuviera agallas para llevarlo a cabo.

Intentó encontrar las palabras adecuadas para continuar, decir algo para que Violeta decidiera ayudarle, pero no se le ocurrió nada, y al final le dijo simplemente la verdad.

—Mis padres me han estado protegiendo toda la vida de aquellas personas que creían que yo era una especie de bicho raro horrible, y había un montón de ellas, créeme. Y ahora son mis padres los que necesitan que les proteja. Yo sólo… tengo que hacer todo cuanto pueda por ellos, eso es todo. Si no lo entiendes, lo comprenderé.

—¿Te apuntas? —le preguntó Teodoro a Violeta.

Ella sacudió la cabeza sin acabar de creérselo.

—Todo este asunto es ridículo. Es absurdo… Ni siquiera puedo llegarme a imaginar…

—¿Te apuntas? —insistió Teodoro.

—¡Oh, Dios!, sí... me apunto.

Charlie sonrió, disfrutando del compañerismo de sus leales amigos.

—¡Pongámonos manos a la obra! —dijo.

PARTE

· III ·

La panza
de la bestia

15

EL ASALTO AL DEPARTAMENTO DE LAS PESADILLAS

L a cálida brisa nocturna hacía susurrar las hojas de la gigantesca higuera que sostenía la Academia de las Pesadillas en sus imponentes ramas. Al moverse suavemente, dejaban que la luz de la luna penetrara a intervalos por ellas, iluminando tenuemente a Charlie, Violeta y Teodoro mientras cruzaban el puente de cuerda que conectaba la enfermería con el antiguo buque de guerra británico en el que dormían los organizadores.

—Aún no puedo creer que ayer viera a Brooke jugando con una Gameboy. ¿No os parece raro? —dijo Teodoro.

—¿Por qué tendría que serlo? Quizás a ella le gusten los videojuegos —repuso Violeta.

Teodoro emitió un zumbido como si fuera un ordenador.

—¡Bzzz! No cuela. La información no se puede procesar. Si a las chavalas también les gustaran las Gameboys, ¿no te parece que se llamarían «Gamegirls»? —le soltó sonriendo triunfalmente.

—¿Sabes que tienes un grave problema mental? —le respondió Violeta—. A las chicas nos gustan tanto los videojuegos como a vosotros. Lo que no entiendo es por qué tenemos que robarle la Gameboy.

—Será nuestro anzuelo —dijo Charlie sin entrar en más detalles—. Venga, seguidme y no hagáis ruido. Ya casi hemos llegado.

Acabaron de cruzar el puente y llegaron al barracón de los organizadores. Charlie echó un vistazo por la ventanita redonda de la puerta. El lugar estaba a oscuras. No se veía un alma.

—Por lo que parece, todo el mundo está durmiendo. Entraré para ver si encuentro su habitación. Vosotros esperadme fuera vigilando.

—Yo voy contigo —le susurró Teodoro—. Si las cosas se ponen feas y tienes que luchar, vas a necesitarme.

—Si tuviera que luchar, ¿no te parece que le sería más útil una desterradora? —dijo Violeta.

—No se trata de una lucha contra las criaturas del Mundo de las Profundidades, sino contra seres humanos, cuerpo a cuerpo, y para eso necesita una terrible máquina destructora, por ejemplo, a mí —le soltó Teodoro.

—No va a haber ninguna pelea. Sólo voy a entrar sin hacer ruido en la habitación de Brooke, le voy a robar la Gameboy y me iré. Será pan comido. Vosotros dos esperadme aquí y mantened los ojos bien abiertos —dijo Charlie.

Las tablas de madera del suelo crujieron de forma alarmante mientras Charlie se dirigía al barracón de los organizadores. Echó un vistazo a los camarotes, uno a uno. Al final, en el segundo piso, dio con el de Brooke Brighton. Entró sigilosamente y vio que estaba durmiendo en una hamaca que se balanceaba con suavidad con la brisa que entraba por las ventanas abiertas. Incluso dormida era tan guapa que a él le costó creer que fuera la misma chica que hacía pocos días lo había atormentado.

Se puso a revolver sus pertenencias, en busca de la Gameboy. No estaba en los bolsillos de los pantalones que ella había arrojado despreocupadamente al suelo antes de meterse en la cama. Charlie se dirigió al armario y abrió el cajón de arriba. Chirrió como si se hubiera salido de las guías.

Brooke se removió en la hamaca. Él se quedó paralizado.

—No puedo evitarlo. No sigas o caeré... —murmuró nerviosa en sueños.

Charlie comprendió de pronto que ella estaba teniendo una pesadilla. Apresurándose, rebuscó por el cajón, y al no encontrar la Gameboy, se puso a revisar otros cajones.

Tampoco lo encontró.

—No me empujes... —murmuró Brooke ahora más agitada—. No hay nada a lo que pueda agarrarme...

Charlie ya no sabía en qué lugar buscarla. ¿Dónde podía haberla escondido? Entonces descubrió un bulto cuadrado bajo la almohada sobre la que su cabeza estaba apoyada, se marcaba claramente a través de la hamaca. Charlie se tranquilizó y metió la mano debajo de la almohada. Brooke se removió y se dio la vuelta mientras su pesadilla se hacía más violenta.

—Voy a estrellarme contra las rocas... —dijo respirando entrecortadamente—. ¡Ayúdame! ¡No dejes que lo hagan!

—Relájate. Estás bien. No va a pasarte nada —le susurró Charlie.

—¡No! —gritó Brooke en sueños—. ¡Ayúdame, voy a morir!

«Es mejor que haya perdido el Don —pensó Charlie—. De lo contrario podría abrir un portal en el Mundo de las Profundidades en este mismo...»

Y entonces fue cuando se abrió un portal en el camarote.

«¡Oh, no! —pensó Charlie—. ¡Aún conserva el Don y ni siquiera lo sabe!»

Pero antes de que pudiera cerrar el portal, salió de él una criatura del Mundo de las Profundidades. Charlie había visto una parecida antes. No sabía cómo se llamaba, pero era uno de esos bichos con aspecto de mosquito que volaban sobre el lago de lava en la guarida de Verminion. Por suerte, no era tan grande como aquéllos —probablemente era sólo de la clase uno o dos—, pero su larga trompa en forma de aguijón seguía siendo una tremenda amenaza.

Girando en medio del aire, fue directo al portal abierto, desesperado por volver al Mundo de las Profundidades.

«Debe de estar sintiendo algún tipo de dolor», concluyó Charlie, recordando que la Academia de las Pesadillas había dejado inutilizado temporalmente a Barakkas. Pero a este bichito no le había ocurrido, lo cual le hizo pensar que tenía razón cuando había dicho a sus amigos que la Academia afectaba mucho más a los seres poderosos del Mundo de las Profundidades que a los débiles, pero era evidente que aquel mosquito también estaba sintiendo alguna clase de dolor.

De pronto, el portal bordeado de ardientes llamas se cerró tan deprisa como se había abierto, encerrando a aquel bicho volador en el camarote. El mosquito, enojado, zumbó y se lanzó con violencia en medio del aire, chocando contra las paredes con sus largas alas cubiertas de venas, intentando frenéticamente salir al exterior.

—¡No hagas ruido! —exclamó Charlie haciéndole callar. Pero en cuanto rodeó con su mano la Gameboy que había debajo de la almohada de Brooke, el bicho volador, desesperado, se abalanzó en picado hacia él como una bomba. Con un diestro movimiento, Charlie sacó el estoque y lo usó para esquivar el enorme aguijón de la trompa emitiendo un metálico *clang*. El bicho, irritado, se puso a zumbar de forma ruidosa y luego se alejó volando para intentar atacar a Charlie de nuevo.

—¿Qué... qué pasa? —preguntó Brooke abriendo los ojos.

—Has tenido una pesadilla y este bicho ha entrado por un portal —respondió Charlie levantando de nuevo el estoque.

El bicho revoloteó frenético contra el techo del camarote, como una mosca atrapada en el cristal de una ventana, y luego se lanzó de nuevo como una flecha contra él. Charlie lo esquivó y se giró con rapidez, golpeándolo por detrás con el estoque y arrancándole la punta del ala derecha.

—¡Eh! —gritó Brooke saltando de la hamaca ahora totalmente despierta—. ¿Qué estás haciendo aquí? ¡Tú no eres un organizador!

—¡No importa! Ayúdame.

Y entonces fue cuando Brooke vio la Gameboy en la mano de Charlie.

—¡Ladrón! ¡Devuélvemela! —gritó.

El bicho se abalanzó de nuevo contra Charlie como una bomba, pero, al fallar, le picó a Brooke en el hombro con su enorme aguijón.

—¡Aaay! —chilló ella mientras el bicho se aferraba a su espalda con sus pegajosas patas y le chupaba la sangre a una alarmante velocidad. Brooke se puso a girar y a chocar contra las paredes, pegando alaridos, mientras Teodoro y Violeta entraban corriendo en el camarote, seguidos por varios organizadores que se habían despertado con el barullo.

—¿Qué está pasando? —dijo Violeta.

—¿A ti qué te parece? —le soltó Charlie intentando golpear de nuevo al maldito bicho del Mundo de las Profundidades—. ¡Brooke, deja de moverte! ¡No puedo darle si no te estás quieta!

—¡Me duele! ¡Que alguien haga algo! —gimió ella.

—¡Yo la sujetaré! —dijo Teodoro y entonces se abalanzó sobre Brooke y la inmovilizó en el suelo. Las alas del bicho vibraban frenéticamente contra su cara—. ¡Mátalo ahora! —gritó.

—¡Ya lo haré yo! —exclamó Violeta desenfundando la daga que llevaba colgada del cinturón. Pero antes de que le diera tiempo a hacerlo, un brillante lazo apareció por la puerta y aprisionando al bicho volador, lo estranguló en el acto.

Al girarse todos, vieron a Rex plantado en la puerta.

—¿Qué demonios está pasando? —dijo.

—Mmmm... —tartamudeó Charlie—. Sólo estábamos...

—¡Robando! —gritó Brooke mientras se sacaba el aguijón que el bicho le había clavado en la espalda—. Y por lo que sé, ¡abrió un portal para que entrara ese bicho y me matara!

—¡No es verdad! ¡Fuiste tú la que abriste el portal! Yo sólo intentaba ayudarte —le respondió Charlie gritando a su vez.

—¡Ladrón! ¡Embustero! Yo ya no puedo abrir ningún portal, ¿o es que eres tan estúpido que no te has dado cuenta, noob?

—¡Basta! ¡Los dos vais a venir conmigo! —dijo Rex.

—Yo... no puedo —exclamó Charlie retrocediendo.

—¿No puedes?

El chico cerró los ojos y concentrándose con todas sus fuerzas, intentó conectar con su peor miedo: la sensación de estar solo en el mundo. Esta vez lo logró con una alucinante rapidez. En su mente vio todos los lugares en los que había abierto un portal: aparecieron ante él como brillantes esferas de luz, algunos de los destinos brillaban más que otros.

Se concentró en uno de ellos. Su cuerpo se cubrió de llamas violeta.

—¿Qué estás haciendo, chico? —gritó Rex cada vez más alarmado.

—Lo siento. Lo siento mucho —dijo Charlie.

De pronto se abrió un portal delante de él

—¡Venga, tenemos que irnos! —les dijo a Teodoro y Violeta corriendo hacia el portal. Tras dudar un instante, sus amigos le siguieron.

—¡Eh! ¡Vuelve, ladrón! ¡Devuélveme la Gameboy! —chilló Brooke saltando hecha una furia por el portal para perseguirlos.

—¡Ah, no...! —exclamó Rex lanzándose también velozmente hacia él. Pero antes de que le diera tiempo a llegar, el portal ya había desaparecido.

Charlie, Teodoro, Violeta y Brooke se descubrieron en medio de una rocosa y desierta llanura del primer anillo del Mundo de las Profundidades.

—¡Devuélvemela, idiota! —le soltó Brooke a Charlie arrebatándole la Gameboy de las manos. Y entonces fue cuando advirtió que estaban rodeados de un montón de bichos delgaduchos y chirriantes—. ¡Puaj, gremlins! —se quejó haciendo una mueca de asco.

—No te preocupes, no te harán daño. Sólo les gusta masticar aparatos eléctricos —dijo Charlie.

—¡Ya lo sé, noob!, pero siguen siendo asquerosos.

—Estoy seguro de que ellos tampoco se alegran de verte —le soltó Charlie apoderándose de la Gameboy—. Ya estuve en esta zona antes por casualidad, cuando estaba buscando a mis padres. Toma, enciéndela y entretén con ella a la mayor cantidad de gremlins posible —le dijo a Violeta entregándole la Gameboy.

—¡Yo lo haré! Puedo hacerlo mejor que ella —se ofreció Teodoro.

Charlie sacudió la cabeza.

—Violeta es una desterradora. Es la clase de trabajo que se supone que ha de hacer. Además, te necesito para que abras un portal en la Academia de las Pesadillas.

—¿En la Academia de las Pesadillas? —preguntó sorprendido Teodoro—. Yo creía que íbamos a abrir uno en...

—No es para nosotros, es para Brooke —le interrumpió Charlie—. Voy a mandarla de vuelta a casa.

—¡Te equivocas! Yo no voy a moverme de aquí —le soltó ella.

Charlie sintió que la cabeza empezaba a dolerle.

—¿Por qué no?

—Porque es evidente que estás tramando algo y voy a asegurarme de que no te salgas con la tuya. Hagas lo que hagas, no voy a separarme de ti.

—¡Ni lo pienses! —dijo él.

—Intenta impedírmelo, si te atreves —repuso Brooke acercándose a él. Estaba tan cerca, que su cuerpo le resultó increíblemente intimidador... y un poco excitante. Charlie quería ponerse a chillar, pero intentó tranquilizarse.

—De acuerdo. Ya puedes empezar —le dijo a Violeta.

—¿Qué vamos a hacer con los gremlins en cuanto los reúna a todos? —preguntó ella.

—Ya lo verás. Ya puedes encenderla.

—¡Va a ser de lo más asqueroso! —masculló Violeta mientras pulsaba el botoncito para encender la Gameboy. Al instante, cientos de gremlins giraron sus cabezas hacia ella, como un cohete yendo derechito al blanco. Lanzando un gemido, Violeta se dirigió corriendo hacia el grupo más numeroso, agitando con energía la Gameboy en el aire. Los gremlins treparon enloquecidos por su cuerpo, saltando y pegando botes, intentando atrapar el aparatito que sostenía entre los dedos. Llegaron tantos que al cabo de poco tiempo Violeta quedó sepultada bajo una pila de frenéticos bichos intentando zamparse un bocado de electricidad.

—¿Por qué estás haciendo esto? —preguntó Brooke.

—Lo verás enseguida —le respondió Charlie, y entonces cerró los ojos y se concentró para abrir otro portal.

La directora se encontraba ante el director del Departamento de las Pesadillas en la pulida cámara de cromo y acero del Consejo Supremo. Era evidente que no se alegraba de estar en ella, sobre todo porque Drake estaba chillando como un loco.

—¡Le avisé! —gritó lanzando asquerosamente un montón de escupitajos al hablar—, le advertí que si se ocupaba de Charlie iba a cargar con las consecuencias de las acciones del chico.

—Sí, así es —repuso ella.

—Y ahora ha ocurrido lo peor. No sólo nos tenemos que enfrentar con Verminion sino también con Barakkas, por no mencionar el ejército de criaturas totalmente desarrolladas del Mundo de las Profundidades, preparadas y dispuestas a atacarnos.

—Es verdad —reconoció ella—. Y sin embargo… hemos descubierto esta información y la exacta localización de su guarida sólo gracias a los extraordinarios esfuerzos del chico.

—¡Esto no es un juego de embaucadores, Brazenhope! —repuso el director Drake—, y usted no va a proteger al chico con su ingenioso juego de palabras. Nos ha fallado de la peor forma y será castigado por ello.

—¡No será castigado! No lo permitiré —le dijo ella simplemente.

—¡Yo soy el que dirige el Departamento y mis palabras son ley! —rugió Drake—. El chico será reducido y sometido a un riguroso control en el Departamento de las Pesadillas hasta que creamos que ya no constituye una amenaza.

Los doce miembros del Consejo asintieron respaldando la decisión de Drake.

—Si ésta es su decisión, me obligará a actuar de una forma que no deseo —dijo con suavidad la directora.

Drake se levantó de un brinco de la silla.

—¡No se le ocurra amenazarme, mujer! —vociferó hecho un basilisco con las venas hinchadas y rojas palpitándole en las sienes—. ¡La he tolerado por su brillante historial de servicio en el Departamento de las Pesadillas, pero si me lleva la contraria oponiéndose a nuestras leyes, la declararé una traidora y utilizaré todos los medios que tengo a mi alcance en el Departamento de las Pesadillas para que se las vea con la justicia!

—¿A qué leyes se está refiriendo? ¿A las que siempre hemos seguido o a las nuevas que usted parece vomitar a diario? —le soltó ella tranquilamente.

De pronto se abrió un portal en medio de la cámara del Consejo Supremo. Rex salió corriendo por él, seguido de Tabitha.

—¡Será posible! —rugió Drake—. Está prohibido abrir directamente un portal en el Departamento de las Pesadillas. Primero deben abrir uno fuera y pasar después por los controles de seguridad.

—Ojalá pudiéramos haberlo hecho, pero me temo que no tenemos tiempo para formalidades. Se trata de Charlie —dijo Rex volviéndose hacia la directora—. Se ha ido y ha hecho algo, aunque no estoy seguro de qué es exactamente, pero me temo que no es nada bueno.

La directora lanzó un suspiro.

—Me lo temía —dijo. De pronto se abrió otro portal en la cámara del Consejo Supremo.

—¿Y ahora qué? —chilló Drake—. ¿Es que nos vamos a saltar todas las normas? ¿Acaso reina el caos?

Y entonces fue cuando una Gameboy salió volando del portal y se estrelló contra el duro suelo de piedra.

—¡Qué diablos…! —masculló Drake agachándose para ver qué era. Justo en ese instante cientos de gremlins saltaron por el portal abierto como un incontrolable torrente. Al intentar agarrar desesperadamente la Gameboy, sepultaron en un abrir y cerrar de ojos al director—. ¡Ayúdenme! —chilló—. ¡Me están atacando! ¡Es un intento de asesinato!

Pero antes de que alguien pudiera reaccionar, los gremlins dejaron de pronto de pelearse por el aparatito, moviéndose al unísono, como una corriente de agua, al comprender que ahora se encontraban en lo que era para ellos una tienda de caramelos llena de sabrosos cables e hilos eléctricos y de zumbantes terminales de ordenadores por arriba, por abajo y por todos lados.

Mientras el director Drake seguía gritando a voz en cuello que destruyeran a los frenéticos bichos, los gremlins se apartaron de él de golpe y se abalanzaron contra las paredes y el techo, arrancando los paneles de madera para masticar los cables eléctricos que había debajo, escarbando en los conductos de ventilación para acceder a las jugosas instalaciones de la maravilla tecnológica que era el Departamento de las Pesadillas.

—¡Tomad las armas! ¡Tomad las armas! —gritó Drake—. ¡El Departamento de las Pesadillas está en peligro! ¡Destruidlos antes de que haya un apagón!

Mientras la tromba de gremlins desaparecía en el corazón eléctrico del Departamento de las Pesadillas, cientos más salieron por el portal para reemplazarlos. Pero no fueron los únicos que lo hicieron.

Tres pequeños seres humanos salieron también de él sin que nadie lo advirtiera.

O casi nadie.

La directora vio a Charlie, Violeta y Teodoro saliendo a la cámara del Consejo Supremo escondidos entre la tromba de gremlins desmadrados.

—¡Qué chico más listo! —exclamó.

En el pasillo había una frenética actividad.

Los gremlins corrían enloquecidos, saltando por el techo y correteando frenéticos bajo los pies de los trabajadores que intentaban reparar los daños de la instalación eléctrica. Los abreprofundidades y los desterradores se afanaban furiosamente para desembarazarse de las irritantes criaturas. Las luces del techo parpadearon de forma alarmante y de los carteles de SALIDA, las terminales y los salivómetros que había en diversas puertas salió una lluvia de chispas.

—¿Qué es lo que estamos buscando? —preguntó Violeta saltando sobre un nido de serpientes de siseantes cables.

—¡El brazalete! —dijo Charlie—. Aquí es donde lo guardan y necesitamos dar con él.

—¡Benjamin! —gritó una voz a sus espaldas.

Al girarse, Charlie vio a la directora corriendo hacia ellos, seguida de Rex y Tabitha. Brooke también les seguía detrás con una sonrisa de suficiencia.

—¡Estupendo! —exclamó Teodoro—. Se ha chivado.

—¿Y ahora qué hacemos? —preguntó Violeta.

—Supongo que lo mejor será hablar con ellos —dijo Charlie.

—Podría preguntarte qué es lo que crees que estás haciendo —le riñó la directora al llegar junto a ellos—, pero me temo que ya lo sé. Quieres salvar a tus padres, pero robar el brazalete de Barakkas para cambiarlo por sus vidas no es la forma de hacerlo.

—Eso es lo que yo intenté decirle —dijo Brooke metiendo cuchara.

—Debes comprender que el nominado te dirá cualquier cosa para recuperarlo y que, una vez lo tenga, os matará, a todos vosotros... u os hará algo peor aún.

—Exactamente —dijo Brooke.

—Mire, no estoy loco. Sé que lo que estoy haciendo no parece tener ningún sentido, pero tengo un plan. No soy tan estúpido como cree —dijo Charlie.

—Yo no creo que seas estúpido, Benjamin —repuso la directora—, pero eres joven e impulsivo, y puede que no acabes de ver los peligros que tú y tus amigos estáis corriendo, por no mencionar los riesgos que también estamos afrontando nosotros. Has de considerar la situación en su conjunto.

—Sí, pero usted se ha olvidado del detalle «más pequeño» —dijo Charlie—. El detalle en el que yo precisamente me estoy fijando: que hay unas personas que pueden morir. Unas personas a las que yo conozco y quiero. Y no voy a dejar que eso ocurra.

—Entiendo tu preocupación, pero no puedo dejarte hacer lo que estás planeando. Si lo hiciera, no podría vivir con ese peso en mi conciencia.

—Entonces tendrá que intentar detenerme, porque yo tampoco podría vivir tranquilo si no tratara de salvar a mis padres —respondió Charlie.

Hubo un momentáneo empate.

De repente, mientras los gremlins seguían correteando enloquecidos por todas partes, se produjo un apagón. Las luces de emergencia se encendieron bañándolo todo con un inquietante resplandor rojo interrumpido sólo por las brillantes chispas blancas que saltaban de la instalación eléctrica. El aire se llenó de humo y gritos.

—Mire, sé que puede que me equivoque estrepitosamente —dijo Charlie en voz baja— y también que las consecuencias de mis acciones pueden ser terribles. Lo que estoy haciendo quizá no parezca lo más lógico o lo más seguro del mundo, pero mi instinto me dice que estoy haciendo lo correcto. Una y otra vez me han pedido que confíe en su criterio y yo lo he hecho. Ahora le pido que confíe también en mí.

La directora se lo quedó mirando intensamente durante un instante, casi como si intentara leerle el pensamiento y averiguar si estaba diciendo la verdad.

De pronto una voz retumbó en la otra punta del pasillo. Era la del director Drake.

—¡Desterradores! ¡Abreprofundidades! —gritó dirigiéndose hacia ellos pisando fuerte, pasando entre un nido de ratas, de paneles de madera arrancados y de cables chisporroteando—. ¡Atrapad a ese traidor de Charlie Benjamin y también a sus cómplices y llevadlos a la Sala de Reducción enseguida!

Varios desterradores y abreportales se volvieron hacia el muchacho.

—¿Directora? —dijo Charlie.

—¡Ve! —repuso ella señalándole el fondo del pasillo—. El brazalete de Barakkas está en la puerta donde pone PROYECTOS ESPECIALES.

—¡No puede dejar que lo haga! —protestó Brooke—. ¡Va... en contra de las normas! ¡Va a meterse en problemas!

—Espero que no sean demasiado serios, porque tú los vas a acompañar —dijo la directora.

—¿Qué? —dijo Brooke con un grito ahogado.

—¿Qué? —exclamó también Charlie.

—Tú eres una organizadora, señorita. Tu trabajo consiste en «organizar», lo cual significa ayudar, y eso es precisamente lo que espero que hagas.

—¡Pero en la *La guía del Mundo de las Profundidades del Departamento de las Pesadillas,* en la edición de Drake, pone claramente que...

—¡Yo no enseño la edición de Drake, sino la de Goodnight! —bramó la directora—. Y en esta edición los organizadores no son simples soplones que se dedican a acusar a los miembros de su equipo, sino valiosos y vitales componentes de una unidad cuyo objetivo es proteger a la humanidad. Habéis empezado esta pequeña aventura juntos y espero que la terminéis juntos.

—Pero... —gimoteó Brooke.

—¡Marchaos! —rugió la directora—. ¡Los dos!

Brooke dio unos vacilantes pasos hacia atrás y luego se dio media vuelta para unirse a Violeta y Teodoro, que ya se habían alejado corriendo por el pasillo.

—¿Y el director? —preguntó Charlie echando una miradita a Drake, que en esos momentos estaba bregando con un tubo de la calefacción para sacarlo de en medio del pasillo e intentar atraparlo.

—No te preocupes, ya nos ocuparemos de él —dijo la directora con tranquilidad.

—¡Gracias! —repuso Charlie y luego echó a correr por el pasillo para dar alcance a sus amigos.

—¡Eh, ustedes! —gritó Drake enfurecido con los ojos saliéndosele de las órbitas al llegar al fin junto a Rex, Tabitha y la directora—. Como no me ayuden los tres ahora mismo a atrapar al traidor, les voy a hacer responsables de todo.

—¿Ah, sí? —respondió Brazenhope—. Creo que ya sabes lo que tienes que hacer —le dijo a Rex.

—¡Seguro! —repuso él y tras lanzar el lazo, inmovilizó al director Drake como si fuera un becerro en un rodeo.

—¿Qué demonios creen que están haciendo? —bramó Drake—. Saben lo que esto significa, ¿verdad? Les despojaré de su rango y les meteré en la cárcel de por vida. ¡Haré que les reduzcan a todos!

—Tabitha, abre un portal si no te importa —dijo la directora.

—¿En algún lugar en especial? —preguntó ella.

—¡Oh, sí! Hay un lugar en concreto al que me gustaría que fuéramos… —respondió la directora.

Charlie intentó leer los letreros de las puertas mientras pasaban corriendo por delante de ellas, tratando desesperadamente de evitar que los desterradores y los abreprofundidades que los perseguían les dieran alcance.

LABORATORIO PARA ANALIZAR LAS TELARAÑAS DE LOS ACECHADORES, ponía en una de las puertas.

CENTRO DE DECAPITACIÓN DE GORGONAS, ponía en otra.

—¡La he encontrado! —gritó Teodoro señalando una puerta frente a él.

—¡Ábrela! —exclamó Charlie mientras llegaban a la puerta en la que ponía PROYECTOS ESPECIALES—. Ahora que la luz se ha ido, no creo que esté cerrada.

Violeta y Teodoro se lanzaron con todas sus fuerzas contra la puerta, pero se sorprendieron al descubrir que se abría fácilmente. Los cuatro se precipitaron al interior y Charlie pudo cerrarla justo a tiempo de dejar fuera a sus perseguidores.

—Brooke, vigila la puerta, no dejes que entren —le dijo Charlie.

—¡No pienso hacerlo! —replicó ella—. El reglamento diecisiete de *La guía del Mundo de las Profundidades del Departamento de las Pesadillas,* tanto en la edición de Drake como en la de Goodnight, dice claramente...

—¡Me importa un bledo lo que digan las normas!

—Pues no debería ser así, porque eres el que se las está saltando.

—Quizá tengas razón, pero tú también lo has hecho.

—¿Qué? —exclamó Brooke asombrada.

—Nos seguiste al Mundo de las Profundidades cuando Rex nos dijo que no lo hiciéramos. Y te encontrabas con nosotros cuando estábamos rodeados de gremlins. Formabas parte de nuestro grupo cuando destruimos el Departamento de las Pesadillas y ahora estás también aquí con nosotros, en la sala de Proyectos Especiales.

Brooke se puso lívida.

—Sabes que yo no quería hacerlo.

—Intenta explicarle eso al director Drake.

La puerta empezó a moverse, mientras los desterradores se lanzaban con todas sus fuerzas contra ella.

—La directora dijo que ibas a ayudarnos. Por favor..., hazlo —le pidió Charlie.

—¡Te odio! —le respondió Brooke con los ojos enrojecidos de rabia, y luego apoyó el hombro contra la puerta para amortiguar los contundentes golpes que le estaban dando desde el otro lado—. Apresúrate, no voy a poder contenerlos durante demasiado tiempo.

—¡Haré todo cuanto pueda! —respondió Charlie.

Al dar media vuelta para inspeccionar la habitación, descubrió frente a él el gigantesco brazo amputado de Barakkas descansando sobre una mesa de disección de metal. Estaba empezando a descomponerse. La piel se estaba desprendiendo en forma de grandes tiras grisáceas. El brazalete, en cambio, seguía sujeto alrededor de la muñeca, brillando en la penumbra.

—¡Aquí está! Éste es el brazalete de Barakkas —exclamó Charlie.

—¡Pues cógelo de una vez —gritó Teodoro— y marchémonos de aquí antes de que nos atrapen!

—¡Es demasiado tarde! —les dijo una voz que salía de la oscuridad.

Al girarse sorprendidos, vieron a un hombre alto y musculoso con una abundante mata de pelo negro ondulado que se dirigía hacia ellos. De su cinturón colgaba un enorme mandoble. Teodoro se quedó boquiabierto al verlo.

—¿Papá? —exclamó—. ¡Creía que estabas en una *op secret*!

—Y así es. Estoy en ésta —repuso el padre señalando el gigantesco brazo amputado—. Me han ordenado vigilar el brazalete para que no pueda robarlo ningún ser del Mundo de las Profundidades, pero nunca llegué a imaginar que fuera mi propio hijo el que intentara hacerlo. Me llamo William Dagget —les dijo.

—Encantada de conocerle, señor —respondió Violeta.

—Lo mismo digo —añadió Charlie—. Yo soy… mmmm… el mejor amigo de su hijo, supongo. Me llamo Charlie.

—Ya sé quién eres —respondio William frunciendo un poco el ceño—. Por lo que veo, no has tardado demasiado en meter a mi hijo en problemas.

—¡Es precisamente lo que ha hecho conmigo! —gritó Brooke empujando con todas sus fuerzas la puerta para impedir que la derribaran.

—No ha sido sólo cosa suya, papá —respondió rápidamente Teodoro—. Todos hemos querido participar en esto. Verás, estamos en una misión para salvar a unas personas.

—Es asombroso, considerando que hace tan poco que eres un desterrador. ¿Cuánto tiempo hace que lo eres? Dos días, ¿verdad?

¡Un desterrador!

Teodoro miró hacia otra parte, sin saber exactamente qué decirle.

—Y hablando de ser un desterrador —prosiguió su padre observándolo atentamente—, ¿dónde está tu arma?

—Mmmm… pues… —musitó Teodoro—. La cuestión es que tuve un problema con la Trucha. Ya sabes, el pez del Mundo de las Profundidades, la Trucha de la Verdad.

—Sí, ya sé a qué te refieres.

—Pues debía de estar enferma o pasarle algo, porque cuando grité que quería ser un desterrador dijo que estaba mintiendo. ¡Qué imbecilidad!, ¿no te parece?

Su padre se lo quedó mirando fijamente con los ojos entornados.

—Y entonces —prosiguió Teodoro tartamudeando— la directora decidió que por el momento iba a ser un abreprofundidades, ya sabes, hasta que el problema con la Trucha se resuelva. Así que por ahora soy un abreprofundidades…, pero pronto seré un verdadero desterrador. Como tú, papá.

Teodoro le ofreció su mejor sonrisa. A Charlie le dio mucha pena.

—¡Has fracasado! —le soltó su padre simplemente—. No me mientas, hijo. Tú no eres un desterrador y fue una estupidez por mi parte creer que podrías serlo.

Teodoro miró hacia otro lado, sintiéndose avergonzado y violento.

—Es cierto —terció Charlie acercándose a aquel hombre tan alto—. No es un desterrador. Es un abreprofundidades, quizá uno de los mejores. Tenía que haberlo visto el primer día de clase, señor. Fue uno de los pocos alumnos que logró abrir un portal. ¡Nos dejó pasmados a todos! Debe sentirse orgulloso de él.

—¿Orgulloso de un hijo que no es mejor que un conductor de autobús? —replicó William—, ¿que lo único que hace es llevar a la gente a los destinos que le piden en el Mundo de las Profundidades?

—No te preocupes, Charlie —respondió Teodoro—. ¡Déjalo correr!

—No, no voy a hacerlo —repuso Charlie—. Para abrir un portal tenemos que conectar con nuestro miedo más espantoso. ¿Sabe cuál era el de su hijo? Que usted descubriera que no era un desterrador y que dejara de quererle al enterarse. ¡Ése fue el miedo que le permitió abrir el primer portal!

—Bueno, al menos sirve para algo —le soltó el padre de Teodoro.

—Lo siento —les interrumpió Brooke—, pero los tipos que estaban intentando atraparnos han dejado de aporrear la puerta.

—Están intentando entrar a través de un portal —dijo William—. Es un PH: un procedimiento habitual. Es mejor que os vayáis de aquí.

—No pienso irme sin el brazalete —dijo Charlie.

—¡Te matará! Todos los que lo han tocado han muerto en el acto. Y ha sido una muerte muy desagradable.

—A mí no va a hacerme nada.

—¿Cómo lo sabes? —le preguntó William.

—Barakkas me lo prometió.

Aquel hombre tan alto se echó a reír.

—¿Y te lo crees? ¿No sabes que es un embustero?

—No creo que me estuviera mintiendo. Necesita el brazalete y también me necesita a mí para recuperarlo.

—No pensarás que voy a permitir que te lo lleves, ¿verdad? —le dijo William—. Dejaré que los cuatro abráis un portal para huir, pero tendréis que iros con las manos vacías.

—Me parece justo —dijo Brooke.

—No puedo marcharme con las manos vacías —repuso Charlie.

—Mira, hijo, podemos solucionarlo por las buenas o por las malas. No me obligues a hacerlo por las malas —dijo William desenvainando el mandoble.

De pronto, como había predicho, se abrió un portal en la sala de Proyectos Especiales y varios desterradores salieron por él corriendo.

—Apártate —le soltó el que comandaba a los desterradores—. Los chicos son nuestros prisioneros. Tenemos órdenes de llevarlos a la Sala de Reducción.

—¿Incluso yo? —dijo soltando un grito ahogado Brooke—. ¡Pero si soy una organizadora! ¡Ni siquiera tengo ya el Don!

—Todo el mundo —repuso aquel hombre—. Y me temo que tu hijo también —le dijo a William.

—Bueno… —respondió éste lanzando un profundo suspiro—. Supongo que ellos se lo han buscado. Lleváoslos.

Los desterradores se acercaron, sacando sus armas. Pero de pronto William se abalanzó sobre ellos. Haciendo girar el mandoble, atacó con un poderoso golpe al atónito desterrador, que a duras penas logró esquivarlo.

—¡Papá! —gritó Teodoro asombrado por la acción de su padre—. ¿Qué estás haciendo?

—¡Venga, salid de aquí! —le respondió él mientras rechazaba un mazazo—. ¡Si eres tan bueno abriendo portales como dicen, abre uno, deprisa!

—No sé si podré —repuso Teodoro mientras su padre atacaba a otro desterrador dándole un contundente codazo en el cuello y usaba la empuñadura de su espada para abrirle la frente a otro.

—¡Puedes hacerlo, Teodoro! —gritó Charlie—. Lo sé.

—Mientras tanto Violeta desenvainaba la daga y se unía a William para que Charlie tuviera un poco más de tiempo. Él se dirigió hacia el enorme brazalete, que seguía en el brazo medio putrefacto de Barakkas.

«Todos los que lo han tocado han muerto al instante. De una muerte muy desagradable», había dicho William.

El brazalete se puso a brillar emitiendo una luz roja a medida que Charlie se acercaba a él. Podía ver la imagen de Barakkas grabada en uno de los extremos y ahora reconocía de quién era la imagen que estaba grabada a su lado.

Era la de Verminion.

Armándose de valor, alargó el brazo y tocó el caliente metal. Al instante el brazalete se rindió a él, tal como Barakkas le había prometido. De pronto, el artilugio se encogió cortando la carne medio putrefacta de la gruesa muñeca del monstruo y partió los fuertes huesos como si fueran galletas. Al cabo de poco se había encogido hasta el punto de que Charlie hubiera podido ponérselo alrededor de la muñeca.

Lo observó más de cerca.

Estaba palpitando y latiendo con fuerza, y arrojó su asquerosa luz sobre el rostro de Charlie.

—¿Qué estás haciendo? —le gritó Violeta al ver que se había quedado inmóvil frente al brazalete.

—Pensando en algo que la directora me dijo: que es posible que hayan ocultado a mis padres en otro lugar —repuso él.

—Ahora ya no podemos hacer nada —gritó Violeta pisándole un pie con todas sus fuerzas a un desterrador que se había acercado demasiado a ella.

—Sí, aún podemos hacer algo. Se supone que el brazalete es un artilugio que sirve para comunicarse.

—¿Y?

—Tal vez pueda usarlo para ver lo que Verminion ha hecho con mis padres.

—¿Qué? —dijo Violeta con un grito ahogado—. No estarás pensando en ponerte eso…

Pero antes de que pudiera acabar la frase Charlie agarró el brazalete y, pese a la horrorizada expresión de Violeta, se cerró el artilugio del Mundo de las Profundidades alrededor de la muñeca.

16

EL BRAZALETE DE BARAKKAS

En cuanto Charlie se puso el brazalete y lo cerró alrededor de su muñeca, su cabeza se llenó de un estruendo como el de una gigantesca catarata y el mundo se puso a girar y a tambalearse a su alrededor produciéndole náuseas. Cuando logró calmarse un poco, vio cuatro ardientes esferas suspendidas frente a una oscuridad aterciopelada. Podía ver algo por ellas, como si fueran portales, la única diferencia era que no estaban inmóviles, cada una parecía moverse a través de un distinto entorno.

Por una pudo ver el interior de un cristalino palacio del Mundo de las Profundidades. Era un lugar que no reconoció, lleno de unos seres espectrales ciegos que se deslizaban lentamente en medio de una neblinosa atmósfera.

Por otra, vio un antiguo cementerio de barcos viejos desguazados y apilados en algún sitio cerca de la contorneante columna roja del Círculo Interior. El lugar era tan silencioso y desértico como la parte oscura de la luna.

Por la tercera, vio la sala de Proyectos Especiales del Departamento de las Pesadillas, la habitación en la que precisamente se encontraban. William y Violeta estaban luchando contra los desterradores mientras Teodoro intentaba abrir un portal.

Y al contemplar la última esfera, se sorprendió al ver por ella el rostro de Barakkas mirándole.

Charlie comprendió horrorizado que estaba viendo exactamente lo que los otros nominados que llevaban puesto uno de los artilugios del Mundo de las Profundidades veían en ese instante, incluyendo lo que él mismo estaba contemplando. Sin ser consciente de ello siquiera, se dirigió hacia la abertura que daba al rostro de Barakkas y al cabo de poco se descubrió cruzándola, hasta que no pudo ver más que el interior del portal. De pronto, oyó lo que Barakkas decía:

—Un asalto con cien de los nuestros bastará para recuperar el brazalete del Departamento de las Pesadillas —gruñó la bestia mientras los seres del Mundo de las Profundidades estaban reunidos detrás de él en la gigantesca cueva bajo el volcán Krakatoa.

—Es más que suficiente —oyó Charlie que Verminion respondía, y de pronto descubrió que ahora él era Verminion, o al menos estaba viendo el mundo a través de sus ojos—. En realidad, podrías recuperarlo tú mismo.

—¡Claro que podría hacerlo yo solo! —repuso Barakkas lanzando un suspiro—. Pero no se trata tan sólo de un objeto robado. Quiero asestar también un terrible golpe al corazón del enemigo.

Verminion se acercó rápidamente a Barakkas y Charlie se sintió de pronto mareado por aquel repentino cambio de perspectiva.

—¿Cuándo planeabas informarme de ello? —preguntó Verminion.

—Acabo de hacerlo.

—Hace veinte años que yo estoy aquí reuniendo cuidadosamente un ejército y a ti ahora se te ocurre utilizarlo sin más, sin tan siquiera consultármelo.

—¡No necesito tu permiso! —gruñó Barakkas—. Tú eres sólo uno de los Cuatro, como yo. No tengo que darte cuentas de lo que hago ni tú a mí tampoco.

—Pero hemos de unirnos para convocar al Quinto —repuso Verminion.

—¡Por eso necesito mi brazalete!

—¡Y lo recuperarás! —replicó Verminion enojado—. Me he desvivido para que pudieras entrar en la Tierra y me ocuparé también de que los Cuatro consigamos reunirnos en ella, pero ni se te ocurra actuar sin mi consentimiento.

—¡No me busques las cosquillas —bramó Barakkas echando chispas por los ojos— si no quieres que la relación que mantenemos acabe mal!

Verminion no le respondió.

—¿Qué te pasa? —le preguntó de pronto Barakkas preocupado.

—Alguien nos está espiando —repuso Verminion.

Charlie se sacó rápidamente el brazalete de la muñeca.

El mundo giró como un torbellino a su alrededor y Charlie al fin lo vio a través de sus propios ojos. Su mente volvió a repasar todo lo que había oído. Habían estado hablando de algo que llamaban «los Cuatro». Supuso que Verminion y Barakkas eran los dos primeros, pero ¿quiénes eran los otros dos? ¿Y quién era el Quinto que esperaban convocar una vez que se reunieran en la Tierra, utilizando los artilugios del Mundo de las Profundidades?

Mientras él intentaba encontrar un sentido a lo que había oído, los desterradores estaban a punto de reducir a William y Violeta.

—¿Cómo va el portal? —gritó ésta a Teodoro.

—Estoy en ello —le respondió él.

La mente de Teodoro se movía frenéticamente buscando un miedo que pudiera usar. Aunque su padre se hubiera puesto furioso al enterarse de que no había conseguido ser un desterrador, después de todo no había sido tan horrible como él había imaginado. Al contrario, ahora su padre estaba arriesgando su vida para protegerlo de unos desterradores, las personas en las que había esperado que un día él se convirtiera. Y fue precisamente eso lo que le revolvió el estómago como si le hubieran clavado un cuchillo al rojo vivo. No sólo le había fallado a su padre, sino que además le había obligado a enfrentarse a su propio jefe: el Departamento de las Pesadillas. Su padre sería seriamente castigado por estas acciones, incluso podían llegar a reducirle, y todo por su culpa, ¿no era así?

¿Cómo podía seguir queriéndole su padre después de haberle decepcionado tanto?

¿Cómo iba a soportar compartir la misma habitación con él?

El miedo creció dentro de Teodoro como una ola gigantesca, y, al alcanzar su punto más alto, se abrió de repente un portal frente a él.

—¡Buen trabajo! —gritó Violeta—. ¡Vámonos! —le dijo a Charlie.

—Vale —respondió él como si se despertara de un sueño. Saltó por el portal junto a Violeta.

—Lo siento, papá. Perdóname —le dijo Teodoro a su padre.

—¡Vete! ¡Vete de una vez! —le gritó él saltando para esquivar el golpe bajo de un hacha y respondiendo con un aluvión de mandobles.

Teodoro saltó por el portal, pasando por el lado de Brooke, que contemplaba la escena desde un oscuro rincón. De pronto los gremlins salieron por uno de los paneles del techo y cayeron como una lluvia sobre ella, clavándole las uñas y arañándole la cara.

—¡Esperadme! —chilló saltando también por el portal unos instantes antes de que se cerrara.

Los cuatro se descubrieron jadeando en el primer anillo del Mundo de las Profundidades.

—¿Qué demonios te ha pasado? ¿Por qué te has puesto el brazalete en la sala de los Proyectos Especiales? —preguntó Violeta.

—Ya te lo he dicho. Quería descubrir el paradero de Verminion y Barakkas. Creía que se habían llevado a mis padres a otra parte y aún no tengo la suficiente experiencia como para abrir un portal en distintos lugares para irlos buscando —respondió Charlie.

—¿Y se los han llevado a otra parte? —preguntó ella.

—No lo creo. Verminion y Barakkas aún se encuentran en la guarida —explicó Charlie.

—De todos modos no debías haberlo hecho. Corriste un riesgo demasiado grande —le riñó ella—. Por cierto, has hecho un buen trabajo con el portal. Te estás convirtiendo en un verdadero profesional —le dijo a Teodoro.

—Sí —respondió él sin haber acabado de reponerse del todo del susto—. Me ha costado… un montón.

—¿Estás bien? —le preguntó Charlie observándolo con detenimiento. Conocía muy bien el precio emocional que había que pagar para abrir un portal.

—Sí, no te preocupes. Sólo es… que no sé qué le va a pasar a mi padre después de esto. No sé qué es lo que Drake le hará —respondió Teodoro.

—Quizá no le haga nada. La directora me dijo que se ocuparía de Drake. Si están haciendo lo que yo creo que están haciendo, a tu padre no le ocurrirá nada.

—¿Qué es lo que crees que están haciendo? —preguntó Violeta.

—¡Ayudándole a olvidarse de todo! —dijo Charlie con una siniestra sonrisa.

La Reina de las Brujas se relamió con su larga lengua bífida.

—¡Es una traición! —chilló el director Drake, que seguía inmovilizado por el lazo de Rex—. ¡No pueden hacerme esto!

—Tranquilízate, amigo. Acabará pronto. Confía en mí. Y luego no te acordarás de nada.

—¿Y qué queréis a cambio de este… delicioso regalo? —le preguntó la Reina de las Brujas a la directora.

—Hacer un trueque —repuso ella simplemente—. Le quitas algo al director… y le devuelves a Rexford lo que le arrebataste.

—Sus padres eran tan deliciosos, odio desprenderme de ellos. ¿Qué es lo que me ofreces a cambio del director? —repuso la Bruja.

—Algo más delicioso aún. Todos los recuerdos que tienen que ver con Charlie Benjamin y sus amigos —dijo la directora.

—¡No! —rugió el director—. ¡No puede quitarme eso! ¡Necesito estos recuerdos para poder perseguirlo, para eliminar esa condenada amenaza que es para nosotros!

—¡Ya lo sé! —repuso la directora con una sonrisa—. Ya ves las fuertes emociones que tiene —le dijo a la Reina de las Brujas—, toda la inseguridad, el odio, el miedo que siente. Imagina qué plato más sabroso será. Cómo te llenará…

Sin darse cuenta, la Reina de las Brujas se había puesto a babear.

—¡Trato hecho! —exclamó, y con una asombrosa rapidez rodeó a Drake con sus robustas y correosas alas y le metió la lengua por la oreja para sorberle con fruición los sesos.

En el corazón del Krakatoa, en la guarida de los seres del Mundo de las Profundidades, reinaba una frenética actividad. Las brujas estaban puliendo el descomunal caparazón de Verminion, haciendo que la translúcida parte inferior se volviera blanca como el nácar. Los arrojadores de ácido de la clase cinco también estaban limpiándole las pezuñas a Barakkas, vomitando sus corrosivos jugos sobre ellas, mientras los murciélagos del Mundo de las Profundidades volaban por el alto techo de la vaporosa cueva, haciendo eses entre las estalactitas.

—¿Estás seguro de que el chico estaba mirando a través de tus ojos? —le preguntó Barakkas a Verminion echando enojado a un arrojador de ácido que en lugar de vomitarle en la pezuña lo había hecho por error en el tobillo.

Verminion asintió con la cabeza, con una expresión ausente, acariciando la gargantilla negra que llevaba alrededor del cuello con una de sus gigantescas pinzas.

—¿Acaso hay alguna otra persona lo bastante fuerte como para ponerse uno de los artilugios del Mundo de las Profundidades? —le respondió.

De pronto se abrió un portal en la otra punta de la cueva. Los dos nominados se giraron al unísono mientras Charlie, Violeta, Teodoro y Brooke salían por él.

—¡Oh, Dios mío…! —susurró Teodoro al ver por primera vez la colosal guarida llena de lava. Estaba repleta de los seres del Mundo de las Profundidades más virulentos, nunca había visto, ni siquiera imaginado, nada tan espantoso.

—¡Ha sido un error! —exclamó Violeta retrocediendo.

—Sí. ¡Vayámonos de aquí! —soltó Brooke con un grito ahogado.

—Vamos a seguir con el plan —les dijo Charlie—. ¡Hola! Soy yo, Charlie Benjamin. He venido con algunos amigos —gritó dirigiéndose hacia los enormes monstruos que estaban en la otra punta de la cueva.

—¡Charlie Benjamin! —repuso Barakkas afablemente, dirigiéndose hacia él y aplastando sin querer a un acechador que no había logrado apartarse lo bastante rápido de su camino—. ¡Qué grata sorpresa!

—He venido para hacer un trueque.

—¡Oh, me muero de ganas por saber de qué se trata! Dime —pidió amablemente Barakkas.

—Quiero a mis padres… a cambio de esto.

Charlie sostuvo en alto el brazalete. Brillaba con intensidad en medio de la penumbra. De repente la gargantilla de Verminion también se puso a brillar, respondiendo a la presencia de uno de los otros artilugios del Mundo de las Profundidades. Era evidente que se afectaban entre sí de algún modo: los dos brillaban ahora con más fuerza que cuando lo hacían por sí solos.

Barakkas, enojado, echó un vistazo al brazalete.

—¿Cómo lo has conseguido?

—Gracias a los gremlins. Hicimos que cientos de ellos entraran al Departamento de las Pesadillas por un portal. Y cuando produjeron un apagón, mis amigos y yo robamos el brazalete aprovechándonos del caos —repuso Charlie.

—¡Es increíble! El chico lo ha hecho sólo con unos simples gremlins. ¡Y tú que querías hacerlo con un ejército! —le soltó Verminion a Barakkas con sorna.

Barakkas estaba que echaba humo.

Charlie lanzó un vistazo a su Sombra y vio que apuntaba a la derecha, hacia el serpenteante túnel que daba a la gigantesca caverna.

—Quiero que acompañes a mis amigos por este pasadizo —ordenó Charlie señalando el túnel— para que comprueben que mis padres están bien.

—¿Sabes dónde los hemos ocultado? —preguntó Verminion sorprendido.

—Tengo una Sombra —respondió Charlie.

Barakkas y Verminion se miraron.

—¡Un chico inteligente! —exclamó Barakkas—. Llévales hasta sus padres y asegúrate de que no les pase nada —ordenó a un acechador.

El acechador inclinó la cabeza como muestra de respeto hacia su amo.

—¡Venid conmigo! —siseó a Teodoro y Violeta.

—¿Te las puedes apañar tú solo? —le preguntó Teodoro a Charlie.

Éste asintió con la cabeza.

—Sí, no te preocupes. Vamos a seguir con el plan.

Teodoro y Violeta se dirigieron nerviosamente hacia el oscuro túnel con aquel bicho. Pero Violeta, después de dar dos pasos, dio media vuelta y se fue corriendo hacia Charlie para darle un fuerte abrazo.

—¡Ten cuidado! —le dijo.

—¡Y tú también!

—¿Y yo qué he de hacer? —le preguntó Brooke a Charlie encogida de miedo detrás de él mientras Teodoro y Violeta se iban con el acechador.

—Sólo mantén la boca cerrada y no te metas en esto —repuso Charlie—. En cuanto mis amigos se hayan ido por un portal con mis padres, os entregaré el brazalete —les dijo a los dos nominados.

—¡Oh, no estoy seguro de poder permitírtelo! —replicó Barakkas—. ¿Cómo podemos estar seguros de que no vas a escaparte por un portal cuando tengas a tus padres sanos y salvos?

—Porque no voy a irme de aquí. En realidad, no pienso irme nunca —respondió Charlie.

—¿Qué? —exclamó Brooke atónita.

Ignorándola, Charlie se dirigió a grandes zancadas hacia Barakkas y Verminion, sintiendo que su confianza en sí mismo crecía por momentos.

—Quiero unirme a vosotros. No puedo volver a la Academia. Después de dejarte entrar en la Tierra —le dijo a Barakkas asintiendo con la cabeza—, el director decidió que era mejor destruirme. O reducirme, que viene a ser lo mismo —añadió encogiéndose de hombros.

—¿Así que has robado el brazalete esperando que al hacernos este gran regalo aceptaríamos a cambio que te unieras a nosotros? —dijo Barakkas

—Sí, y también para demostraros mi lealtad. Después de lo que les he hecho, ya no puedo volver nunca más al Departamento de las Pesadillas.

—¡Embustero, me has mentido! —chilló Brooke—. ¡Nos has mentido a todos! ¡Estabas planeando traicionarnos!

Charlie se encogió de hombros.

—No me eches la culpa a mí. Fuiste tú la que te lo creíste. ¿Qué me decís? —le preguntó al nominado—. ¿Puedo unirme a vosotros?

Verminion reflexionó sobre ello.

—No… no tiene ningún sentido. Sabes lo que le hice a Edward Pinch todos esos años cuando me dejó entrar. Él hizo un trato conmigo y yo lo rompí. ¿Por qué tendrías que esperar ahora que te tratásemos de distinta forma?

—Porque me necesitáis —respondió Charlie poniéndose en medio de ellos dos. Parecía un cervatillo entre dos gigantescos robles—. ¿Cómo, si no, lograréis que los otros dos nominados entren en la Tierra para que los Cuatro podáis convocar al Quinto?

—¿Cómo te has enterado de eso? —preguntó Barakkas—. Te pusiste el brazalete, ¿verdad? —añadió comprendiéndolo todo al final.

—Sí, me lo puse —admitió Charlie—, pero sólo durante un segundo. Aunque espiara vuestro plan, me necesitáis para poder llevarlo a cabo.

Charlie dejó de hablar y se quedó plantado entre los dos, jugándosela del todo, pero fingiendo sentirse de lo más seguro.

—¿Harías eso? ¿Enfrentarte a tu propia raza? ¿Convertirte en un traidor? —le preguntó Barakkas.

—Ahora todos me odian, ya no puedo hacer nada más —respondió Charlie en voz baja.

—¡Tienes toda la razón! —gritó Brooke.

—¿Lo veis? Para ellos yo no soy más que un friqui, incluso para los chicos que tienen el Don. Todos me tienen miedo. Y quiero darles una buena razón para tenérmelo —añadió con una actitud desafiante levantando la cabeza y mirando a los dos monstruos que tenía a cada lado.

El brazalete brilló intensamente al encontrarse tan cerca de su pareja. Barakkas se quedó embelesado al verlo, al sentirlo tan cerca…

—Si dejáis que mis padres se vayan, me quedaré con vosotros.

Al entrar en el pequeño y mugriento hueco donde habían encerrado a los padres de Charlie, Violeta cortó con la daga los resistentes capullos de los acechadores en los que estaban encerrados. Era como si cortara una gruesa cuerda.

—¿Cómo va? —le preguntó Teodoro nervioso.

—¡Lo estoy consiguiendo! —respondió Violeta logrando por fin cortar la mayor parte del primer capullo—. ¡Ayúdame! ¡Tira de él!

Se pusieron uno a cada lado del capullo y tiraron de él, partiéndolo en dos para liberar a Olga, la madre de Charlie. Estaba delgada, débil y flácida, parecía un globo deshinchado. Parpadeó y se humedeció con la lengua los secos labios.

—¿Dónde estoy? —dijo con voz ronca.

—Está a salvo. Hemos venido a rescatarla. Charlie está cerca de aquí —dijo Violeta.

—¿Charlie? —preguntó Olga abriendo los ojos de par en par—. ¿Mi hijo está aquí? ¿Se encuentra bien?

—Sí —respondió Teodoro—. Y lo sé de buena tinta. Es mi mejor amigo. Bueno, supongo que los dos lo somos —añadió echando una mirada a Violeta.

—¡Me alegro! —dijo Olga esbozando una ligera sonrisa soñadora—. Necesita tener amigos. Nunca tuvo demasiados.

—Ahora descanse —le aconsejó Violeta—. ¡Lo sacaremos de aquí enseguida! —le dijo luego al padre de Charlie cortando el capullo en el que estaba encerrado.

En la colosal cueva, los dos nominados estaban ahora hablando a solas.

—El chico nos está mintiendo —dijo Verminion.

—Que tú seas un embustero no significa que todo el mundo tenga que serlo —repuso Barakkas—. No es más que un chico, un chico enojado y desconfiado, como el que te dejó entrar por un portal hace tantos años. ¿Te imaginas lo mucho que puede ayudarnos a traer a los otros dos?

—Pero no lo hará. En el fondo quiere lastimarnos. No sé exactamente cómo, pero puedo olerlo en él —respondió Verminion.

—Nos ha traído el brazalete. Eso muestra sus verdaderas intenciones —protestó Barakkas.

—¡Estás ciego porque deseas conseguir el artilugio del Mundo de las Profundidades! —le soltó Verminion—. ¡Dejas que tus ansias por recuperarlo te nublen la mente!

—Eso no quiere decir que yo me equivoque. Si crees que el chico está mintiendo al decir que quiere unirse a nosotros, demuéstralo —lo retó Barakkas.

—¡Así lo haré! —le soltó Verminion y cerrando las pinzas con un ruidoso *clac* llamó a sus sirvientes.

Mientras Verminion ponía su plan en acción, Charlie le murmuró a Brooke:

—No te preocupes, no te estoy traicionando. Sólo quiero que crean que voy a unirme a ellos para que dejen que Teodoro se vaya por un portal con mis padres sanos y salvos. Y cuando se hayan ido, abriré otro para que podamos huir por él.

—Me pregunto si me estás mintiendo a mí o si les estás mintiendo a ellos —repuso Brooke.

—Confía en mí. Por favor —le suplicó Charlie.

De repente, un acechador se acercó a ellos sosteniendo algo con sus patas delanteras. Lo que estaba sosteniendo se retorcía y contorsionaba. Charlie intentó averiguar qué era, hasta que el horripilante rostro de gárgola de Verminion se interpuso y se lo impidió ver. La gigantesca bestia olía como un pescado podrido que hubiera estado un día entero en la playa bajo el ardiente sol.

—Mi socio y yo… no nos ponemos de acuerdo sobre tus verdaderas intenciones —dijo. Al oler su pestilente aliento Charlie casi no pudo soportarlo—. Él te cree, pero yo no. Si estás diciendo la verdad, dejaremos que tus amigos y tus padres se vayan y te aceptaremos como un verdadero socio. Pero si estás mintiendo, os mataremos a todos. Lentamente. De una forma dolorosa.

—¿Cómo puedo demostraros mi lealtad?

—Con esto —dijo Verminion señalando al acechador, que le entregó de inmediato a Charlie algo que sostenía con firmeza con sus patas delanteras y que se estaba retorciendo.

Era un snark.

El animalito, pequeño, suave y mono, se veía totalmente fuera de lugar en ese oscuro y cruel foso. Cuando Charlie lo sostuvo entre sus manos, se puso a ronronear y a arrullar.

—El snark nos dirá si tienes miedo o no, y tu miedo nos indicará si estás mintiendo. Si estás diciendo la verdad, no tienes por qué tener miedo. Pasarás la prueba con confianza, sabiendo que el snark no puede traicionarte, porque no tienes nada que ocultar. Pero si estás mintiendo —dijo Verminion haciendo castañear ahora sus pinzas incontrolablemente—, tu miedo crecerá, porque sabrás que el snark, al transformarse, te delatará… y cuando lo haga, tú, tus amigos y tus padres pagaréis un alto precio por ello.

El corazón de Charlie se puso a palpitar con fuerza. Había creído haber hecho un buen trabajo al fingir que quería unirse a ellos. Todo había salido como él había planeado y sin embargo…

Y sin embargo uno de ellos no se lo había tragado.

Eso no figuraba en el plan.

El miedo que siempre había estado acechando en la trastienda de su mente empezó ahora a crecer, y mientras lo hacía el snark comenzó a transformarse. Charlie contempló horrorizado cómo doblaba rápidamente su tamaño, perdiendo su suave y esponjoso pelo mientras el piquito era reemplazado por un hocico con colmillos. De la espalda le salió una cola acabada en punta de lanza. Cuanto más cambiaba, más miedo tenía Charlie de que descubrieran sus auténticas intenciones, su verdadero plan, y ese miedo sólo hizo que el snark se transformara más deprisa aún.

Era un ciclo vicioso.

Verminion sonrió triunfalmente.

—Al parecer te hemos descubierto —dijo.

—No —repuso Charlie retrocediendo un poco—. Lo que me da miedo no es que me descubráis, sino tu aspecto. No se puede negar que eres un tipo aterrador. Por eso el snark se ha transformado.

—Eso es muy posible, Verminion —dijo Barakkas avanzando un poco—. No intentes destruir tan deprisa a un chico que nos puede ser tan útil.

—Si él tiene razón y yo me equivoco, entonces debe demostrarnos su lealtad —dijo Verminion agarrando a Brooke con una de sus descomunales pinzas y sosteniéndola en alto—. Si dejas que la corte por la mitad, te creeré. Después de todo, si te unes a nosotros, ella sólo será la primera de los muchos seres humanos que nos ayudarás a destruir.

—No... —gimió Brooke—. ¿Charlie?

El muchacho tenía la boca seca como el algodón. No podía hablar.

—¿Charlie? —repitió ella tan bajo que su voz era apenas un murmullo.

—¡Decídete! —dijo Verminion acercándose tanto que quedó a un palmo de distancia del rostro del chico—. ¿Qué eliges?

Charlie cerró los ojos.

—¡Suéltala! —dijo por fin.

Verminion sonrió burlonamente.

—¡Lo sabía! El chico estaba intentando engañarnos. Eres un mentecato, Barakkas. Siempre lo has sido.

Barakkas hizo una mueca mientras Verminion se reía de él, con una risa prolongada y estentórea, y Charlie pudo sentir el caliente y apestoso aliento del bicho en su cara.

—Si él es un mentecato, tú también lo eres —le dijo Charlie de pronto arrojando el brazalete dentro de la bocaza abierta de Verminion.

Barakkas se quedó sin habla al contemplar sorprendido cómo el brillante brazalete, uno de los cuatro artilugios del Mundo de las Profundidades, se deslizaba por el gaznate de Verminion hasta desaparecer en sus entrañas, iluminando la concha translúcida del horripilante cangrejo desde el interior.

—¿Qué... qué has hecho? —exclamó Barakkas con un grito ahogado.

—¿No querías tanto tu brazalete? ¡Pues ve a buscarlo! —le soltó Charlie. Y luego echó a correr por el túnel para ir al hueco donde se encontraban sus padres—. ¡Lleváoslos! ¡Sacadlos por un portal! ¡Ahora mismo! —les gritó a sus amigos.

Violeta acababa justo de cortar el capullo en el que estaba encerrado el padre de Charlie cuando oyó los gritos de su amigo resonando por el pasadizo.

—¿Qué ocurre? —preguntó Olga alarmada.

—Algo ha salido mal. Tenemos que irnos —respondió Teodoro.

Intentó abrir un portal mientras dos acechadores se precipitaban por el pasadizo dirigiéndose al hueco, haciendo chasquear las mandíbulas y con los pezones hiladores levantados.

—¿Qué le ocurre a Charlie? —preguntó Barrington con la voz ronca de no usarla—. He oído a mi hijo…

—No se preocupe, sabe cuidarse solo, aunque nosotros también tenemos un problema —repuso Violeta levantando la daga—. Abre un portal, deprisa, yo intentaré contenerlos el máximo tiempo posible —le dijo a Teodoro.

—¡Lo estoy intentando! Pero con tus gritos sólo me estás poniendo más nervioso aún —repuso él.

—¡Vale! —dijo asestando una cuchillada a un acechador que se le había echado encima—. Querido Teodoro, ¿podrías hacerme el gran favor de abrir un portal cuando puedas?

—¡Claro! Así es mucho mejor —respondió él.

En la cueva, Barakkas se volvió hacia Verminion con los ojos rojos de rabia.

—¡Dame lo que me pertenece! —bramó.

—¿Es que te has vuelto loco? —le soltó Verminion—. Está en mi barriga, cretino. ¿Cómo quieres que me lo saque?

—Te lo mostraré —rugió Barakkas acercándose amenazadoramente a él con el único puño que le quedaba levantado, mientras sus pezuñas dejaban un reguero de llamas tras él al chocar contra la roca volcánica.

—¡Detente! —gritó Verminion—. Eso es lo que el chico quiere, que nos peleemos entre nosotros.

—El chico recibirá el castigo que se merece —repuso Barakkas—, pero tú siempre has codiciado mi poder y no dejaré que me lo quites. ¡Dame el brazalete ahora mismo!

—¡No!

Los ojos anaranjados de Barakkas brillaron rojos de rabia.

—¡No me des nunca un no por respuesta! —bramó pegando un salto y lanzándose sobre Verminion con la fuerza de un terremoto. Al chocar con las pezuñas contra la roca volcánica, las llamas los rodearon. Barakkas le dio un contundente martillazo a Verminion con el puño y le rompió el caparazón, dejando al descubierto su carne rosada.

Brooke cayó al suelo del impacto y, tras ponerse en pie, se alejó como pudo mientras Verminion gemía de dolor antes de atacar brutalmente a Barakkas, haciéndole un profundo tajo en el muslo izquierdo por el que salió un chorro de sangre negra. Los dos monstruos aullaron y siguieron luchando.

—¡Vámonos! —le dijo Charlie a Brooke cogiéndola por el brazo. Y luego volvió a meterse por el túnel que llevaba adonde se encontraban sus padres.

Pero estaba bloqueado. Los seres del Mundo de las Profundidades estaban saliendo en tropel de todas partes para dirigirse al corazón de la guarida, mientras sus amos luchaban en el fondo de la cueva.

—¿Y ahora qué hacemos? —le susurró Brooke.

—Ahora... vamos a luchar —dijo Charlie desenfundando el estoque. El arma resplandeció con una fuerte luz azulada—. Ponte detrás de mí.

Brooke se escondió detrás de Charlie mientras cientos de monstruos corrían hacia ellos chillando y gritando.

En el hueco, Violeta se sorprendió al descubrir que tenía la habilidad de una desterradora nata. Esquivaba, afrontaba y contraatacaba las embestidas del acechador con una asombrosa agilidad, como si su fuerza surgiera de una poderosa fuente que ella había ignorado que tuviera hasta entonces. Sin embargo, por más buena luchadora que fuera, no podía competir con el aluvión de seres que descendían por el oscuro túnel hacia ellos.

—Tenemos como máximo cinco segundos más —le susurró con dureza a Teodoro—, porque no creo que pueda resistir más tiempo.

La presión a la que se sentía sometido era insostenible y Teodoro comprendió horrorizado que no estaba a la altura de la tarea que debía hacer. Les había fallado a todos: a su padre, a sus amigos e incluso a Charlie, al haberlo abandonado en una cueva que se encontraba a menos de treinta pasos, para que se enfrentara a dos de los seres más aterradores que el Mundo de las Profundidades jamás había producido. Teodoro había prometido a su mejor amigo que lo protegería, pero no lo había hecho, y Charlie pagaría ahora por ello con su vida, sin llegar a ver siquiera a sus padres, a los que se había esforzado tanto en rescatar. Mientras Teodoro imaginaba la horrible muerte de Charlie y su propia impotencia para evitarla, el miedo que le producía ese fracaso creció dentro de él con la fuerza de un tsunami. Aquel miedo era como un ser vivo y estaba creciendo a una velocidad alarmante.

De pronto, Teodoro abrió un portal.

—¡Gracias a Dios! —exclamó Violeta con un grito ahogado mientras los monstruos del Mundo de las Profundidades estaban a punto de acabar con ellos. Ya no les quedaba ni un segundo más, Violeta agarró a los padres de Charlie y saltó por el portal.

—¡Venga! —le gritó a Teodoro.

—¡Lo siento, compañero! —susurró Teodoro pensando en el amigo que estaba a punto de abandonar—. ¡Buena suerte! —y tras decir estas palabras también saltó por el portal, dejando a Charlie y a Brooke abandonados a su suerte.

Verminion y Barakkas luchaban como los antiguos dioses míticos. Verminion le abrió el hombro a Barakkas con una de sus gigantescas pinzas. Éste, rugiendo fuera de sí, le agarró la pinza y se la arrancó de cuajo. Por la herida manó un chorro de sangre.

Mientras Verminion aullaba de dolor, Barakkas se inclinó y, usando los dos cuernos de la cabeza, le dio la vuelta al cangrejo, dejándolo panza arriba. Con un rápido y fluido movimiento, Barakkas utilizó la única mano que tenía para clavarle a Verminion la gigantesca pinza que le había arrancado en el fuerte y translúcido caparazón de la parte del estómago, sin perder de vista el brazalete, que brillaba con una intensa luz rojiza, iluminando las entrañas del cangrejo.

La pinza se hundió en el caparazón del estómago de Verminion, emitiendo un sonido como el del hielo que se rompe al pisarlo, mientras Verminion le abría a Barakkas un profundo tajo en la cara con la pinza que le quedaba. Barrakas hundió su puño en las entrañas de Verminion y buscó febrilmente el brazalete que había perdido.

Charlie mientras tanto atacaba con una gran habilidad a los seres del Mundo de las Profundidades que se abalanzaban sobre él. Con el luminoso estoque que despedía una luz azulada, cortaba garras y ojos con una asombrosa precisión. Mientras luchaba encarnizadamente, comprendió de pronto algo.

¡Iban a morir!

Aunque estuviera matando a aquel montón de bichos durante días, nunca lograría acabar de exterminar a todos los que estaban saliendo de los oscuros y siniestros pasadizos. Si pudiera abrir un portal, por pequeño que fuera, para huir por él, pensó. Pero, tal como la directora le había dicho, ni siquiera un doble amenaza podía abrir un portal y actuar como un desterrador al mismo tiempo, y si dejaba de luchar, aunque fuera por un segundo, se los comerían vivos.

Las bestias se abalanzaron sobre ellos como un huracán, era una siniestra plaga que Charlie no podía rechazar. Moviendo el estoque con una sorprendente rapidez, comprendió que al intentar rescatar a sus padres, los había condenado a morir. Todo el mundo tenía razón, era él quien se había equivocado. Había sido un loco que había intentado una insensata misión y ahora los únicos verdaderos amigos que había tenido en toda su vida y sus padres, que siempre le habían protegido, iban a pagar por ello con sus propias vidas. No sabía lo que les había pasado en el oscuro túnel, pero no se imaginó que hubieran sobrevivido al ataque que su propia incompetencia había provocado. Estaba seguro de que ahora estaban muertos, por su culpa, y que tenía que enfrentarse solo a un ejército del Mundo de las Profundidades, era un paria en un mundo que lo odiaba, con una organizadora de lo más inepta a su lado.

—Lo siento —le susurró Brooke mientras él luchaba para protegerla—. ¡Ojalá pudiera ayudarte! Si no hubiera perdido el Don, podría abrir un portal, pero no puedo —dijo mientras lágrimas de rabia y de impotencia rodaban por sus mejillas—. Siempre he sido una inútil —añadió sollozando mientras salía a la luz su más profundo miedo—. Soy una farsante y una fracasada. ¡Soy una inútil y siempre lo seré, y ahora vamos a morir por mi culpa!

Y entonces fue cuando sorprendentemente se abrió un portal frente a ellos.

—¿Has sido tú quien lo ha hecho? —exclamó entrecortadamente Charlie con los ojos abiertos de par en par.

—Supongo… que sí —respondió ella atónita.

A lo lejos Verminion aulló de dolor mientras Barakkas, herido gravemente, sacaba su brazalete de las pestilentes y cenagosas entrañas de su hasta entonces aliado. El artilugio salpicó con su luz roja las paredes de la cueva, creciendo rápidamente para adaptarse al tamaño de la muñeca de Barakkas.

—¡Ya es mío! —gritó el monstruo—. ¡Ya vuelve a ser mío!

Mientras la gigantesca bestia gritaba triunfante, Charlie y Brooke saltaban por el portal. Los seres del Mundo de las Profundidades intentaron perseguirlos, pero era demasiado tarde.

El portal había desaparecido, al igual que Charlie y la chica que lo había abierto.

17

LA VERDAD Y LAS CONSECUENCIAS

Después de hacer una breve parada en el Mundo de las Profundidades, Charlie y Brooke salieron a la sala de los abreprofundidades, en el corazón de la Academia de las Pesadillas.

—¡Lo conseguiste! —le gritó Charlie a Brooke.

—¡Supongo que sí! —repuso ella esbozando una radiante sonrisa. Era tan cálida y acogedora que a él le dolió el corazón—. Creía haber perdido el Don para siempre, pero lo he recuperado.

—Justo a tiempo. ¡Estuviste increíble! —exclamó Charlie.

—Gracias. Y tú también —y entonces ella le dio un breve y dulce beso. Su primer beso, y fue tan dulce y perfecto que Charlie deseó que hubiera durado para siempre.

—Hijo mío… —exclamó Olga a sus espaldas desde algún lugar.

Al volverse, vio a su madre acercarse corriendo hacia él. Ella lo abrazó con tanta fuerza que Charlie apenas podía respirar. Se sorprendió al ver lo poco que pesaba. Había adelgazado tanto en su encierro que parecía que incluso un ligero vientecillo podría llevársela en cualquier momento.

—¿Estás bien, mamá? —le preguntó.

—¡Oh, sí! —respondió ella—. Sobre todo ahora que volvemos a estar juntos —añadió humedeciéndose la mano con un poco de saliva para limpiarle la cara cubierta de hollín volcánico—. ¡Cómo te has ensuciado! ¡Estás que da miedo verte!

El padre de Charlie se unió a ellos.

—¡Creíamos que te habíamos perdido, hijo! —exclamó con la voz quebrada—. No lo habría soportado. Habría sido… el fin para mí. El fin de tu madre y el mío.

—Estoy bien, papá, de verdad —le tranquilizó Charlie.

—¡Los varones Benjamin afrontan sus miedos! ¡Y acaban triunfando! —exclamó Barrington.

Charlie sonrió.

—Supongo que sí. Me alegro tanto de veros. No os podéis imaginar lo mucho que siento que hayáis tenido que sufrir de este modo.

—¡Lo que no mata nos hace fuertes! Y tu madre y yo somos muy fuertes —exclamó Barrington.

—¡Y ni se te ocurra culparte por ello! —le riñó Olga—. ¿Lo has oído?

—Sí, mamá, lo he oído —respondió Charlie con una sonrisa—. ¿Cómo conseguisteis escapar? —les preguntó a Violeta y Teodoro—. Creía que no lo lograríais.

—Ha sido gracias a ella —dijo Teodoro señalando a Violeta—. ¡Tenías que haberla visto! Fue de lo más brutal con su daga. ¡Luchó contra los acechadores como una bestia! ¡Crash, crash! —Hizo una demostración cortando una pata que voló por los aires—. ¡Fue increíble! ¡Absolutamente bestial!

—¡Pues tenías que haber visto el portal que él abrió! —dijo Violeta—. Estábamos rodeados de bichos por todas partes y Teodoro, actuando como el genial Michael Jordan haciendo una canasta, abrió de pronto un portal… ¡Fue de lo más increíble!

—Venga, no hay para tanto —repuso Teodoro sonrojándose, aunque estaba disfrutando con el cumplido.

—¡Os lo agradezco mucho a los dos! ¡No os imagináis lo
que significa para mí! —les dijo Charlie.

—De nada —repuso Teodoro con una sonrisa—. Es nuestra forma de ser.

—¡Benjamin! —retumbó una voz en la otra punta de la
gran sala de los abreprofundidades. Al girarse, Charlie vio a la
directora acercándose a grandes zancadas, seguida de Rex y
Tabitha—. ¡Dios bendito, chico! ¡Lo has conseguido!

Tabitha fue corriendo hacia Charlie y le dio un fuerte
abrazo.

—Estábamos tan… —se encogió de hombros intentando
buscar las palabras adecuadas—. ¡Debes tener más cuidado!
—le dijo al final.

Rex le dio a Charlie unas palmaditas en la espalda.

—¡Buen trabajo, chico! No tengo ni idea de cómo conseguiste salir de ésta, pero no sabes cuánto me alegro de verte.

—Yo también —respondió Charlie con una radiante sonrisa—. ¿Qué es lo que acabó haciendo con…? —le preguntó
a la directora.

—¿El director Drake? —le preguntó ella—. ¿Por qué lo dices? Él también ha venido a verte. Entre, director.

El director del Departamento de las Pesadillas entró en la
sala de los abreprofundidades y se dirigió hacia ellos.

—Director Drake —le dijo la directora—, me gustaría pre-
sentarle a alguien muy especial. Se llama Charlie Benjamin.
Es un chico con un Don muy fuerte.

—Encantado de conocerte —respondió Drake estrechán-
dole la mano a Charlie—. Si trabajas mucho y estudias con di-
ligencia, un día puede que acabes trabajando para mí en el
Departamento de las Pesadillas.

—¡Gracias, señor! —repuso Charlie—. ¿Han sido las brujas, verdad? —le preguntó en voz baja a la directora.

—¡Claro!

Rex lanzó un dramático suspiro.

—¡Esas brujas han convertido a mi padre en un mentiroso, porque él siempre decía: «Dentro de cada bestia hay una especie de belleza». ¡Pero esos bichos son de lo más feos, tanto por dentro como por fuera!

Charlie se echó a reír.

—¿Su padre decía eso?

Rex asintió con la cabeza riendo burlonamente.

—¡Espera un momento! —exclamó Charlie—. Si te acuerdas de tu padre, es que…

—Hicimos un trueque y me devolvieron a mis padres, algo parecido a lo que hiciste tú.

—¿De verdad?

—Vuelven a estar aquí, en el lugar al que pertenecen —respondió Rex dándose unos golpecitos en la cabeza con el índice. Entonces Charlie le abrazó, sintiéndose muy aliviado—. ¡Eh, no te pases, chico! ¡No nos pongamos sentimentales! —exclamó Rex.

—Cuando estés listo, Benjamin, quiero conversar un poco contigo —le dijo la directora.

Se quedaron de pie en la cubierta del barco pirata situada en la parte más alta de la Academia de las Pesadillas. La selva se extendía a sus pies como una alfombra de terciopelo verde. Las aves de vivos colores volaban a través de los árboles, sostenidas en el aire por la cálida brisa tropical.

—De modo que los artilugios del Mundo de las Profundidades son unos aparatos que se comunican entre sí —observó la directora agitando la cabeza gravemente—. ¿Y estás seguro de que los cuatro nominados han de estar juntos en la Tierra para poder convocar al que ellos llaman «el Quinto»?

—Eso fue lo que Barakkas y Verminion dijeron —repuso Charlie asintiendo con la cabeza—. Y creo que estaban diciendo la verdad, porque no sabían que les estaba escuchando.

—Me pregunto quién o qué será ese Quinto —repuso la directora—. Si los cuatro nominados tienen que unirse para poderlo traer a la Tierra, es porque se trata de un ser muy poderoso. Debemos hacer todo cuanto esté en nuestras manos para que los dos nominados que quedan no puedan entrar en nuestro mundo, así les impediremos convocar al Quinto.

—¿Quiénes son? Me refiero a los otros dos —preguntó Charlie.

—Se llaman Slagguron y Tyrannus. Aunque espero que nunca tengas la oportunidad de conocerlos personalmente —dijo ella.

—¡En eso no voy a contradecirla! —dijo Charlie.

—La información que me has proporcionado, aunque sea espeluznante, es vital, y te agradezco mucho que la hayas conseguido para nosotros.

—De nada.

—Pero lo que no me parece bien es que me hayas mentido y engañado para conseguirla —prosiguió con dureza—. Aunque todo ha salido bien, podía fácilmente haber acabado muy mal.

—Lo sé. Ahora me doy cuenta. Aunque lo conseguimos, muy pocas cosas salieron como las había planeado.

—Las cosas pocas veces salen como las planeamos.

—Quería que Verminion y Barakkas creyeran que iba a unirme a ellos, para que Teodoro y Violeta pudieran llevarse a mis padres sanos y salvos de aquel lugar.

—¿Y luego pensabas huir con el brazalete?

Charlie asintió con la cabeza.

—Pero Verminion se olió mi plan.

—Los embusteros siempre son muy buenos descubriendo cuándo alguien les está mintiendo —dijo ella gravemente.

—¡Logramos salir de ésa, pero por poco no lo contamos!

—Vete acostumbrando a ello. Toda mi vida ha sido un «por poco no lo cuento» detrás de otro. Cuando te fuiste, ¿los dos nominados seguían peleándose?

Charlie asintió con la cabeza.

—Sí, se estaban destrozando entre ellos. Lo último que vi fue a Barakkas extrayendo el brazalete del estómago de Verminion. No estoy seguro de si llegaron a sobrevivir.

—Ya veo. Bueno, tanto si han sobrevivido como si no, les has dado un serio golpe. No estarán en condiciones de atacar hasta el mes que viene o incluso hasta el año que viene. Nos has dado un poco de tiempo —dijo la directora.

—Supongo… Pero Barakkas consiguió el brazalete.

—Sí, por desgracia. Pero habría acabado recuperándolo de todos modos y probablemente a costa de muchas vidas en el Departamento de las Pesadillas —la directora hizo una breve pausa—. Teniendo en cuenta la situación —dijo al final—, tú y tus amigos habéis triunfado de una forma asombrosa y lo más sorprendente de todo es que lo habéis hecho vosotros solos.

—Eso es precisamente lo que me estaba preguntando. Cuando estaba en la cueva, yo pensaba todo el rato que en algún momento ustedes se presentarían en ella y nos salvarían o que harían algo parecido —dijo Charlie

—¿Ah, sí? —preguntó ella con suavidad.

—Sí. Al final, cuando me estaba enfrentando con todos esos bichos de la guarida, no dejaba de pensar «¡Ojalá la directora salga por un portal y me rescate!» ¿Por qué no lo hizo?

—Porque no conocía tu plan. Y si hubiera llegado en mal momento, podría haberlo echado todo a perder. ¿No crees?

—Es verdad —reconoció Charlie—. Sólo que… no me imaginaba que confiara hasta ese punto en mí.

Ella sonrió cariñosamente.

—Confío en ti, Charlie, tal como me lo pediste.

—Gracias —se limitó a responder él, y luego dándose media vuelta, se puso a contemplar el mar. Le parecía que hacía una eternidad que estaba en la Academia—. ¿Dónde estamos exactamente? ¿Dondé esta la Academia de las Pesadillas?

—Oculta —repuso la directora de forma misteriosa—. Al igual que tendrán que estarlo tus padres.

—¿Qué?

—Me temo que es verdad. Cuando se hayan recuperado de su dolorosa experiencia, les daremos unos nuevos nombres e identidades y tendrán que llevar una nueva vida, por su propia seguridad.

—¡No lo entiendo! ¿No pueden vivir aquí protegidos? —insistió Charlie—. Es el lugar más seguro de todo el mundo. Ni siquiera Barakkas pudo atacarnos en la Academia.

—Es cierto que la Academia tiene una forma única de defensa contra los seres del Mundo de las Profundidades —dijo acariciando con cariño la desgastada barandilla de madera del barco pirata—. Pero es posible que esta protección no dure para siempre.

—¿En qué consiste exactamente? ¿Cómo funciona?

—Es una larga historia que prefiero dejar para otro día —repuso ella—. Sé que deseas que tus padres se queden aquí, pero hemos visto que hacen que te vuelvas muy vulnerable. Además, la Academia no es más que una parte muy pequeña de una isla muy grande —dijo contemplando la inmensa extensión de la selva. Aunque el sol brillaba con fuerza en las copas de los árboles, Charlie no pudo ver lo que había en la oscuridad que se encontraba bajo ellas—. Aquí hay otros peligros. No estamos solos —añadió al final.

Charlie se moría de ganas de hacerle un montón de preguntas. ¿Cuáles eran exactamente las defensas de la Academia? ¿Qué era lo que se escondía en la selva? ¿Dónde iban a ocultar a sus padres? Quería que la directora respondiera a todas sus preguntas en aquel mismo instante, pero no parecía dispuesta a hacerlo.

—¿Cuándo podré volver a ver a mis padres? —le preguntó él al final, esperando que al menos le contestara esta pregunta.

—No estoy segura —dijo la directora—. Tendrán que seguir escondidos hasta que sepamos la suerte que han corrido Verminion y Barakkas.

—Comprendo —dijo Charlie girándose rápidamente para que la directora no viera que se le empañaban los ojos.

En las profundidades del corazón de la guarida de Barakkas y de Verminion, los dos gigantes yacían despatarrados sobre la rugosa roca volcánica, que ahora, húmeda y pegajosa, estaba cubierta con su sangre negra. Estaban tan destrozados que apenas se les podía reconocer. Los acechadores los atendían, uniendo con sus hilos de seda los pedazos de sus cuerpos uno a uno. Los dos artilugios del Mundo de las Profundidades brillaban con intensidad en la oscuridad.

—¡Mantenedlo con vida! —gritó entrecortadamente Barakkas, señalando a Verminion—. Los Cuatro tenemos que estar presentes, de lo contrario no podremos convocar al Quinto.

—¡Sí, amo! —respondió uno de los acechadores.

Verminion levantó su sanguinolenta cabeza.

—El chico… debe pagar por ello —exclamó con un grito ahogado—. Debe morir.

—No. Debe vivir, para que sufra terriblemente —le respondió Barakkas.

—¡Sí, estupendo! —dijo Verminion.

Mientras la lava descendía formando unos resplandecientes ríos por las paredes de la cueva, entraron más seres del Mundo de las Profundidades para atender a los agónicos monstruos, utilizando toda su provisión de oscuros recursos para salvar a las dos bestias que se encontraban al borde de la muerte.

Pinch estaba sentado solo en las rocas fuera de la cueva que daba al ruedo de los desterradores. La cara le escocía por la sal que las olas arrojaban al romper en la orilla.

—Sé cómo te sientes.

Al volverse, Pinch vio a Charlie junto a él.

—¿Ah, sí? ¿De verdad lo sabes? —respondió.

Se quedaron en silencio un momento. Otra ola rompió en la orilla, dejando un reguero de burbujitas blancas en la arena como si fuera un encaje. Las gaviotas chillaban por encima de sus cabezas.

—Si pudiera cambiar las cosas para que todo volviera a ser como antes, lo haría. Todas ellas —observó en voz baja Pinch.

—Yo también. Desde el principio. Sé… que he hecho sufrir mucho a un montón de personas —dijo Charlie.

—Y lo seguirás haciendo en el futuro —le respondió Pinch volviéndose hacia él—. No puedes evitarlo, pero sí puedes elegir si el sufrimiento que infliges a los demás es por una causa noble o por una malvada. —Se quedó callado un momento—. No hagas lo mismo que yo, Charlie —añadio al final.

—Lo intentaré. Sólo que… no siempre es fácil ver qué es realmente lo que te mueve a hacer algo. ¿Sabes a lo que me refiero, verdad?

—Me temo que sí.

Se quedaron sentados en silencio mientras el agua del mar se llenaba de espuma y se arremolinaba a sus pies. Charlie pensó en las mil y una formas en las que las cosas podían haber salido horriblemente mal. En realidad, no se explicaba cómo todo le había salido tan bien. En esta ocasión se había salvado de pura chiripa.

Pero la próxima vez quizá no tendría tanta suerte.

—¡Ven con nosotros, doble amenaza! —lo llamó una voz a lo lejos en la playa. Era Teodoro, que se estaba bañando alegremente con Violeta en medio de las olas.

—¡Sí, el agua está buenísima! —exclamó ella soltando unas carcajadas fuertes y despreocupadas.

Sus voces le parecieron un bálsamo para el alma.

Se dirigió hacia ellos, pero al ver a Brooke de pie en los lindes de la selva, junto a un palmeral, se detuvo un momento. Se veía increíblemente hermosa. Charlie la saludó con la mano y ella le respondió con una sonrisa. Al verlo, Geoff, su novio, la rodeó posesivo con los brazos y se la llevó al interior de la oscura y verde selva para alejarla de Charlie.

—¡Venga! Qué, ¿no vienes? —le gritó Teodoro.

—¡Sí, ya voy! —le respondió gritando Charlie después de perder de vista a Brooke.

Se giró y echó a correr por la cálida arena para unirse con sus amigos. A sus espaldas, la Academia de las Pesadillas se alzaba en el cielo, con sus pasarelas balanceándose suavemente bajo la brisa tropical y su alucinante colcha de camarotes, veleros, escondrijos y grietas aún por explorar.

Charlie se alegró de no tener que hacerlo solo.

AGRADECIMIENTOS

Escribir esta novela me representó un auténtico renacimiento creativo y quisiera dar las gracias a todas las personas que contribuyeron a que este proceso fuera placentero.

Quiero expresar mi agradecimiento a mi hijo mayor, Chris, el primer lector de Nightmare Academy, y a mi hijo menor, Alex, quien me ha prometido leerlo tan pronto aprenda leer. A mis padres, Craig y Marilyn, quienes continúan demostrando lo que deben ser unos padres. Y a mi maravillosa esposa, Elizabeth, quien husmeó en el primer capítulo y me dijo: «Es buenísimo». Gracias también a mi fantástico agente, Rob Carlson, y a Jennifer Rudolph Walsh, y a mi abogado, Tim DeBaets, quien mostró tanto entusiasmo por el proyecto desde el principio. Y gracias a Steve Sommers, Bob Ducsay, Scott Bernstein y al resto de personas en Universal, que están trabajando para convertir en realidad la película.

Soy un gran aficionado a las ilustraciones de los artistas gráficos de *Fantasy* y esta novela no sería lo que es sin las estupendas ilustraciones de Brandon Dorman. Quiero también dar las gracias al inmensamente talentoso J. P. Targete por su importante contribución a mi página web, así como a mis buenos amigos Todd Farmer y Jim Vallely, a mi hermana Tiffany y mi tía Fran, por su enorme apoyo y sus comentarios durante la elaboración de los distintos borradores.

Finalmente, gracias de todo corazón a las brillantes y esforzadas personas de HarperCollins, tanto en Estados Unidos como en el Reino Unido. No puedo imaginarme socios mejores. Susan Katz, Nicholas Lake, Matthew Morgan, David Caplan, Christopher Stengel, Maggie Herold, Margaret Miller, Laura Arnold y todas las demás personas que trabajaron incansablemente para que este libro fuera lo mejor que puede ser. Y, por último, pero no por ello menos importante, quiero expresar mi inmenso agradecimiento a mi editora, Barbara Lalicki, cuya pasión y convicción en el Mundo de las Profundidades me continúan inspirando.

5° ANILLO

4° ANILLO

3ER ANILLO

2° ANILLO

1ER ANILLO